미야모토 무사시 1

불패의 검성劍聖
미야모토 무사시 1
땅地의 장

초판 1쇄 발행	2015년 1월 20일
초판 5쇄 발행	2019년 4월 30일

지은이	요시카와 에이지
옮긴이	강성욱
펴낸이	한승수
펴낸곳	문예춘추사
편 집	신주식 고은정
마케팅	심지훈
디자인	오성민

등록번호	제300-1994-16
등록일자	1994년 1월 24일
주 소	서울특별시 마포구 연남동 565-15 지남빌딩 309호
전 화	02 338 0084
팩 스	02 338 0087
블로그	moonchusa.blog.me
E-mail	moonchusa@naver.com

ISBN	978-89-7604-210-1 04830
	978-89-7604-209-5 04830(전 10권)

不敗의 劍聖

미야모토 무사시

1 地
땅의 장

요시카와 에이지 吉川英治 지음
강성욱 옮김

문예춘추사

미야모토 무사시가 살다 간 생애는 번뇌와
투쟁의 삶이라고 할 수 있다. 물론 그 세대와 멀고 또 다르지만 삶이 번
뇌와 투쟁의 연속이라는 점에서 현대인도 똑같은 고뇌에서 벗어나지
못한다. 그러나 무사시의 세대는 훨씬 더 적나라한 투쟁의 사회이자 시
대였다. 당연히 그도 인간이 지닌 본능에 따라 고민하고 발버둥 치고
눈물을 흘렸다. 그는 스스로 인간의 숙명을 검 한 자루로 구상具象하고
또 그 아수라阿修羅의 도구에서 구원을 얻기 위해 '길道'을 찾아 헤맨, 그
자체로 '생명의 기록'이었다는 것에 반론의 여지가 없다.

개개인의 인간이 태어나기 전부터 짊어진 성욕性慾과 육욕六慾의 해결
이라는 과제가 문학의 화두라고 한다면, 동렬同列의 인간 숙명이라고
할 수 있는 투쟁 본능의 근원을 구명해 가는 것 역시 커다란 과제라고
할 수 있을 것이다. 분명 인간 무사시는 그 '본능고本能苦'에 맞서 싸운
존재이다. 그 무한한 숙명적 고통을 내포한 우주가 그의 거처이며 바늘
하나와도 같은 검은 그의 마음을 형상화한 것에 지나지 않는다. 그가 구

한 '투쟁즉보리闘爭即菩提, 투쟁즉시도闘爭即是道'의 길에 지나지 않는다.

　나는 작품이 끼치는 영향력影響力이 두렵다. 나는 도학자道學者는 아니지만 그것을 생각하면 마음이 불안해진다. 때로는 보잘것없는 한 편의 소설이 독자의 일생을 좌우한다. 자신이 쓴 것이 문학이냐 아니냐의 문제보다도, 독자에게 어떤 영향을 끼칠 것인가가 훨씬 상위에 놓이는데, 이것은 내가 문학을 대하는 태도라고 말할 수 있다. 나는 결코 결벽한 편이 아니지만, 본래 처음부터 흥미 본위로 쓴 작품들 중에서 특히 이 작품에 많은 고뇌가 뒤따랐다.

　다년간 독자들이 이 작품에 보여 준 관심과 사랑을 생각하면 더욱 그럴 수밖에 없다. 일례에 불과하지만 교토 사쿠라의 화가라고 불리던 작고한 K.U씨는 생활고 끝에 가족들과 함께 죽기로 결심한 날, 우연히 그날 석간에 무사시가 아사마朝熊 산을 오르는 대목을 읽고 죽음을 단념했다고 한다. 이 이야기는 후일 아사히 신문의 학예부장인 T 씨를 통해 나를 방문한 그에게 들은 것이다. 또한 사람들을 통해 수영 선수인 후루바시 씨도, 장기 기사인 마스다 8단도 이 작품의 어느 부분을 읽고 스스로를 정진할 수 있었다는 말을 전해 듣기도 했다. 그때 나는 기쁨과 보람을 느끼기도 했지만 그 이상으로 고통과도 같은 자책감을 느낄 수밖에 없었다.

　앞에서 나는 영향이라는 말을 썼는데, 물론 독자가 작가에게 주는 영향도 있다. 어쩌면 나도 언제부터인가 독자들에게 영향을 받고 있었는지도 모른다. 대중 속에 책상을 두고 대중의 정신생활과 함께하려는 내 문학이 가진 숙명이 고고한 창 위에서 난을 사랑하는 것과 같을 수는 없을 것이다. 어쩌면 훨씬 무서운 숙명을 지닌 문학일지도 모른다.

이 작품이 의심을 받기 쉬운 것은, 그리고 때때로 비평적인 오해를 받는 것은 검으로 상징되는 인간과 봉건시대의 여러 모습들에 있을 것이다. 하지만 올바른 삶의 태도를 갖고 세계관과 사회관을 갖춰 온 오늘날의 독자들이라면 검에 대해 그릇된 인식을 가질 걱정은 없다고 나는 믿는다. 독자는 오락적인 부분은 오락으로 받아들이고 꿈꿀 수 있는 부분은 꿈꾸면서, 그렇게 현실과 조합照合하며 독서의 자유로움을 즐기는 사람이라고 생각한다.

본래 무사시의 검은 살殺이 아닐뿐더러 인생에 대한 저주도 아니다. 그의 검은 호護이자 사랑의 검이며, 자신과 타인의 생명 위에 엄격한 도덕의 지표를 두고 인간 숙명의 해탈을 구한 철인哲人의 길에 다름 아니다.

무사시의 화가로서의 면모, 그의 문아文雅와 여기餘技는 그가 말년에 보여 준 성과들이다. 때문에 이 소설에서는 무사시노武蔵野 병풍을 그리거나 관음상을 조각하는 정도의 초기의 문화적 활동만 그리고 있다.

또 무사시의 사랑 등도 그가 지닌 일면만 나올 뿐 그것을 강요하거나 가르치려는 것은 아니다. 하지만 현대 연애관의 거울은 될 수 있을 것이다. 서로 마주 보는 거울에서 초점과 각도를 어디에 둘 것인가는 개개인의 자유이다. 소설 속에서 그려지는 무사시의 모습을 현대와 과거라는 '양면거울兩面鏡'로 바라보아도 그의 검이 단순한 흉기가 아니라는 사실은 누구나 알 수 있을 것이다.

요시카와 에이지

　　　　　검성劍聖 미야모토 무사시(1584~1645)가
살다 간 시대는 일본 중세에 해당하는 무로마치 막부(1336~1573년)를
무너뜨리고 천하통일의 서막을 연 오다 노부나가, 그의 뒤를 이어 천하
통일의 대업을 완성한 도요토미 히데요시, 그리고 중앙집권체제 국가
로써 에도시대를 연 도쿠가와 이에야스라는 효웅梟雄들이 각축을 벌였
던 전국戰國 시대의 격변기였다. 이들이 난세를 풍미하며 천하통일이라
는 대망大望에 탐닉한 영웅들이었다면, 미야모토 무사시는 동시대를 살
았던 그들과 전혀 상반된 무사도武士道 본연의 정신을 지향하며 구도자求
道者의 길을 간 '무사'라고 할 수 있다. 그것은 무사시가 호덴가하라法典ヶ
原의 황무지를 개간하면서 했던 "나는 검을 통해 자신의 인간적 완성뿐
아니라 그것을 통해서 치민治民을 도모하고 경국經國의 근본을 실현시키
겠다"는 다짐에 잘 나타나 있는데, 이때 무사시가 말한 검은 수신修身과
치국治國의 검이었다.
　하지만 그와 같은 개혁적 이상이 그 뜻을 다 펼치기도 전에 세상에 의

해 좌절된 순간, 무사시는 자신의 생각이 꿈에 불과하다는 사실을 절감하고 '문무文武의 두 길을 겸비한 정치야말로 무결한 정치이자 세상을 이롭게 하는 대도大道'라는 깨달음을 얻게 된다. 이 대도大道의 검을 향한 각성은 한 나라를 다스리겠다는 이상을 넘어 세상天地을 이롭게 하는 검의 길[무사도]에 대한 모색과 고행을 예고하는 것이기도 했다.

그리고 마침내 무위無爲의 껍질을 깨고 간류와 최후의 시합에 임하기 전, 그는 제자인 이오리에게 "나라를 위해, 무사도를 위해, 버리기 위해 생명을 귀히 여겨야" 하며 "무사도를 저버리는 것은 나 혼자만의 수치가 아"닌 "세상 사람들의 마음까지 저버리는 것"이라는 가르침을 남긴다. 그 가르침을 통해 세상과 하나가 되는 궁극적인 '생명의 검活劍'을 체현하고자 하는 무사시의 무사도를 발견할 수 있게 된다. "보시로 살아가는 무사 수행자가 검만 수련해서는 치국治國의 길에 아무런 도움이 되지 않을뿐더러 세상과 동떨어져 살아가는 무골武骨밖에 되지 못할 것"이라는 그의 깨달음은 난세와 희로애락을 함께 하는 진정한 무사도의 구현으로 이어졌던 것이며, 여기에 무사시의 검이 갖는 현재적 의의가 있다 하겠다.

미야모토 무사시는 일생 동안 60여 차례의 시합에서 단 한 번도 패배하지 않은 불패의 검성이었지만 검인劍人의 면모만 있었던 것은 아니었다. 그가 그림과 조각에도 남다른 조예가 있었음을 본문 곳곳에서 엿볼 수 있는데, 실제로 그가 남긴 수묵화나 조각은 현재 일본에서 중요문화재로 지정되어 있다. 이를 통해 그가 일생 동안 '문무文武의

길'에 정진하였음을 잘 알 수 있다.

　끝으로 독자의 이해를 돕기 위해 몇 가지 사항을 일러두고자 한다.

　먼저 1935년부터 1939년까지 〈아사히 신문〉에 연재된 요시카와 에이지의 《미야모토 무사시》(전 7권)는 1권에서 5권까지 각 권의 부제를 무사시가 만년에 저술한 《오륜서五輪書》 각 장의 제목인 땅地, 물水, 불火, 바람風, 공空에 따라 쓰고 있다. 그리고 6권과 7권의 부제인 이천二天과 원명圓明은 저자가 무사시의 검법인 '이천일류二天一流'와 '원명류圓明流'에서 따온 것이다. 그러나 현재 국내에 번역되어 있는 《미야모토 무사시》 중에서 '공空'의 장을 '하늘'의 장, '이천'의 장을 '두 하늘'의 장으로 오역한 것이 있다. 무사시가 《오륜서》를 저술할 때 밀교密教의 오륜五輪인 '지수화풍공地水火風空'을 각 장의 제목으로 삼은 것을 감안하면 공空이란 '허공', '비어 있음'을 의미한다고 보는 것이 타당하리라 생각된다.

　다음으로 무사시의 검술을 원명류 또는 이천일류[이천류, 이도류]라고 하는데, 원명류는 무사시가 이천일류를 창시하기 이전에 그의 부친인 신멘 무니사이가 사용한 당리류當理流를 발전시킨 검술로 단검 등을 던지는 검술 외에 다양한 무술이 포함되어 있다. 그리고 이천일류는 오른손으로는 장검을, 왼손으로는 단검을 사용하는 이도류二刀流로 무사시가 만년에 완성한 궁극적인 병법이다.

2014년 12월
강성욱

차례

땅의 장

세키가하라의
패잔병

　　　　　'앞으로 천하는 어떻게 될까? 이젠 인간의
존재 따윈 가을바람 속에 한 조각 나뭇잎에 지나지 않을 뿐. 될 대로 되
라지!'

　다케조武蔵는 그렇게 생각했다. 시체들 속에서 그 역시 하나의 시체
처럼 누운 채 체념하고 있었다.

　'지금 움직여 봤자 소용없어.'

　하지만 마음과 달리 다케조는 움직일 힘이 전혀 없었다. 그는 느끼
지 못하는 듯했지만, 몸 어딘가에 총알 두서너 발이 박혀 있는 게 틀
림없었다.

　어제저녁, 좀 더 자세히 말하면 게이초慶長 오년 구월 십사일 밤부터
새벽녘까지 하늘은 이곳 세키가하라関ヶ原 지방에 큰비를 억수같이 쏟
아부었다. 그러고도 모자랐는지 오늘 오후가 지나도록 낮게 내려앉은

먹구름을 거둘 기미조차 보이지 않았다. 이부키伊吹 산의 꼭대기와 미노美濃의 이웃 산들을 배회하는 검은 구름이 때때로 천지사방에 '쏴아' 소나기를 뿌리면서 격전의 흔적을 씻어 주었다.

다케조의 얼굴에도, 곁에 있는 시체에도 비가 후드득 쏟아져 내렸다. 다케조는 잉어처럼 입을 벌리고 콧등을 타고 흘러내리는 빗물을 혀로 핥았다.

'마지막 물이다.'

그런 생각이 혼미한 머릿속에 희미하게 떠올랐다.

싸움은 아군의 패배로 끝났다. 긴고 주나곤 히데아키金吾中納言秀秋가 적과 내통해 동군東軍과 함께 아군인 이시다 미쓰나리石田三成와 우키타 히데이에宇喜多秀家, 시마즈 요시히로島津義弘, 고니시 유키나가小西行長 등의 진영을 역습한 것이 결정적인 패인이었다. 그리고 불과 반나절 만에 천하의 주인이 결정되었다. 동시에 몇 십만 명의 운명은 한 치 앞도 가늠할 수 없게 되었다. 이 전쟁터에서 후대의 숙명까지 시시각각으로 결정될 터였다.

'나도……'

다케조는 생각했다. 문득 고향에 홀로 남아 있는 누이와 마을 사람들이 눈앞에 떠올랐다. 어찌 된 일인지 슬프거나 하지는 않았다. 죽음이란 이런 것일까, 하는 생각마저 들었다. 그때, 열 걸음 정도 떨어진 아군 시체들 속에서 갑자기 시체 하나가 고개를 들고 그를 불렀다.

"어이, 다케조!"

순간 가사상태에서 깨어난 듯, 그의 두 눈이 사방을 두리번거렸다. 그 시체는 창 한 자루 들고 함께 마을을 뛰쳐나와 군대에 들어온 친구인 마타하치\/\였다. 두 사람은 같은 주군을 섬기며 젊은 공명심에 불타서 이번 싸움에 참가해 함께 싸웠다. 마을을 뛰쳐나올 당시 마타하치와 다케조 둘 다 열일곱 살이었다.

"아, 마타. 너구나."

"다케, 너도 살아 있구나."

마타하치의 대답에 다케조는 있는 힘껏 소리쳤다.

"살아 있고말고. 여기서 죽을 순 없지. 마타! 너도 죽지 마라. 여기서 개죽음당하면 안 돼!"

"제길, 죽긴 왜 죽어!"

마타하치가 혼신의 힘을 다해 다케조의 곁으로 기어 와서는 그의 손을 잡으며 말했다.

"도망치자."

그러자 다케조가 친구의 손을 잡아당기며 꾸짖듯 말했다.

"죽은 체하고 있어. 아직 위험해."

그의 말이 채 끝나기도 전이었다. 두 사람이 머리를 맞대고 누워 있는 대지가 끓는 가마솥처럼 흔들리기 시작했다. 함성과 함께 새까만 인마의 행렬이 세키가하라의 한복판을 휩쓸며 그들 쪽으로 닥쳐오고 있었다. 그들의 등에 꽂힌 깃발들을 본 마타하치가 당황해하며 소리쳤다.

"앗, 후쿠시마福島의 군대다!"

다케조가 마타하치의 발목을 잡아당겨서 쓰러뜨렸다.

"바보야, 죽고 싶어!"

순식간에 벌어진 일이었다. 갑옷과 투구로 무장한 수많은 적들이 긴 창과 검을 휘두르며 진흙으로 얼룩진 군마를 몰아 질풍처럼 달려오더니 이내 두 사람의 얼굴 위를 뛰어넘어 갔다. 꼼짝도 하지 않고 엎드려 있는 마타하치, 그러나 다케조는 큰 눈을 뜬 채 사납고 민첩한 적의 군마들의 배를 끝까지 보고 있었다.

이틀 전부터 퍼붓던 소나기가 늦더위의 마지막을 고하는 듯했다. 구월 십칠일인 오늘, 구름 한 점 없는 밤하늘에는 사람을 노려보는 듯한 서늘한 달만 걸려 있었다.

"걸을 수 있어?"

마타하치의 팔을 자신의 목에 두르고 부축하며 걷던 다케조가 귓가에 들리는 친구의 숨소리가 마음에 걸려 몇 번이나 되물었다.

"괜찮아? 정신 잃으면 안 돼."

"괜찮아."

그러나 대답과는 달리, 마타하치의 얼굴은 달빛보다 창백했다. 이틀 밤을 이부키 산의 계곡 습지에 숨어서 생밤과 풀로 배를 채운 탓인지 다케조는 복통이 났고 마타하치는 심한 설사로 고통스러워했다.

도쿠가와德川 편에서는 승기를 놓칠세라 세키가하라에서 패주한 이

시다, 우키타, 고니시 등의 잔당을 토벌하기 위해 전력을 기울일 게 뻔했다. 때문에 다케조도 이런 달밤에 마을로 숨어드는 일이 무척 위험하다는 걸 모르지 않았다. 하지만 붙잡혀도 좋다고 말할 정도로 심히 고통스러워하는 마타하치를 보면서 그는 결단을 내렸다. 어차피 한곳에 계속 머물러 있다가는 맥없이 붙잡힐 거였다. 다케조는 마타하치를 부축해 다루이垂井 마을이라 생각되는 방향으로 길을 잡아 내려가고 있었다.

"다케, 미안해. 정말 미안해."

한 손에 든 창을 지팡이 삼아 친구의 어깨에 기대 간신히 걸음을 옮기던 마타하치가 몇 번이나 되뇌었다.

"그런 말, 하지 마."

잠시 후, 다케조가 다시 말했다.

"그건 내가 할 말이야. 우키타 님이나 이시다 미쓰나리 님이 군대를 일으킨다는 소문을 들었을 때, 나는 결심했어. 내 부모님이 예전에 모셨던 신멘 이가모리新免伊賀守 님이 우키타 가문의 가신이었기 때문에 그 인연을 믿었고, 비록 향사鄕士[1]의 자식이지만 창 하나 들고 찾아가면 반드시 부모님과 마찬가지로 무사로서 군대에 넣어 줄 거라고 생각했던 거야. 이번 싸움에서 적장의 목을 쳐서 나를 마을의 골칫덩어리 취급하던 고향 녀석들에게 보란 듯이 복수해야지, 그리고 돌아가신 내 아버지 무니사이無二齊가 지하에서 깜짝 놀라게 해야지, 하는 꿈

---

1 옛날 농촌에 토착한 무사, 또는 토착 농민이면서 무사 대우를 받은 자를 말한다. 시골 무사.

을 품었던 거야."

"나도! 나 역시 그랬어.'

마타하치도 고개를 끄덕였다.

"그래서 나는 평소에 친했던 너에게 같이 가지 않겠느냐고 찾아갔었지. 그런데 너의 어머니는 당치도 않은 일이라며 나를 호되게 야단치셨어. 그리고 네 부모님이 어릴 때부터 정해 놓은 칠보사七寶寺에 있는 너의 약혼녀인 오츠도, 내 누이까지도 모두 농사꾼 자식은 농사꾼이 돼야 한다고 눈물을 흘리며 말렸지. 너나 나나 모두 대를 이어야 할 소중한 외아들이었으니 이상한 일도 아니었지."

"흐음……."

"우리는 여자나 노인에게 얘기해 봤자 소용없다며 그들의 허락도 구하지 않고 뛰쳐나왔지. 거기까지는 좋았는데, 막상 신멘가新免家의 진영으로 가 보니 아무리 예전의 주군이었다고 해도 우리를 쉽게 무사로 받아 주지 않았어. 병졸이라도 좋다며 간신히 부대에 들어가 전장에 나왔지만 항상 보초 역할이나 길을 닦는 하찮은 일만 했고, 창이 아닌 낫을 들고 풀을 베던 때가 더 많았어. 적장의 목은커녕 무사의 목을 벨 기회도 없었어. 결국 이 모양 이 꼴이 되고 말았다. 그런데 여기서 네가 개죽음을 당한다면 오츠나 네 어머니께 무슨 말로 사죄할 수 있겠냐."

"그게 어째서 네 탓이야? 전쟁에서 패한 탓이고, 또 이렇게 될 운명이었겠지. 모든 게 엉망이었어. 굳이 누구의 탓으로 돌린다면 배신자인 긴고 주나곤 히데아키 때문이다. 난 그자를 증오해."

　얼마 후, 다케조와 마타하치는 들판의 한쪽 끝에 서 있었다. 눈에 보이는 건 초가을 태풍이 지나가고 난 뒤에 남아 있는 억새나 들풀뿐이었다. 등불도 보이지 않고 인가도 없는 이런 곳을 목적으로 왔을 리없다. 두 사람은 내려온 길을 되돌아보았다.

"대체 여기가 어디지?"

"말을 너무 많이 하며 오다가 길을 잘못 들었나 봐."

다케조가 되뇌자 그의 어깨에 기대 있던 마타하치가 말했다.

"혹시 저건 구이세杭瀬 강 아니냐?"

"그럼 이 근처는 엊그제 우키타 편과 동군東軍인 후쿠시마 마사노리福島正則, 고바야카와 히데아키小早川 군이 적군인 이이 나오마사井伊直政와 혼다 타다가츠本多忠勝의 군대와 뒤섞여 싸운 곳이겠군."

"그렇겠군. 나도 이 부근에서 싸웠을 텐데 아무 기억도 나질 않아."

"저기 봐."

다케조가 가리켰다. 그들의 시선이 향한 곳에는 태풍에 쓰러진 수풀과 맑은 강물, 그리고 엊그제 전투에서 죽은 적과 아군의 시체들이 그대로 남아 있었다. 수풀 속에 머리를 처박고 있거나 등이 개울에 잠긴 채 하늘을 바라보고 있거나 말과 뒤엉켜 있는 시체들. 이틀 동안 비를 맞은 터라 시체들의 핏자국은 다 씻겨 내려갔지만 그 피부는 달빛 아래서 죽은 물고기처럼 변색되어 그날의 격전을 다시 떠올리게 했다.

"벌레가 우는군."

마타하치가 다케조의 어깨에 기대어 병자처럼 가쁜 숨을 내쉬었다. 울고 있는 것은 귀뚜라미나 방울벌레만이 아니었다. 마타하치의 눈에서도 눈물이 흐르고 있었다.

"다케, 내가 죽으면 칠보사에 있는 오츠를 네가 맡아서 평생 보살펴 줘."

"대체 무슨 생각으로 그런 바보 같은 말을 하는 거야!"

"나는 죽을지도 몰라."

"약한 소리 하지 마! 마음 굳게 먹어."

"어머니는 친척들이 보살필 테지만 오츠는 혼자야. 절에 묵었던 떠돌이 무사가 갓난아기였던 그녀를 두고 가 버렸지. 불쌍한 여자야. 다케, 정말이야. 내가 죽거든 오츠를 부탁해."

"설사쯤 한다고 사람이 죽진 않아. 마음을 굳게 먹고 조금만 참고 견뎌. 농가를 발견하면 약도 얻을 수 있고 잠도 편히 잘 수 있을 테니까."

세키가하라에서 후와不破로 가는 길에는 역참도 있고 부락도 있었다. 다케조는 신중을 기하면서 계속 걸었다.

얼마쯤 가자 '어떤 부대가 여기서 또 전멸했구나' 하는 생각이 들 만큼 즐비한 시체 더미와 마주쳤다. 그러나 이젠 시체를 봐도 잔혹하다거나 슬프다는 감정이 들지 않았다. 그런데 갑자기, 다케조가 무엇에 놀란 듯했고 마타하치도 섬뜩한 기운을 느꼈는지 멈칫하며 소리쳤다.

"앗!"

겹겹이 쌓인 시체들 사이에서 토끼처럼 재빠른 동작으로 몸을 감춘 자가 있었다. 달빛이 대낮처럼 밝았다. 그곳을 물끄러미 응시하자 몸을 웅크리고 있는 자의 등이 보였다.

'도적인가?'

하지만 생각과는 달리, 그자는 이제 겨우 열서너 살쯤 됐을 법한 어린 소녀였다. 소녀의 옷은 남루했지만 금실로 무늬를 놓은 비단으로 감싼 폭이 가느다랗고 나무로 된 허리끈을 동여맸고 소맷자락이 둥근 옷을 입고 있었다. 그 소녀 역시 사람의 인기척을 경계하는지, 시체들 사이에서 고양이처럼 민첩하게 움직이며 이쪽을 똑바로 쏘아보고 있었다.

전쟁은 끝났지만 적들이 아직도 이 근처 산야로 흩어진 잔당을 소탕하기 위해 일대를 샅샅이 뒤지고 있을 것이다. 더구나 이곳은 시체가 곳곳에 널브러져 있고 귀기鬼氣가 서린 또 다른 전쟁터였다. 그런데 나이도 어린 소녀가, 게다가 혼자서 한밤중에 무수한 시체들 사이에 숨어서 대체 뭘 하고 있었던 것일까?

"……?"

괴이하게 여긴 다케조와 마타하치는 마른침을 삼키며 한동안 소녀의 모습을 지켜보았다. 그리고 얼마 후, 다케조가 소녀를 떠보기 위해 소리쳤다.

"이놈!"

그러자 소녀가 깜짝 놀랐는지 눈을 동그랗게 뜨고는 당장이라도 달아나려는 자세를 취했다.

"얘야, 도망가지 않아도 돼. 물어볼 게 있단다."

당황한 다케조가 이렇게 말했지만 이미 늦었다. 소녀는 놀랄 만큼 재빠르게 뒤도 돌아보지 않고 반대편으로 내달렸다. 마치 잡을 테면 잡아 보라는 듯이 내달리는 소녀의 몸짓에 따라 방울 소리가 맑게 울려 퍼졌다. 방울 소리는 두 사람의 귓가에 묘한 여운을 남겼다.

"뭘까?"

다케조는 망연히 밤안개 속을 바라보았다.

"귀신이 아닐까?"

마타하치가 몸서리를 치자 다케조가 웃으며 말했다.

"설마, 그럴 리가. 저쪽 언덕 사이로 사라진 걸 보니 근처에 마을이 있는 것 같아. 잘 구슬려서 물어봤으면 좋았을걸."

언덕을 올라가 보니 과연 인가의 불빛이 보였다. 후와 산의 기슭이 드넓게 남쪽으로 뻗어 있는 늪지였다. 불빛을 향해 몇 리를 더 걸어서 가까이 가 보니 외딴집 하나가 눈에 들어왔다. 농가로는 보이지 않았지만 흙담이 있었고 오래됐지만 대문 같아 보이는 입구도 있었다. 하지만 기둥은 너무 오래되어 썩어 있었고, 대문은 문짝도 없는 그런 상태였다. 안으로 들어가니 싸리나무가 수북이 자라나 있고 안채의 문은 잠겨 있었다.

"계십니까?"

다케조가 가만히 문을 두드리며 말했다.

"한밤중에 죄송합니다만, 부탁드릴 것이 있습니다. 병자가 있어서 그러니 잠시만 도와주세요. 폐는 끼치지 않겠습니다."

한동안 아무 기척이 없더니 조금 전에 보았던 소녀와 집 안의 누군가가 소곤대는 소리가 들렸다. 잠시 후, 문 안쪽에서 소리가 났다. 문을 열어 주나 기대하고 있는 그들을 향해 소녀가 또렷한 음성으로 말했다.

"두 분은 세키가하라의 패잔병이 아니신가요?"

"맞습니다. 저희들은 우키타 부대의 신멘 이가모리의 병졸입니다."

"패잔병을 숨겨 주면 저희도 죄를 받습니다. 폐를 끼치지 않는다고 하셔도 저희에게는 폐가 됩니다."

"그렇습니까? 그럼 어쩔 수 없군요."

"그만 가 주세요."

"그렇게 하겠습니다만, 실은 일행이 설사로 고생하고 있습니다. 약을 가지고 계시다면 죄송하지만 조금만 나누어 주십시오."

"약 정도는……."

잠시 생각하는 듯하더니 집 안의 사람에게 물어보러 가는지 방울 소리와 함께 발소리도 안쪽으로 사라졌다. 잠시 후, 다른 창문으로 사람의 얼굴이 보였다. 아까부터 밖을 엿보고 있던 이 집의 안주인인 듯한 사람이 처음으로 말을 걸었다.

"아케미夫實, 문을 열어 드려라. 패잔병이지만 어차피 병졸 따위는 아무도 거들떠보지 않으니 하룻밤 재워 준다고 해도 걱정할 일은 없을 게다."

    땔감을 쌓아 둔 나뭇광 안에서 다케조와 마타하치는 몸을 회복하는 것으로 하루를 보냈다. 마타하치는 박탄朴炭 가루를 한 움큼 삼키고 부추죽을 먹은 후에 잠을 잤고, 다케조는 총에 맞은 넓적다리의 상처를 술로 열심히 씻어 내고는 자리에 누워 있었다.

"여긴 도대체 뭘 하는 집일까?"

"뭘 한데도 상관없어. 이렇게 숨겨 주는 것만 해도 감지덕지야."

"주인아주머니도 아직 젊은데 어린 소녀와 단둘이 살다니. 더구나 이런 산골에서……."

"그 애, 칠보사에 있는 오츠와 어딘가 닮지 않았나?"

"응, 귀여운 아이야. 하지만 인형처럼 깜찍한 소녀가 어째서 우리도 꺼리는 시체가 널린 싸움터를 혼자 돌아다녔을까? 그것도 한밤중에. 난 그게 마음에 걸려."

"쉿! 방울 소리가 난다."

"아케미가 온 것 같아."

    발소리가 밖에서 멈췄다. 소녀는 딱따구리처럼 가볍게 문을 두드렸다.

"다케조 님, 마타하치 님."

"누구시죠?"

"저예요. 죽을 가지고 왔어요."

거적에서 일어나서 안쪽 빗장을 풀었다. 아케미가 약과 음식을 쟁반에 담아 왔다.

"고맙다."

"몸은 좀 어떠세요?"

"덕분에 우리 두 사람 다 건강해졌다."

"어머니가 그러시는데, 다 나으셨더라도 너무 큰 소리로 말씀하시거나 밖으로 얼굴을 내밀지는 마시래요."

"여러 모로 폐가 많구나."

"이시다 미쓰나리 님이나 우키타 히데이에 님처럼 세키가하라에서 도망친 장수들이 아직 잡히지 않았대요. 그래서 이 근처도 철저하게 수색하고 있다고 하셨어요."

"그렇구나."

"아무리 병졸이시라지만 두 분을 숨겨 준 게 발각되면 어머니와 저도 잡혀가니까요."

"그래, 잘 알았다."

"그럼 안녕히 주무세요. 내일 봬요."

아케미가 웃음을 보이며 밖으로 나가려고 하자 마타하치가 그녀를 불러 세웠다.

"아케미, 잠깐 얘기 좀 할래?"

"안 돼요!"

"왜지?"

"어머니한테 혼나요."

"물어볼 게 좀 있어서 그래. 지금 몇 살이지?"

"열다섯."

"열다섯? 아직 어리구나."

"남 걱정을 하실 때가 아닌 것 같은데요."

"아버지는?"

"없어요."

"가업은?"

"우리가 하는 일이요?"

"응."

"뜸쑥 만들어요."

"하긴, 뜸과 약쑥이 이 고장의 명산품이지."

"이부키의 쑥을 봄에 베어 여름내 말린 다음, 가을부터 겨울까지 뜸쑥을 만들어서 다루이 역참에서 토산물로 팔아요."

"그렇군. 뜸쑥을 만드는 일이라면 여자도 할 수 있을 테니까."

"다 물으셨어요?"

"아니, 아직…… 아케미."

"왜요?"

"그날 밤, 우리가 이 집에 처음 온 날 밤에 말이야. 시체가 수없이 널려 있는 싸움터를 돌아다니면서 대체 뭘 하고 있었지? 그게 물어보고 싶었어."

"몰라요!"

그러고는 문을 탁 닫아 버린 아케미가 소매에 달린 방울을 울리면서 안채 쪽으로 뛰어갔다.

떡갈나무
목검

다케조는 키가 오 척 육칠 치[2] 정도로, 그의 체격은 마치 잘 달리는 준마와 같았다. 팔다리가 쭉쭉 뻗었고 입술은 붉었으며 눈썹은 짙었는데, 그 눈썹이 매우 길어서 눈을 덮을 정도였다. 고향인 사쿠슈 미야모토作州宮本 마을 사람들은 소년 시절의 그를 '풍년동자豊年童子'라고 부르며 놀리곤 했다. 보통 사람들보다 눈도 코도 손발도 훨씬 컸기 때문에 풍년에 태어난 아이라는 것이었다.

마타하치도 다케조처럼 풍년동자에 속했지만, 그에 비해 약간 작았고 몸집은 단단했다. 바둑판같이 평평한 가슴이 늑골을 감싸고 있었고 둥근 얼굴에 눈이 부리부리했다.

언제 집 안을 엿보고 왔는지 마타하치가 소곤거렸다.

---

2 1척(=1자)은 약 30.3센티미터로, 1치(=1촌)은 그것의 10분의 1인 3.03센티미터에 해당한다. 따라서 '오 척 육칠 치'는 약 171센티미터에 해당한다.

"어이, 다케조! 이 집의 젊은 과부는 매일 밤 얼굴에 분을 바르고 화장을 하던데."

두 사람 모두 젊고 한창 혈기왕성할 때였다. 마타하치는 다케조의 총상이 완전히 나을 무렵이 되자 더 이상 어둠침침하고 습기 찬 나뭇광 안에서 귀뚜라미처럼 숨죽이며 처박혀 있을 수만은 없었다. 언제부터인가 마타하치는 안채의 화롯가에서 젊은 과부인 오코와 어린 소녀인 아케미를 앞에 두고 노래를 부르거나 재미있는 이야기를 들려주며 그들을 즐겁게 해 주었다. 그가 나뭇광에서 자지 않는 밤이 많아졌다.

이따금 그는 술 냄새를 풍기며 다케조를 부르러 왔다.

"야, 다케조. 너도 나와."

다케조도 처음에는 주의를 주었다.

"조심해! 우리는 패잔병이라고."

"왜, 술은 싫어?"

하지만 마타하치를 냉담하게 대하던 다케조도 결국에는 무료함을 이기지 못하고 밖으로 나왔다.

"이 근처도 이젠 괜찮겠지?"

다케조는 스무날 만에 파란 하늘을 올려다보며 마음껏 기지개를 펴고 하품을 해 댔다.

"마타, 너무 폐를 끼치지 마. 이제 슬슬 고향으로 돌아가야지."

"나도 그렇게 생각하지만, 아직 이세伊勢로 가는 길도 모두 감시가 심

하대. 일단 여기서 눈이 올 때까지 숨어 있는 게 낫다고 아주머니도
아케미도 그랬어."

"하지만 너처럼 화롯가에서 술이나 마시고 있는 게 숨어 있는 건 아
니잖아."

"그렇지 않아. 며칠 전에 우키타 주나곤님을 잡으려고 혈안이 된 도
쿠가와 쪽 무사들이 이곳까지 조사하러 왔었어. 그때 그들을 상대해
서 돌려보낸 게 나였다고. 나뭇광 구석에 숨어서 발소리가 들릴 때마
다 벌벌 떠느니 차라리 이렇게 지내는 편이 더 안전할 거야."

"흠, 오히려 그게 더 나을지도 모르겠군."

다케조는 마타하치의 말이 그저 핑계일 거라고 생각하면서도 그의
의견에 동의했다. 그리고 다케조도 그날부터 함께 안채로 옮겨갔다.
다행히 오코는 조금도 불편해하거나 폐라고 생각하지 않는 듯했다.
오히려 집안에 활기가 돌아서 좋다며 기뻐하는 듯 보였다.

"마타 님이나 다케 님 중에 한 분이 아케미 신랑이 되어 언제까지나
이곳에 있어 준다면 얼마나 좋을까."

그 말에 다케조와 마타하치는 어쩔 줄 몰라 했다. 오코는 당황해하
는 순진한 두 청년을 보며 재미있어 했다.

외딴집의 바로 뒷산은 소나무가 울창했다. 아케미는 팔에 바구니를
끼고 소나무 밑동을 살피며 송이버섯의 향을 맡을 때마다 천진스레
소리를 질렀다.

떡갈나무 목검   33

"아, 여기 있다. 오라버니 이리 와요."

다케조도 그녀와 조금 떨어져 있는 소나무 아래에서 바구니를 들고 허리를 굽히고 있었다.

"여기도 있어."

침엽수 가지 사이로 흘러넘치는 가을 햇살은 둘의 모습에 가느다란 빛의 파문을 일으키며 흔들리고 있었다.

"자, 누가 더 많을까요?"

"내가 더 많을걸?"

다케조의 바구니를 들여다보던 아케미가 손을 넣었다.

"이건 무당버섯, 이건 광대버섯. 그리고 이것도 독버섯."

다케조의 버섯을 하나씩 골라내 버리던 아케미가 으스대며 말했다.

"내가 훨씬 더 많죠?"

"날이 어두워졌네. 그만 돌아가자."

"나한테 져서 그러는 거죠?"

다케조를 놀리며 종종걸음으로 앞장서서 산길을 내려가던 아케미가 그 자리에 멈춰 섰다. 그녀의 안색이 어느새 창백해졌다. 큰 걸음으로 산중턱을 느릿느릿 가로질러 오던 남자의 커다란 눈이 이쪽을 노려봤다. 송충이처럼 험상궂게 생긴 눈썹, 위로 뒤집힌 두꺼운 입술, 게다가 커다란 칼과 옷 속에 받쳐 입은 미늘 갑옷, 짐승 가죽으로 만든 겉옷까지. 매우 야생적이고 호전적인 기운을 내뿜는 남자였다.

"꼬마야!"

아케미 곁으로 다가온 남자가 누런 이를 드러내며 씩 웃었다. 아케미의 얼굴이 더욱 새파래졌다.

"네 어미는 집에 있느냐?"

"네? 네."

"집에 돌아가면 어미에게 똑똑히 전해라. 내 눈을 속여 가며 살금살금 돈벌이를 하고 있는 모양이던데, 곧 세금을 거두러 간다고."

"……."

"내가 모를 줄 알았느냐? 너희 모녀가 훔친 물건들을 판 곳에서 다 듣고 있느니라. 너도 매일 밤, 세키가하라에 가지?"

"아니에요."

"어미한테 전해라. 허튼수작 부리면 가만두지 않겠다고. 알았지?"

아케미를 노려보던 그 남자는 걷는 것도 버거워 보이는 몸을 움직여 느릿느릿 늪지 쪽으로 사라졌다.

"뭐야, 저 자식은?"

남자를 바라보던 다케조가 눈을 돌려서 아케미를 달래듯 물었다. 떨리는 입술로 아케미가 희미하게 말했다.

"후와 마을의 쓰지가제辻風예요."

"도적이로군."

"네."

"그자가 왜 화를 낸 거지?"

"……."

"아무에게도 말하지 않을게. 혹시 내게도 얘기 못 하는 일이니?"

말하기 거북한지 잠시 주저하던 아케미가 갑자기 다케조의 가슴에 얼굴을 묻으며 말했다.

"아무한테도 말하면 안 돼요."

"그래."

"우리가 만났던 그날 밤, 세키가하라에서 제가 뭘 하고 있었는지 아직도 모르겠어요?"

"글쎄, 모르겠는데."

"난 도둑질을 하고 있었어요."

"뭐?"

"싸움이 벌어졌던 곳에 가서 죽은 사람들이 지니고 있던 물건을 말예요. 칼이든 전립이든 향낭이든, 뭐든 돈이 될 만한 물건이면 집어 오는 거예요. 무섭지만 먹고살기 어려우니까요. 싫다고 하면 어머니한테 혼나요."

해는 여전히 높은 곳에 걸려 있었다. 다케조는 아케미를 달래서 함께 풀숲에 앉았다. 소나무 사이로 이부키 늪가에 있는 집 한 채가 언덕 아래로 보였다.

"그럼 전에 늪의 쑥을 베어다 뜸쑥을 만든다고 했던 건 거짓말이구나?"

"네. 우리 어머닌 사치가 굉장히 심해서 쑥을 베어다가 팔아서는 생활을 할 수 없어요."

"흐음."

"아버지가 살아 계실 때에는 이부키의 일곱 마을에서 가장 큰 집에서 살았어요. 하인도 많았고요."

"아버지가 뭘 하는 사람이었는데?"

"산적 두목."

아케미는 자랑스러운 듯 말했다.

"그런데 아까 여기 왔던 쓰지가제 덴마辻風典馬에게 살해당했어요. 모두들 덴마가 죽였다고 말해요."

"뭐, 살해됐다고?"

"……."

고개를 끄덕이는 아케미의 눈에서 눈물이 흘러내렸다. 열다섯 살로 보이지 않을 만큼 몸집이 작은 아케미였지만 말투는 조숙했다. 때로 눈을 의심하게 할 만큼 민첩한 동작을 보이곤 했기 때문에 다케조는 그녀에게 동정심을 느끼지는 않았다. 하지만 갖풀로 붙인 듯한 속눈썹에서 뚝뚝 떨어지는 눈물을 보자 갑자기 안아 주고 싶을 만큼 아케미가 가련하게 보였다.

다케조는 아케미가 평범한 가정교육을 한 번도 받은 적이 없을 것이라고 생각했다. 그녀는 도적질을 하는 아버지의 직업이 세상에서 가장 좋은 직업이라고 믿고 있는 듯했다. 그리고 어머니로부터 먹고살기 위해서라면 도둑질보다 더 나쁜 일이라도 올바르다고 교육 받아 왔을 것이다.

오랫동안 난세가 지속되면서 게으르고 목숨 귀한 줄 모르는 부랑자들에게 도적질은 유일한 일거리가 되었고, 세상도 그것을 괴이하게 여기지 않았다. 영주들도 전쟁 때마다 그들을 이용했다. 부랑자들에게 적진에 불을 지르게 하거나 유언비어를 퍼뜨리게 했고, 적진에서 말을 훔쳐 오게도 했다. 영주가 그들을 매수하지 않을 때에도 할 일은 얼마든지 있었다. 전투가 끝난 후에 시체를 뒤져 물건을 훔치거나 패잔병의 물건을 빼앗거나 아니면 죽은 시체의 목을 베어 바쳤다. 전쟁이 한 번 일어나면 반년이나 일 년은 마음껏 놀고먹을 수 있었다.

또한 마을 근처에서 전투가 벌어지면 농사를 지을 수 없었던 탓에 농사꾼이나 나무꾼 같은 양민들도 전쟁터에서 물건들을 주워 한몫 챙기는 일에 익숙해져 있었다. 때문에 직업적인 도적들은 자신의 영역을 철저하게 지켰다. 만약 다른 사람이 자신의 영역을 침범했을 경우에 그냥 넘어가지 않았다. 반드시 잔혹한 보복을 가해 자신의 권리를 보여 주었고, 그것이 또한 그들의 철칙이었다.

"어떻게 하죠?"

앞으로의 일이 두려운지 아케미가 몸을 떨었다.

"틀림없이 쓰지가제의 부하가 찾아올 거예요."

"오면 내가 알아서 할 테니 걱정하지 마."

산을 내려왔을 때는 이미 어스름이 늪지를 감싸고 있었다. 목욕물을 데우는 연기가 외딴집 처마 끝에서 흘러나와 옅은 갈색의 참억새 위로 퍼져 나갔다.

오코는 평소와 다름없이 밤 화장을 마치고 뒤편의 문턱에 서 있었다. 아케미와 다케조가 나란히 붙어서 돌아오는 모습을 보자 그녀는 평소와 달리 눈을 흘기며 새된 목소리로 말했다.

"아케미, 이렇게 어두워질 때까지 대체 뭘 한 거니?"

태연히 서 있는 다케조와 달리, 어린 소녀는 어머니의 기분에 민감했다. 흠칫한 아케미가 다케조의 곁에서 떨어져 얼굴을 붉히며 앞으로 뛰어갔다.

다음 날, 아케미에게 쓰지가제 덴마의 이야기를 들은 오코가 갑자기 당황스러워했다.

"왜 진작 얘기하지 않았니?"

그녀는 아케미를 야단치더니 선반과 서랍, 헛간 속의 물건 등속을 한곳에 모아 놓으며 말했다.

"마타 님과 다케 님도 거들어 줘요. 이것들을 전부 천장 위로 올려야 하니까."

"예."

마타하치가 다락방으로 올라갔다. 다케조는 발판에 올라서서 오코에게 천장으로 올릴 물건들을 하나씩 받아서 마타하치에게 건넸다. 어제 아케미에게 사정을 듣지 않았다면 다케조도 틀림없이 놀랐을 것이다. 시간은 오래 걸렸겠지만 부녀가 그렇게나 많은 물건들을 잘도 모아 놓았구나, 하는 생각이 들었다. 단도와 창의 촉, 갑옷의 한쪽 소매도 있었다. 또 장식 없는 투구의 팔번좌八幡座, 품속에 들어갈 크기의 부처님을 넣은 조그만 상자며 염주, 깃대 등도 있었다. 그보다 큰 물건으로 자개와 금과 은이 박혀 있는 말안장 따위도 있었다.

"이제 다 됐나요?"

천장 속에서 마타하치가 얼굴을 내밀었다.

"하나 더."

오코는 남아 있던 떡갈나무로 만든 네 척 정도 되는 검은 목검을 집어 올렸고 중간에 있던 다케조가 건네받았다. 멋진 곡선이며 묵직하고 단단한 촉감이 그의 손에 느껴졌다. 다케조는 목검을 놓고 싶지 않은 기분에 사로잡혔다.

"아주머니, 이거 제게 주시겠어요?"

다케조가 물었다.

"갖고 싶어요?"

"네."

"……."

오코는 주겠다는 말은 하지 않았지만 다케조의 생각을 알겠다는 듯 웃는 얼굴로 고개를 끄덕였다. 다락방에서 내려온 마타하치도 목검을 보고는 몹시 부러운 표정을 지었다.

"샘나나 봐, 어린애같이."

오코는 웃으면서 석영 구슬이 달린 가죽 염낭을 마타하치에게 주었지만 그는 별로 기뻐하지 않았다.

저녁때면 오코는 남편이 살아 있을 때부터의 습관인지 반드시 목욕을 한 후 화장을 하고 술을 즐겼다. 자기뿐 아니라 아케미에게도 똑같이 시켰다. 호기로운 성격인데다 언제까지나 젊게 살고 싶어하는 것 같았다.

"자아, 모두 이리 와요."

오코는 화롯가에 둘러앉아서 마타하치에게 술을 따르고 다케조에게도 잔을 돌렸다.

"남자가 술도 못 마시면 어떻게 해요. 내가 가르쳐 줄게요."

오코는 두 사람이 아무리 사양해도 손목을 잡고는 억지로 마시게 했다.

마타하치는 이따금 불안하고 침울한 표정으로 오코의 모습을 물끄러미 바라보았다. 오코는 그런 시선을 느끼면서도 다케조의 무릎에 손을 얹고는 요즘 유행하는 노래를 가늘고 고운 목소리로 흥얼거렸다.

"다케조 님, 지금 이 노래는 내 심정이에요. 알겠어요?"

오코는 아케미가 고개를 돌리고 있는데도 개의치 않고 젊은 남자의 부끄러움과 또 한 남자의 질투심을 의식하면서 말했다. 마침내 마타하치가 퉁명스럽게 말했다.

"다케조, 가까운 시일 안에 그만 떠나야겠지?"

오코가 물었다.

"마타 님, 어디로?"

"사쿠슈의 미야모토 마을로요. 이래 봬도 고향에 어머니와 약혼한 사람이 있는 몸이라고요."

"아, 그래요? 그런 사람을 숨겨 줘서 미안하게 됐네요. 그런 분이 있다면 마타 님 혼자 먼저 떠나도 말리지 않겠어요."

다케조는 목검을 손에 쥐고 휘두를 때마다 그 크기나 곡선의 조화에 무한한 쾌감을 느꼈다. 오코에게 떡갈나무로 만든 목검을 받은 후로 다케조는 잠을 잘 때에도 가슴에 품고 잘 만큼 잠시도 손에서 놓지 않았다. 목검의 차가운 표면에 볼을 대면 어린 시절에 한겨울 추위 속에서 무예를 수련할 때 느꼈던, 아버지 무니사이에게 물려받은 치열한 기백이 그의 핏속에 되살아나는 듯했다.

무니사이는 가을 서리처럼 엄격한 사람이었다. 아주 어릴 적에 헤어진 어머니만 그리워했던 다케조는 아버지에게 어리광을 부리는 재미를 알지 못했다. 그에게 아버지는 그저 어렵고 무서운 존재였다. 아홉 살 때, 불쑥 집을 나와 반슈播州에 있는 어머니에게 달려간 것도 '어머나, 많이 컸구나' 하는 다정한 말 한마디를 듣고 싶어서였다. 다케조의 어머니는 무슨 연유에서인지 아버지 무니사이와 절연하고 반슈의 사요고佐用鄕의 무사와 재혼해서 아이까지 두고 있었다.

"아버지가 계신 곳으로 돌아가거라."

어머니가 사람들이 없는 신사神社의 숲에서 자신의 손을 마주 잡고 안아 주며 울던 모습을 다케조는 지금도 잊을 수가 없었다. 어떻게 알았는지 무니사이는 바로 사람을 보내 아홉 살인 그를 안장도 없는 말등에 붙들어 맨 채 반슈에서 미마사카美作의 요시노고吉野鄕의 미야모토 마을로 데려왔다. 그는 다케조에게 불같이 화를 내며 몽둥이로 사정 없이 때렸다.

"못난 녀석, 못된 녀석."

그 일은 어린 다케조의 마음에 선명하게 각인되어 아직도 잊히지 않았다.

"두 번 다시 네 어미에게 가지 마라. 이를 어기면 내 자식이라도 용서하지 않을 테다."

그 일이 있은 뒤 얼마 후, 어머니가 병으로 돌아가셨다는 말을 전해 들은 다케조는 슬픔을 견딜 수 없었다. 그 후로 언제부턴가 그는 아무도 건드릴 수 없는 망나니가 되었다. 무니사이가 아무리 무서운 아버지라고 하더라도 그 또한 다케조를 어찌할 수 없었다. 매를 들고 야단이라도 치려고 하면 오히려 몽둥이를 들고 달려들 정도였다. 마을의 악동들도 모두 그에게 쩔쩔맸고, 그와 맞설 수 있는 상대는 오직 마타하치뿐이었다.

다케조는 열두세 살 때 이미 키가 어른만 했다. 어느 해인가, 금박이 번쩍이는 팻말을 앞세우고 인근 마을 사람들에게 시합을 걸어온 아리마 기헤에有馬喜兵衛라는 수련 무사를 그가 울짱 안에서 때려 죽였을 때, 마을 사람들은 "풍년동자 다케는 장사다"라고 환호했다. 하지만 마을 사람들도 나이가 들면서 점점 더 난폭해지는 그를 두려워하면서 "다케조가 왔다. 건드리지 마라"라고 하며 멀리했다. 그렇게 다케조의 가슴속에는 마을 사람들의 차가운 마음만 남게 되었다. 그리고 그로부터 얼마 후, 엄하고 차가웠던 아버지마저 세상을 떠나자 다케조의 잔학한 성질은 점점 더 심해졌다. 만약 유일한 혈육인 누이 오긴 마저 없었더라면 그는 큰일을 저지르고 마을에서 쫓겨났을지도 모른다. 다케조는 누이가 울면서 하는 말에는 언제나 순순히 따랐다.

이번에 마타하치를 설득해서 전쟁에 나온 것도 다케조가 희미하지만 뭔가 달라져야겠다는 생각을 했기 때문이었다. 사람이 되어야겠다는 생각이 그의 마음속에서 싹튼 것이다. 하지만 지금의 그는 어두운 현실 속에서 또다시 방향을 잃어버리고 말았다.

하지만 다케조는 전란이라는 거친 세상이 아니면 생길 수 없는 무사태평함도 지닌 젊은이였다. 잠자는 그의 얼굴에서 내일의 일 따위를 걱정하는 기색은 털끝만큼도 보이지 않았다. 고향의 꿈이라도 꾸고 있는지 깊은 숨을 내쉬면서 목검을 끌어안은 채 자고 있었다.

"다케조 님."

희미한 등잔불 아래, 어느새 오코가 다케조의 머리맡으로 와 앉아 있었다.

"어머, 잠자는 얼굴 좀 봐.'

그녀는 손가락으로 다케조의 입술을 살짝 찔렀다.

'후.'

그녀는 입으로 바람을 불어 등잔불을 껐다. 그러고는 모로 누웠던 몸을 고양이처럼 웅크려서 다케조의 곁으로 몰래 다가갔다. 나이에 비해 화려한 잠옷과 하얀 얼굴이 모두 어둠 속으로 잦아들었다. 창 너

미야모토 무사시 1_땅地의 장

머로 밤이슬 내리는 소리만 고즈넉하게 들려왔다.

"아직도 자고 있어요?"

다케조는 품에 안고 있던 목검을 누군가 뽑아내려 하자 벌떡 일어나며 소리쳤다.

"도둑이다!"

오코는 쓰러진 등잔 위에 어깨와 가슴이 찔렸다. 다케조가 그녀의 손목을 비틀자 너무 아픈 나머지 그녀는 비명을 질렀다.

"아얏!"

"앗! 아주머니시군요."

다케조가 그녀의 손목을 풀면서 말했다.

"도둑인 줄 알았습니다."

"너무해요. 아유, 아파라."

"몰랐습니다. 죄송해요."

"사과하지 않아도 돼요, 다케조 님."

"아니, 뭘 하시는 거예요?"

"쉿, 한밤중에 그렇게 큰 소리를 내면 안 돼요. 내가 당신에게 어떤 마음을 품고 있는지 잘 알죠?"

"알고 있습니다. 신세 진 건 잊지 않을게요."

"은혜니 의리니 하는 그런 고루한 거 말고. 왜, 사람의 정이라는 건 더 진하고 깊고 끈끈한 거 아닌가요?"

"잠깐만요, 아주머니. 불을 켤 테니까."

"심술쟁이."

"앗! 아주머니."

다케조는 이와 뼈는 물론이고 자신의 온몸 구석구석이 후들후들 떨리는 듯했다. 지금까지 만난 어떤 적보다 무서웠다. 세키가하라에서 얼굴 위로 지나가던 무수한 군마 밑에 누워 있을 때에도 이렇게 크게 동요하지는 않았다. 다케조는 한쪽 구석에서 몸을 웅크린 채 말했다.

"아주머니, 그만 나가 주세요. 만약 나가시지 않으면 마타하치를 부르겠어요."

오코는 꼼짝도 하지 않고 안달이 난 눈으로 그를 노려보며 어둠 속에서 숨을 내쉬고 있었다.

"다케조 님, 설마 내 마음을 모르지 않을 텐데요."

"……."

"당신은 나를 모욕했어요!"

"모욕요?"

"그래요!"

두 사람 모두 흥분한 탓인지 아까부터 밖에서 대문을 두드리는 사람이 있음을 깨닫지 못했다. 이윽고 큰 목소리가 들려왔다.

"어서, 이 문 열지 못해!"

장지 틈으로 촛불이 일렁였다. 아케미가 일어난 듯했다. 마타하치의 목소리도 들렸다.

"무슨 일이지?"

마타하치의 발소리가 들리더니 아케미가 복도에서 오코를 불렀다.

"어머니!"

오코는 무슨 일인지 영문도 모른 채 허둥지둥 자신의 방으로 돌아가서 대답했다. 대문 밖에 있던 자가 문을 박차고 제멋대로 집 안으로 들어온 듯했다. 문틈으로 봉당 쪽을 엿보니 어깨가 떡 벌어진 예닐곱 명의 사내가 서 있었다.

"쓰지가제가 왔다. 빨리 불을 켜라!"

사내들 중 한 명이 성난 목소리로 외쳤다.

쓰지가제
덴마

쓰지가제는 모두 깊이 잠든 틈을 노려 들이닥쳤다. 사내들은 역할을 분담해서 헛간과 벽장, 마루 밑을 들쑤시기 시작했다. 화롯가에 앉아 부하들이 집을 뒤지는 것을 바라보고 있던 쓰지가제가 소리쳤다.

"뭘 그리 꾸물거려! 뭐가 나왔느냐?"

"아무것도 없습니다."

"없어?"

"예."

"그래? 흠, 없는 게 당연하지. 그만 멈춰라."

오코는 옆방에서 마음대로 해 보라는 듯 태연하게 등을 돌리고 앉아 있었다.

"오코."

"왜요?"

"술이라도 내오지."

"거기 있으니, 마시고 싶으면 마음껏 마셔요."

"오랜만에 덴마가 찾아왔는데 너무 매정하군."

"이런 식으로 남의 집을 찾아오는 방법도 있군요."

"화내지 마. 그쪽에도 책임이 있어. 뜸쑥집 과부가 딸을 시켜 전쟁터의 시체들 물건을 훔쳐 내 돈을 번다는 소문을 내 똑똑히 들었거든. 아니 땐 굴뚝에 연기가 날 리는 없잖아?"

"증거를 대 봐요. 그런 증거가 어디 있는지."

"증거를 찾아내려고 했으면 아케미에게 미리 말하지도 않았지. 우리도 철칙과 체면이 있어서 집뒤짐을 했지만 이번에는 너그럽게 봐 준 거야."

"누가 누구를, 헛소리."

"오코, 이리 와서 술 한잔해."

"……."

"별난 계집이군. 나한테 오면 이런 고생은 하지 않아도 될 텐데. 잘 생각해 봐."

"황송해서 몸 둘 바를 모르겠군요."

"싫은가?"

"내 남편이 누구 손에 죽었는지 잘 아실 텐데."

"그러니까 내가 비록 모자라지만 복수하게 도와준다고 했잖아."

"시치미 떼지 마시죠."

"뭐라고?"

"세상 사람들 모두 쓰지가제 덴마가 범인이라고 말하고 있는데 당신 귀에는 들리지 않는가 보네. 아무리 도적의 아내라고 해도 남편의 원수에게 몸을 맡길 만큼 마음까지 썩지는 않았어."

"오코, 감히 그런 말을."

덴마는 쓴웃음을 지으며 술잔을 들이켰다.

"그 일은 입에 담지 않는 편이 너희 모녀 신상에 이로울 텐데."

"아케미가 다 크면 반드시 복수할 테니 두고 봐요."

"하하하."

그는 어깨를 들썩이며 웃었다. 덴마는 남아 있던 술을 다 마시자 어깨에 창을 둘러메고 봉당 한구석에 서 있는 부하에게 명령했다.

"야! 그 창으로 이 위 천장의 판자를 대여섯 장씩 찔러 봐라."

사내가 창의 물미로 천장을 여기저기 들쑤시며 돌아다녔다. 천장 판자가 들린 틈 사이로 그곳에 숨겨 놓았던 잡다한 무구와 물건 등속이 떨어져 내렸다.

"이래도 잡아뗄 테냐?"

덴마가 벌떡 일어났다.

"우리 철칙대로 이년을 끌어내서 본보기를 보여 줘라."

여자 하나쯤 식은 죽 먹기라고 생각하고 성큼성큼 다가오던 도적들이 갑자기 오코에게 손을 대는 것이 두려워진 듯 방문 앞에 멈춰 서 버렸다.

"뭣들 하느냐? 빨리 끌어내라."

덴마가 마당에서 안달을 하며 소리를 질렀지만 부하들은 방 안을 노려보기만 할 뿐 미동조차 하지 않았다. 혀를 차면서 직접 방 안을 들여다보던 덴마도 오코를 끌어내리기는커녕 문턱조차 넘어설 수 없었다. 화로가 있는 방에는 오코 외에도 건장한 사내가 두 명이나 더 있었다.

다케조는 누구든 방 안으로 한 발자국이라도 발을 들여놓으면 정강이를 부러뜨려 버리겠다는 듯이 검은 목검을 쥐고 낮은 자세를 취했다. 마타하치 역시 도적들이 방문 안으로 목을 조금이라도 들이밀면 내려칠 기세로 벽에 붙어 서서 칼을 부여잡고 있었다. 아케미는 다칠까 봐 다락 속에라도 숨겨 놓았는지 보이지 않았다. 덴마가 화롯가에서 술을 마시는 사이에 방에서는 싸울 준비를 했던 것이다. 오코는 믿는 구석이 있어서 그렇게 태연자약했는지도 모른다.

"그랬었군."

덴마는 생각난 듯 고개를 끄덕였다.

"일전에 산에서 아케미와 함께 있던 애송이가 있었지. 한 놈은 그 녀석일 테고 또 한 녀석은 웬 놈이야?"

"……."

다케조와 마타하치는 입을 열지 않았다. 어디 한번 실력을 겨루어 보자는 태도였다. 그들은 섬뜩한 기운마저 풍기고 있었다.

“이 집에 남자가 없다는 사실은 다 아는 사실이고, 보아하니 세키가 하라에서 패주한 놈들이겠군. 공연히 허튼짓하다가는 네놈들 신상에 좋지 않을 게다.”

“……”

“이 근처에서 후와 마을의 쓰지가제 덴마를 모르는 놈이 없다. 건방진 놈들, 패잔병 주제에. 지금부터 똑똑히 지켜봐라.”

“……”

“얘들아!”

덴마는 부하들을 돌아보며 방해가 되니 뒤로 물러나 있으라는 듯 손을 저었다. 옆에 있던 부하 하나가 뒷걸음치며 물러나다가 화로를 밟고는 비명을 질렀다. 소나무 장작의 불씨와 연기가 천장에 튀더니 한쪽에서 연기가 피어올랐다. 그때, 방문 쪽을 노려보던 덴마가 갑자기 소리를 지르며 비호같이 뛰어 들어왔다.

“이놈!”

대기하고 있던 마타하치가 재빨리 양손으로 잡고 있던 칼로 내리쳤으나 덴마의 재빠른 몸놀림에는 미치지 못했다. 마타하치의 칼이 덴마의 칼집 끝 부분을 ‘챙’ 하고 내리쳤다. 오코는 어느새 구석으로 물러나 있었고 바로 그 자리에 다케조가 목검을 옆으로 겨누고 기다리고 있었다. 그는 상반신을 기울이며 덴마의 발목을 향해 목검을 강하게 내리쳤다. 어두운 방 안에 바람 가르는 소리가 났다.

덴마도 몸을 던져 바윗덩이 같은 가슴팍으로 다케조를 밀어붙였다.

다케조는 마치 큰 곰에게 싸잡힌 것처럼 지금껏 겪어 보지 못한 압력을 느꼈다. 덴마는 다케조의 목을 움켜쥐고 두세 대 후려쳤다. 두개골이 부서질 것 같은 충격을 받으면서도 다케조는 꾹 참았던 숨을 온몸으로 폭발시켰다. 그러자 덴마의 커다란 몸이 공중으로 붕 뜨더니 집이 울리듯 '쿵' 하는 소리와 함께 벽으로 내동댕이쳐졌다.

다케조는 누구든지 한번 점찍으면 절대로 포기하지 않았다. 이로 물어뜯어서라도 상대방을 굴복시켰다. 어중간하게 끝내는 법이 없는 그는 반드시 끝장을 보고야 말았다.

다케조는 어릴 때부터 그런 기질을 보였다. 태어날 때부터 그의 핏속에는 고대 일본의 원시적인 면이 강하게 흐르고 있었다. 그것은 순수한 만큼 매우 야성적이고, 문명의 영향이나 학문으로 익힌 지식이 아니라 오로지 선천적으로 타고난 성격이었다. 다케조의 그런 기질 때문에 무니사이조차 자신의 아들을 그다지 좋아하지 않았다. 무니사이가 그의 기질을 바로잡기 위해 이따금씩 가한 무사적인 체벌은 오히려 호랑이 새끼에게 날개를 달아 준 격이 되었다.

마을 사람들이 망나니라고 싫어하면 할수록 이 야생아는 점점 더 튼튼하게 자랐고 안하무인으로 행동하며 온 동네를 마음껏 휘젓고 다녔다. 그리고 더 이상 그런 일에서 만족을 얻지 못하게 되자 마침내 삐뚤어진 꿈을 품고서 세키가하라까지 온 것이었다.

세키가하라는 다케조에게 현실이 어떤 것인가를 알게 해 준 첫 번째 세상이었다. 이곳에서 청년의 꿈은 산산이 부서지고 말았다. 하지만 애초에 가진 게 맨몸 하나밖에 없었던 다케조는 젊은 날에 한 번 좌절했다고 해서 앞날도 절망적이라고는 생각하지 않았다. 게다가 오늘 밤에는 예상치도 못했던 먹잇감과 조우하게 되었다. 바로 도적들의 우두머리인 쓰지가제 덴마였다. 다케조는 세키가하라에서 이런 적과 조우하기를 얼마나 고대했는지 모른다.

"비겁한 놈! 거기 서!"

다케조는 고함을 치며 캄캄한 들판을 쏜살같이 내달렸다. 덴마는 그보다 열 걸음쯤 앞에서 공중을 날듯 도망치고 있었다.

다케조의 머리칼이 곤두서 있었다. 바람이 신음을 내지르며 귓전을 스쳐 지나갔다. 참을 수 없을 만큼 유쾌한 쾌감이 일었다. 다케조의 피는 내달릴수록 짐승 같은 희열로 끓어올랐다.

"이얏!"

다케조의 그림자가 덴마의 등에 겹쳐지며 달려든 순간, 검은 목검에서 피가 솟구치더니 처참한 비명 소리가 들렸다. 그리고 쓰지가제 덴마의 큰 몸뚱이가 '쿵' 하는 울림과 함께 땅바닥에 쓰러졌다. 두개골은 두부처럼 흐물흐물해졌고 두 눈알이 얼굴 밖으로 튀어나왔다. 두 번, 세 번, 연달아서 목검을 내려치자 부러진 늑골이 살갗을 뚫고 밖으로 하얗게 불거져 나왔다. 다케조는 팔을 구부려 아마의 땀을 훔쳤다.

"맛이 어떠냐? 대장……."

다케조는 뒤를 한 번 돌아다보고는 아무 일도 없었던 것처럼 온 길을 되돌아갔다. 만약 상대가 강했다면 자신도 저렇게 뒤에 버려졌을 것이다.

"다케조?"

멀리서 마타하치의 목소리가 들렸다.

"웅."

다케조가 무뚝뚝하게 말하고는 주위를 둘러보았다.

"어떻게 됐어?"

뛰어오던 마타하치가 물었다.

"죽였어. 너는?"

"나도…….".

마타하치는 다케조에게 칼자루에 감은 끈까지 피로 얼룩진 것을 내보이며 자랑스럽게 말했다.

"나머지 놈들은 도망쳐 버렸어. 도적놈들이 모두 약골이야."

피 묻은 손을 본 두 사람은 장난치며 기뻐하는 어린애처럼 소리 내서 웃었다. 피 묻은 목검과 칼을 손에 들고 그들은 신이 나서 이야기하며 멀리 보이는 뜸쑥집의 등불을 향해 걷기 시작했다.

야생마가 창문 안으로 고개를 들이밀고 집 안을 두리번거렸다. '히힝' 하는 울음소리에 방에서 자고 있던 두 사람이 눈을 떴다.

"이놈이!"

다케조가 말의 머리를 손바닥으로 후려쳤고 마타하치는 주먹으로 천장을 찌르듯 기지개를 켰다.

"아, 잘 잤다."

"해가 중천이군."

"벌써 저녁인가?"

"설마?"

하룻밤 자고 난 두 사람의 머릿속에는 어제 일이 더 이상 남아 있지 않았다. 오직 오늘과 내일만이 있을 뿐이었다.

다케조는 얼른 뒤란으로 뛰어가 윗도리를 벗어 던지고 흐르는 맑은 물에 얼굴과 몸을 씻었다. 그러고는 햇빛과 맑은 공기를 가슴 한가득 들이쉬며 벌렁 드러누웠다. 마타하치는 세수도 하지 않은 채 화로가 있는 방으로 들어가 오코와 아케미에게 인사했다.

"안녕."

그는 일부러 명랑하게 말했다.

"아주머니, 왠지 우울해 보이는데요."

"그렇게 보여요?"

"무슨 일이죠? 남편의 원수인 쓰지가제 덴마도 죽여 버렸고 그 부하들도 우리가 혼내 줬으니 우울할 일이 없잖아요?"

마타하치가 이상하게 여기는 것도 당연했다. 덴마를 죽인 순간, 이들 모녀가 기뻐할 거라고 기대했다. 그런데 어젯밤, 아케미는 손뼉을 치며 좋아했지만 오코는 도리어 불안한 표정을 보였다. 오늘도 화로 옆에 침울하게 앉아 있는 오코가 불만스러운 마타하치는 도무지 그 이유를 모르겠다는 표정이었다.

"아주머니, 왜 그래요?"

아케미가 따라 준 차를 받아 든 마타하치가 책상다리를 하고 앉았다. 오코는 세상물정을 모르는 이 젊은이의 무딘 신경이 부럽다는 듯 엷은 웃음을 지었다.

"마타 님, 쓰지가제 덴마에겐 아직 수백 명의 부하가 있어요."

"아, 알았다. 그러니까 그놈들이 복수할까 봐 무서운 거군요? 그까짓 놈들이야 나랑 다케조가 있으니……."

"안 돼요."

그녀는 가볍게 손을 저었다.

"뭐가 안 돼요. 그런 벌레 같은 놈들이야 얼마든지 와 보라지. 혹시 아주머니는 우리들이 약하다고 생각하는 건가요?"

"내가 보기에 당신들은 아직 갓난아기 같아요. 덴마에게는 쓰지가제 고헤이辻風黃平라는 동생이 있는데, 그 사람 혼자 와도 당신들 둘이 못 당해요."

마타하치는 그 말을 대수롭지 않게 여겼다. 하지만 오코의 이야기를 들어 보니 그런가, 하고 생각지 않을 수 없었다.

쓰지가제 고헤이는 기소木曾의 야스가와野洲川에 큰 세력을 가지고 있는 병법의 달인일 뿐 아니라 뛰어난 닌자여서 그가 한번 죽이려고 마음먹은 사람치고 제명에 죽은 사람이 단 한 명도 없다는 것이다. 정면으로 싸우면 혹시 모르겠지만, 잠자고 있을 때 목을 따는 닌자는 당해

낼 도리가 없다는 것이다.

"나 같은 잠꾸러기에겐 어려운 상대군."

턱을 괴고 생각에 잠긴 마타하치에게 오코는 이미 엎질러진 물이고 방법이 없으니 집을 버리고 어딘가 먼 곳으로 도망가서 살 도리밖에 없다며 두 사람은 어떻게 할 작정이냐고 물었다.

"다케조와 의논해 봐야죠. 그런데 이 녀석은 어디 갔지."

다케조는 문밖에도 없었다. 손 그늘을 만들어 멀리 바라보자 방금 전까지 집 주위를 배회하던 야생마를 타고 이부키 산 들판을 내달리는 그의 모습이 희미하게 보였다.

"하여간 태평한 녀석이야."

혼자 중얼거리던 마타하치가 두 손을 나팔처럼 입에 대고 다케조를 불렀다.

"어이! 빨리 돌아와!"

다케조와 마타하치는 나란히 마른 풀 위에 누웠다. 친구만큼 좋은 건 없을 것이다. 친구와 함께 누워서 이야기하는 것은 더 좋다.

"그럼, 이제 고향으로 돌아가기로 할까?"

"그래, 돌아가자. 언제까지 그 모녀와 함께 생활할 수도 없잖아."

"흐음."

다케조가 말했다.

"나는 여자가 싫어."

"그래, 그럼. 그렇게 하자."

마타하치는 하늘을 보며 돌아눕고는 하늘을 향해 외쳤다.

"돌아가기로 정하고 나니 빨리 오츠의 얼굴이 보고 싶다!"

다리를 흔들던 마타하치가 하늘을 가리켰다.

"제길, 오츠가 머리를 감았을 때랑 똑같이 생긴 구름이 있다."

다케조는 자기가 탔던 말의 엉덩이를 보고 있었다. 사람들도 보면
자연에서 사는 사람 중에 성격이 좋은 자가 많은 것처럼 말도 야생마
가 성질이 좋다. 야생마는 제 볼일이 끝나면 아무것도 요구하지 않고
제멋대로 혼자 어디론가 가 버린다.

그때, 저편에서 아케미가 불렀다.

"식사하세요."

"밥이다."

두 사람이 벌떡 일어났다.

"마타하치, 달리기 시합이다."

"좋아, 질 줄 알고."

먼지를 일으키며 달려오는 두 사람을 아케미가 손뼉을 치며 맞이했
다. 하지만 아케미는 점심때가 지나면서부터는 침울한 모습이었다.
다케조와 마타하치가 고향으로 돌아간다는 말을 들었기 때문이다. 이
어린 소녀는 두 사람과 함께 지내는 유쾌한 생활이 좀 더 오래 지속될
거라고 생각했었다.

"바보처럼 뭘 그렇게 훌쩍거리고 있니?"

밤 화장을 하던 오코가 아케미를 나무라며 화롯가에 있는 다케조를 거울 속으로 째려보았다.

다케조는 어젯밤 오코가 머리맡으로 다가와서 속삭이던 말과 머릿결에서 나던 달콤한 향을 떠올리고는 고개를 돌렸다. 옆에 있던 마타하치는 자기 집 물건처럼 선반에서 술 단지를 집어다가 마음대로 술병에 따르고 있었다. 이별 전야인 오늘 밤에 마음껏 마시려는 것이었다. 오코는 평소보다 더 정성을 들여 화장을 하고 있었다.

"두고 가면 아까우니 전부 마셔 버리자."

마타하치는 술 단지를 세 개나 비웠다. 오코는 그런 마타하치에게 기댄 채 다케조가 얼굴을 돌릴 정도로 추태를 보였다.

"나, 걸을 수가 없어요."

마타하치에게 응석을 부리는 그녀는 어깨에 매달려서 잠자리로 갈 정도였다. 그리고 일부러 비꼬듯 말했다.

"다케 님은 혼자 있는 걸 좋아하니 거기서 혼자 자요."

오코의 말대로 다케조는 그 자리에 누워 버렸다. 심하게 취해 있었고 밤도 깊었던 터라 눈을 떴을 때는 이미 다음 날의 해가 쨍쨍 내리쬘 무렵이었다. 밖으로 나온 그는 그제야 집 안이 휑해진 것을 깨달았다.

"뭐지?"

어젯밤에 아케미와 오코가 한곳에 꾸려 놓은 짐이 없었다. 옷도 신발도, 모녀뿐 아니라 마타하치도 보이지 않았다.

"어이, 마타하치!"

집 뒤편에도 나뭇광에도 없었다. 다만 활짝 열려 있는 부엌문 근처에 오코가 머리를 빗을 때 쓰던 빨간 빗 하나가 떨어져 있을 뿐이었다.

"설마, 마타하치 이 자식……."

코에 빗을 대고 냄새를 맡아 보았다. 그 향기는 전전날 밤의 무서운 유혹을 떠올리게 했다. 마타하치는 이것에 지고 말았다. 다케조의 가슴에 형언할 수 없는 허전함이 밀려왔다.

"바보 같은 자식! 대체 오츠는 어떻게 하려고."

빗을 땅바닥에 내동댕이친 다케조는 분하다기보다 고향에서 그를 기다리고 있을 오츠 생각에 울고 싶은 심정이었다. 낙담해서 하염없이 부엌에 앉아 있는 다케조의 모습을 보고 어제 만났던 야생마가 처마 밑에서 얼굴을 내밀었다. 여느 때와 달리 다케조가 콧잔등을 쓰다듬어 주지 않자 그 야생마는 설거지대에 붙어 있는 밥알을 핥기 시작했다.

고향,
미야모토

　　　　　　　　　'산 너머 산'이라는 말은 이곳에 가장 잘
어울리는 듯했다. 반슈 다쓰노구치^{播州龍野口}부터 산길이 시작되고 사쿠
슈^{作州} 가도는 그 산들을 연결해서 들어가는데, 국경인 보구이^{捧抗}는 산
맥의 뒤편에 있었다. 스기사카^{杉坂}를 넘고 다시 나카야마^{中山} 고개를 넘
으면 이윽고 아이다 강^{英田江}의 협곡을 발아래로 굽어보는 곳까지 다다
르게 되는데, 누구라도 '아니, 이런 곳에도 인가가 다 있나' 하며 자신
의 눈을 의심하게 된다. 게다가 호수^{戸數}도 상당히 많은 편으로 강가와
고개의 중턱, 돌밭과 부락들이 이웃해 있었다.

　또한 지난해 세키가하라 전투가 있기 전만 하더라도 이 강의 몇 리
쯤 위의 상류에 신멘 이가모리 일족이 사는 작은 성도 있었다. 더 안
쪽에 있는 인슈^{因州}의 경계인 시도자카^{志戸坂}에는 은산^{銀山}이 있어서 항
상 광부들이 많았다. 게다가 돗토리^{鳥取}에서 히메지^{姫路}로 나오는 사람

이나 다지마但馬에서 산을 넘어 비젠備前을 오가는 여행객들도 있는 터라 이 산중의 작은 마을에는 제법 여러 나라의 사람들이 흘러들었다. 그래서 첩첩산중이라고는 하지만 여인숙은 물론, 포목점도 있고 밤이 되면 처마 밑에 서 있는 하얀 박쥐처럼 얼굴에 분을 바른 화류계 여인들도 볼 수 있었다.

여기가 바로 미야모토 촌宮本村이다. 돌을 얹어 놓은 마을의 지붕들이 눈 아래로 보이는 칠보사의 마루에서 오츠는 멍하니 구름을 바라보며 생각에 잠겨 있었다.

"아! 벌써 일 년이구나."

고아인데다가 절에서 자란 탓인지 오츠는 타고 남은 향로의 재처럼 차갑고 외로웠다. 나이는 지난해 열여섯, 약혼한 마타하치보다 한 살 아래였다.

작년 여름, 마타하치가 같은 마을의 다케조와 함께 전쟁에 나간 뒤, 해가 다 가도록 소식이 없었다. 정월에는 혹시나, 이월에는 혹시나 하고 막연히 소식을 기다렸지만 이제는 그 기대를 접었다. 벌써 올봄도 사월에 접어들었다.

'다케조 님의 집에도 아무런 소식이 없다니, 혹시 두 사람 다 죽은 건 아닐까?'

이따금 다른 사람에게 한숨을 쉬며 하소연이라도 할라치면 모두들 그럴 거라고 말했다. 이곳의 영주인 신멘 이가모리의 일족만 하더라도 누구 한 명 돌아온 사람이 없다고 했다. 오히려 전쟁이 끝난 후에 그 작은 성에 들어온 사람들은 모두 생판 얼굴도 모르는 도쿠가와 가문 쪽 무사들뿐이라고 했다.

'그렇게 말렸는데도 남자들은 왜 전쟁에 나가는 걸까?'

오츠는 홀로 상념에 잠기는 일을 좋아하는 것처럼 쓸쓸한 얼굴로 한 번 마루 끝에 앉으면 반나절 넘게 그렇게 시간을 보내곤 했다. 오늘도 시름에 잠겨 마루에 앉아 있는 그녀를 누군가 부르는 소리가 들렸다.

"오츠, 오츠!"

절의 부엌 바깥에서 나는 소리였다. 웃통을 벗은 남자가 우물 쪽에서 걸어오는데 마치 검게 그을린 나한 같았다. 삼사 년 동안 절에 묵고 있는 다지마但馬에서 온 행각승으로 서른 살 정도 되는 선승이었다. 그는 가슴털이 난 맨살을 햇볕에 드러내 놓고 저 혼자 즐거운 듯 말했다.

"봄이구나. 봄은 좋지만 이半風子라는 놈들이 마치 후지와라노 미치나가藤原道長라도 된 것처럼 세상이 제 것인 양 설쳐 대는 통에 생각난 김에 옷을 빨았지. 그런데 이 누더기 법의를 저기 차나무에 널어 말리기는 어렵고 복숭아나무는 꽃이 한창이니, 나처럼 어중간하게 풍류를 아는 사내는 빨래 말릴 장소를 찾는 것도 어렵군. 오츠야, 빨래 말리는 장대가 있느냐?"

오츠는 얼굴을 붉히며 대꾸했다.

"다쿠안澤庵 스님도 참. 그렇게 벌거벗고 계시면 옷이 마를 때까지 어떻게 하시려고 그래요?"

"잠을 자면 되지."

"못 말려 정말."

"아차, 내일 빨걸 그랬군. 내일이 바로 사월 초파일, 관불회灌佛會이니까 이렇게 앉아 있으면 감차甘茶를 끼얹어 줄 텐데."

다쿠안은 엄숙하게 두 발을 모으고 손가락으로 하늘과 땅을 가리키면서 부처님 흉내를 냈다.

"천상천하 유아독존天上天下唯我獨尊."

다쿠안은 힘든 줄도 모르고 짐짓 근엄한 표정으로 계속 부처님 흉내를 냈다.

"호호호. 정말 부처님 같아요, 다쿠안 스님."

"꼭 닮았지? 그럴밖에. 내가 곧 싯다르타의 환생이니까."

"잠깐 기다리세요. 지금 머리에 감차를 뿌려 드릴 테니까요."

"아니다. 그건 사양하마."

벌이 그의 머리 위를 맴돌았다. 다쿠안은 당황해서 두 손을 휘저으며 벌을 쫓았다. 벌이 그의 벌어진 훈도시³ 속으로 도망쳐 들어갔다. 오츠는 마루에 엎드려서 자지러지듯 웃었다.

"아, 너무 웃겨서 배가 아플 지경이에요."

아무리 마음이 슬픈 오츠라고 해도 다지마 태생의 슈호 다쿠안宗彭澤庵이라는 이 젊은 선승 앞에서는 웃지 않을 수 없었다.

"어머, 내가 지금 이럴 때가 아니지."

오츠는 하얀 발을 뻗어 짚신을 신었다.

---

3 남자가 입는 일본의 전통 아래 속옷.

"오츠, 어디 가려고?"

"내일이 사월 초파일이잖아요. 주지 스님이 말씀하신 일을 깜빡 잊고 있었어요. 매년 하는 것처럼 하나미도花御堂⁴에 장식할 꽃을 꺾어다 관불회 준비도 해야 하고, 밤에는 감차도 끓여 놔야 해요."

"꽃을 꺾으러 간다고? 꽃이 어디 있는데?"

"강 아래쪽 장원의 모래밭에요."

"같이 가 줄까?"

"혼자 가도 돼요."

"하나미도에 장식할 꽃을 혼자서 꺾는 건 힘들 테니 내가 도와주마."

"그렇게 벌거벗은 채로요? 보기 흉해요."

"인간은 원래 벌거벗은 채로 태어난단다."

"따라오시면 안 돼요!"

오츠는 도망치듯 절 뒤편으로 달음질쳤다. 잠시 후, 오츠가 등에 바구니를 지고 낫을 들고 몰래 뒷문으로 빠져나오는데 다쿠안이 어디서 찾아냈는지 커다란 보자기를 몸에 둘둘 감고 뒤따라왔다.

"어머!"

"이러면 괜찮겠지?"

"마을 사람들이 웃겠어요."

"왜 웃는다는 게냐?"

"좀 떨어져서 오세요."

---

4 사월 초파일 관불회 때 불상을 안치하고 꽃으로 장식한 작은 사당을 말한다.

"거짓말! 속으로는 남자랑 나란히 걷는 게 좋으면서."

"몰라요!"

오츠는 앞서서 뛰어갔다. 그 뒤로 다쿠안이 설산雪山에서 내려온 석가모니처럼 보자기 자락을 바람에 펄럭이면서 뒤에서 걸어오고 있었다.

"하하하. 오츠, 화가 났나 보구나. 그렇게 뾰로통한 얼굴을 하면 애인이 싫어할 게다."

마을에서 네댓 마장 정도 떨어져 있는 아이다 강 하류의 모래밭에는 봄의 화초들이 흐드러지게 피어 있었다. 오츠는 등에 멨던 바구니를 내려놓고 나비들에 둘러싸인 채 지천에 널려 있는 꽃가지 밑동을 낫으로 베기 시작했다.

"정말 평화롭구나!"

젊고 다감한 성격의 청년 다쿠안은 수행승답게 감탄사를 연발하며 오츠 옆에 섰다. 하지만 그는 열심히 꽃가지를 베고 있는 오츠의 모습을 보고도 도와주려고 하지 않았다.

"오츠, 지금 네 모습이 바로 평화로구나! 인간은 누구나 이렇게 만화정토萬華淨土에서 생을 즐길 수 있는 것인데, 사서 울고 사서 고민하며 제 스스로 애욕과 수라의 도가니 속으로 걸어 들어가 팔한팔열八寒八熱[5]의 불꽃에 몸을 불사르고야 말지. 오츠만은 그렇게 되지 않았으면 좋

---

5 팔한지옥八寒地獄과 팔열지옥八熱地獄을 뜻하는 말이다. 팔한지옥은 매우 심한 추위로 고통 받는 여덟 지옥을 가리키고, 팔열지옥은 매우 뜨거운 불길로 고통 받는 여덟 지옥을 가리킨다.

으련만."

오츠는 유채꽃, 쑥갓 꽃, 양귀비꽃, 들장미, 제비꽃…… 등, 꽃가지를
베는 대로 옆에 있는 바구니에 던지면서 비꼬듯 말했다.

"스님, 저한테 설법하시기보다 머리 위에 있는 벌한테 쏘이지 않도
록 조심하시는 게 좋을 거예요."

다쿠안은 오츠의 말에 귀를 기울이지 않았다.

"바보, 벌 얘기가 아니란다. 난 한 여인의 운명에 대해서 부처님의
가르침을 말하고 있는 거란다."

"오지랖이 넓으시네요."

"그렇지, 말 잘했구나. 중이란 직업은 공연히 쓸데없이 참견하는 게
일이지. 하지만 싸전이나 포목점이나 목수나 무사와 마찬가지로 이
또한 세상에 불필요한 일이 아니니 있어도 이상할 게 없지. 본시 중과
여자는 삼천 년 전부터 사이가 좋지 않았다고 하지 않느냐. 불법에서
여인은 야차, 마왕, 저승사자라고 말하고 있으니까. 나와 오츠의 사이
가 나쁜 것도 다 오래전부터 이어져 내려온 숙명인 것을."

"여자가 왜 야차예요?"

"남자를 속이니까."

"남자도 여자를 속이지 않나요?"

"흠, 좀 곤란한 질문이군. 아, 그래! 알았다."

"자, 대답해 보세요."

"석가세존이 남자였으니까!"

"그런 엉터리가 어디 있어요."

"하지만 여인이여⋯⋯."

"아이, 시끄러워요."

"여인이여, 곡해하지 마시게. 석가세존도 젊었을 무렵, 보리수 아래에서 욕염欲染, 능열能悅, 가애可愛와 같은 악귀들의 유혹에 시달려서 여자를 심히 혐오하셨지만 만년에는 여제자도 두셨지. 용수보살은 석가세존 못지않게 여자를 싫어, 아니 여자를 두려워한 분이었지만 순종하는 자매, 사랑스러운 친구, 좋은 어머니, 공손한 여종을 사현양처四賢良妻라 말씀하셨지. 그리고 모름지기 남자들은 이런 여인을 골라야 한다며 여성의 미덕을 칭송하셨단다."

"피, 결국 남자들에게만 좋은 말을 한 거잖아요."

"그건 고대의 천축국天竺國이 우리보다 훨씬 더 남존여비가 심한 나라였으니 어쩔 수 없지. 그리고 용수보살은 여자들에게 이렇게 말씀을 하셨단다."

"어떤 말씀인데요?"

"여인이여, 그대는 남성에게 시집갈지어다."

"별말씀을 다 하셨네."

"끝까지 듣지도 않고 비꼬면 안 된다. 그 뒤엔 이런 말이 이어지지. 여인이여, 그대는 진리에 시집가라."

"⋯⋯."

"진리에 시집가라는 말이 무슨 말인지 알겠니? 쉽게 말하면, 남자에게 반하지 말고 진리에 반하라는 뜻이란다.”

“진리가 뭔데요?”

“막상 그렇게 물으니 나도 아직 잘 모르겠는걸.”

“호호호.”

“속세의 말로 하자면 진실과 결혼한다는 뜻이랄까. 그러니까 도성都
城에 있는 경박한 남자들을 동경해서 그들의 아이를 배지 말고 자기가
태어난 고향에서 착한 아이를 낳아야 한다는 뜻이랄까.”

“쳇.”

오츠는 한 대 때리는 시늉을 하며 말했다.

“다쿠안 스님, 스님은 꽃 꺾는 걸 도와주러 오시지 않았나요?”

“그랬었지.”

“그럼, 이제 그만 떠드시고, 이 낫을 좀 잡으세요.”

“그야 쉬운 일이지.”

“그동안에 저는 오긴 님 댁에 가서 내일 맬 허리끈이 다 됐으면 가지
고 올게요.”

“오긴 님? 아아, 언젠가 절에서 보았던 여인의 집말이야? 나도 가야
겠구나.”

“그런 모습으로요?”

“목이 너무 마르구나. 차라도 얻어 마셔야겠다.”

얼굴이 추한 것도 아니고 가문도 좋은 스물다섯의 오긴에게 혼담이

없는 것은 아니었다. 다만 동생인 다케조가 근처 마을에서 제일가는 망나니였고, 혼이덴本位田 촌의 마타하치와 미야모토 촌의 다케조가 소년 시절부터 불량배의 표본으로 여겨져 있는 터라 '저런 동생이 있으니' 하며 혼담을 꺼려하는 사람들도 있었다. 하지만 오긴의 조신함과 교양을 눈여겨본 집에서 혼담을 건넨 적도 적지 않았다. 그럴 때마다 오긴은 언제나 동생이 좀 더 어른이 될 때까지 자신이 어머니 노릇을 해야 한다며 사양하곤 했다.

다케조의 집은 신멘가를 섬기며 병법을 지도했던 아버지 무니사이가 주군에게 신멘이라는 성姓을 받았던 전성기 시절에 세운 저택이었다. 아이다 강의 모래밭이 내려다보이는 곳에 돌로 쌓아 올린 토담까지 갖춘 외관은 향사鄕士에게는 과분하게 보일 정도였다. 그러나 그 넓은 집은 낡아서 지붕에서는 창포가 자라고, 그 옛날 '짓테쥬즈十手術'[6]를 수련하던 도장의 높은 창과 추녀 사이에는 제비 똥이 하얗게 쌓여 있었다. 무니사이가 오랜 낭인 생활 끝에 가난하게 세상을 떠나는 바람에 집에는 심부름꾼 하나 남아 있지 않게 됐다. 하지만 이전에 고용했던 사람들이 모두 미야모토 촌의 사람들이어서 그 시절 할멈이나 하인들이 번갈아 찾아와 말없이 부엌에 야채를 갖다 놓기도 하고, 쓰지 않는 방을 청소해 주거나 물독에 물을 가득 채워 주면서 쇄락한 무니사이의 집을 지켜 주고 있었다. 방금 전에도 누군가 뒷문을 열고 집

---

6 에도시대에 포리捕吏가 방어와 타격을 위해 활용했던 무술로, '짓테'라는 쇠막대를 사용하는 게 특징이다. 짓테는 오십 센티미터 정도의 쇠막대로 손잡이 가까이에 갈고리가 달려 있다.

안으로 들어온 것 같았지만 안쪽 방에서 바느질을 하고 있던 오긴은 '아마 그런 사람들 중 하나겠지' 하며 손을 멈추지 않았다.

"오긴 님, 안녕하세요."

오츠가 소리도 없이 뒤편에 와서 앉아 있었다.

"누군가 했더니, 오츠였군요. 지금 막 오츠의 허리끈을 깁고 있는 중이었는데 내일 관불회 때 맬 거죠?"

"예, 바쁘실 텐데 죄송해요. 제가 해야 하는데 절에서 할 일이 많아서……"

"아니에요. 전 오히려 시간이 남아도는걸요. 그리고 무슨 일이든지 하고 있지 않으면 딴 생각이 들어서 안 돼요."

문득 오긴의 뒤를 바라보니 등불 접시에 자그만 불이 켜져 있었다. 그곳 불단에는 그녀가 쓴 듯한 두 장의 종이 위패가 붙어 있고 깨끗한 물과 꽃도 놓여 있었다.

행년 십칠 세 신멘 다케조의 영 行年 十七歲 新免武藏之靈

동년 십칠 세 혼이덴 마타하치의 영 同年 十七歲 本位田又八之靈

"어머!"

오츠는 눈을 깜박이며 소리쳤다.

"오긴 님, 두 분 다 돌아가셨다는 소식이 왔나요?"

"아, 아니요. 하지만 죽었다고밖에 달리 생각할 수 없잖아요. 나는 이미 단념했어요. 세키가하라 전투가 있었던 구월 보름을 제삿날로 생각하고 있어요."

"그런 불길한 소리 하지 마세요."

오츠는 머리를 세차게 흔들었다.

"두 분이 어디 쉽게 죽은 분들인가요? 이제 곧 반드시 돌아올 거예요."

"오츠는 마타하치 님을 꿈에서 보나요?"

"네, 몇 번이나요."

"그럼 역시 죽은 거예요. 나도 동생의 꿈만 꾸는데."

"싫어요, 그런 얘기 하시면. 이런 건 불길하니 떼 버리세요."

오츠의 눈에 눈물이 고였다. 그녀는 자리에서 일어나 불단 앞의 등불을 꺼 버렸다. 그래도 여전히 꺼림칙함이 가시지 않은 듯, 놓아두었던 꽃과 그릇의 물을 양손에 들고 옆방 툇마루 끝으로 가서 쏟아 버렸다.

"앗! 차가워."

마루 끝에 걸터앉아 있던 다쿠안이 펄쩍 뛰며 소리쳤다. 그는 걸치고 있던 보자기로 얼굴과 머리에 묻은 물을 닦으면서 짐짓 무서운 표정으로 말했다.

"오츠! 이게 무슨 짓이냐. 이 집에서 차를 얻어 마시자고 했지 누가 찬물을 끼얹어 달라고 했느냐."

오츠는 울다가 웃음을 터뜨렸다.

"미안해요, 다쿠안 스님. 정말 죄송해요."

오츠는 사과하랴 기분을 맞추어 주랴 하며 어쩔 줄 몰라 하다 차까지 대접하고는 안방으로 돌아왔다.

"저분은 누구세요?"

오긴은 마루 쪽을 엿보며 말했다.

"절에 묵고 있는 젊은 탁발승이에요. 언젠가 오긴 님이 절에 왔을 때, 본당의 양지바른 곳에서 모로 누워서 턱을 괴고 졸고 계시던 분이 있었잖아요. 그때 제가 뭐 하고 계시느냐고 물었더니, 이한테 씨름을 붙여 주고 있다고 대답하시던 지저분한 스님이 있었죠?"

"아, 그분."

"예, 그 슈호 다쿠안 스님."

"별난 분이네요."

"별나서 탈이죠."

"법의도 없고 가사도 없고. 대체 뭘 입고 계신 거죠?"

"보자기요."

"어머, 아직 젊지 않나요?"

"서른하나래요. 그래도 주지 스님께 여쭈어 보니 저렇게 보여도 아주 대단한 분이래요."

"겉모습은 아무것도 아니에요. 사람이란 겉모습을 보고 판단할 수 없으니 말이에요."

"다지마의 이즈시^{出石} 마을에서 태어나 열 살 때 사미^{沙彌}가 되고 열 네 살에는 린자이^{臨濟}의 승복사^{勝福寺}에 들어가서 기센^{希先} 화상의 귀계^{歸 戒}를 받았대요. 또 야마지로^{山城}의 대덕사^{大德寺}에 온 석학을 따라서 교토

와 나라奈良를 유람했고, 묘심사妙心寺의 구도愚堂 화상이며 센난泉南의 잇토一凍 선사에게도 가르침을 받았고. 암튼, 공부를 상당히 많이 하셨다고 해요."

"그랬군요. 그 말을 듣고 보니 좀 다른 구석이 있는 듯하네요."

"그리고 이즈미和泉의 남종사南宗寺 주지로 추대되셨는데 칙명을 받고 대덕사의 좌주座主[7]를 맡은 적도 있대요. 그런데 대덕사에서는 사흘 만에 뛰쳐나왔는데, 도요토미 히데요리豊臣秀頼 님과 아사노 요시나가浅野幸長 님, 호소카와 다다오키細川忠興 님뿐 아니라 귀족인 가라스마루 미쓰히로烏丸光廣 님 같은 분들이 저분을 몹시 아껴서 절을 지어 줄 테니 오라든가, 사록寺錄을 봉양할 테니 머물러 달라고 했대요. 그런데 정작 스님은 무슨 생각인지 저렇게 이하고 사이좋게 지내면서 거지처럼 여러 나라를 떠돌아다니고 있대요. 정신이 좀 이상한 게 아닐까요?"

"저쪽에서 보면 오히려 우리들이 이상하게 보일지도 몰라요."

"정말 그렇게 말씀하셨어요. 제가 마타하치 님을 생각하며 혼자 울고 있거나 하면……."

"아무튼, 재미있는 분이네요."

"너무 재밌어서 걱정이죠."

"얼마나 계신대요?"

"그걸 어떻게 알겠어요. 마음 내키면 바람처럼 왔다가 바람처럼 사라져 버려요. 세상 도처가 자기 집이라고 생각하는 사람인데요, 뭘."

---

7 절의 사무를 주관하는 수석 승려.

툇마루 쪽에서 다쿠안이 몸을 쭉 뻗으며 소리쳤다.

"다 들린다, 다 들려!"

"욕하는 건 아니에요."

"욕을 해도 괜찮으니 뭐, 단것 좀 없느냐?"

"다쿠안 스님은 항상 저러신다니까요."

"내가 뭘? 오츠, 너야말로 벌레 하나 죽이지 못하는 얼굴을 하고 있지만 사실은 성질이 못됐구나."

"왜요?"

"과자도 없이 차 한 잔만 달랑 내오고는 시시껄렁한 정분 이야기나 하며 눈물이나 흘리는 사람이 세상에 또 있을까."

대성사大聖寺의 종이 울렸다. 칠보사의 종도 울렸다. 날이 밝아오는 이른 시각부터 정오가 지날 때까지 이따금씩 뎅, 뎅, 종이 울렸다. 빨간 띠를 맨 마을 처녀, 가게의 여주인, 손자의 손을 잡고 오는 노파까지 사람들이 끊임없이 절이 있는 산으로 올라왔다. 젊은이들은 참배객들로 혼잡을 이루고 있는 칠보사의 본당을 기웃거리며 오츠의 모습을 보고는 소곤댔다.

"있다, 있어!"

"오늘은 더 예쁘게 차려입었는걸."

오늘은 사월 초파일, '부처님 오신 날'이어서 본당 안에는 보리수 잎으로 지붕을 잇고 들의 화초로 기둥을 장식한 하나미도가 만들어져 있었다. 그 안에는 감차가 가득 담겨 있었고 두 척 정도의 검은색 부처님 입상이 하늘과 땅을 가리키고 있었다.

다쿠안은 작은 대나무 국자를 들고 부처님 머리 위에서 감차를 뿌리거나, 참배객의 요구에 따라 차례대로 대나무 통에 감차를 따라 주고 있었다.

"이 절은 가난한 절이니 새전은 되도록 많이 놓고 가시오. 부자들은 더욱 많이 놓으시오. 장담하건데, 감차 한 국자에 백 관의 돈을 놓고 가면 백 관만큼 번뇌가 가벼워질 겁니다."

오츠는 하나미도를 사이에 두고 맞은편 왼쪽에 옻칠한 상을 놓고 앉아 있었다. 그녀는 새로 만든 허리끈을 매고 금박으로 장식된 벼루 상자를 놓고 앉아서 오색 종이에 주문을 써 놓고는 그것을 원하는 참배객들에게 나누어 주고 있었다.

피가 끓어오르는
사월 초파일은 길일이라
구더기를
다스려야겠구나.

이 지방에서는 집 안에 이 노래를 적은 부적을 붙여 두면 벌레나 역병이 들어오는 것을 막을 수 있다는 전설이 전해 오고 있었다. 오츠는 손목이 저릴 만큼 똑같은 노래를 적은 부적을 수백 장 썼다. 그래서인지 고제이行成 서체의 쉬운 글자지만 조금씩 삐뚤어지기 시작했다.

"다쿠안 스님."

그녀는 틈을 살펴 말했다.

"왜?"

"사람들한테 새전을 너무 독촉하지 마세요."

"부자들한테만 말했어. 선행 중에서 최고의 선행은 부자들의 돈을 가볍게 해 주는 거라고."

"그러다가 오늘 밤에 그 부잣집에 도둑이라도 들면 어쩌시려고요."

"이크, 뜸하더니 참배객들이 또 몰려오는구나. 밀지 말고 차례대로 줄을 서시오. 거기 젊은이도."

"저기, 스님."

"날 불렀나?"

"차례를 지키라면서 스님은 여자만 먼저 주고 있잖아요."

"나도 여자가 좋으니까 그렇지."

"이런 엉터리 땡추."

"잘난 체하긴. 너희들도 감차나 부적을 얻으려고 온 게 아니란 걸 내다 알고 있거늘. 부처님께 합장하러 오는 사람이 절반이고, 오츠의 얼굴을 보러 오는 놈이 절반일 터. 자네도 그렇지 않은가? 어이, 시줏돈은 어찌 내지 않고 가는 겐가? 그런 소갈머리를 어떤 여자가 좋아할고!"

오츠는 얼굴이 새빨개져서 말했다.

"스님, 어지간히 하시지 않으면 정말 화낼 거예요."

피곤한 눈을 쉬려는지 멍하니 있던 오츠가 참배객 속의 한 젊은 남자의 얼굴을 보고는 소리쳤다.

"어머나!"

오츠가 손에 쥐고 있던 붓이 떨어졌다. 그녀가 일어난 순간, 젊은 남자는 놀란 토끼처럼 재빨리 몸을 숨겼다.

"다케조 님, 다케조 님!"

오츠는 정신없이 복도 쪽을 향해 달려갔다.

두
가문

여느 농사꾼의 집안과는 달리 반은 농사꾼이고 반은 무사인 이른바 향사였다. 혼이덴本位田 가문에는 아무도 꺾을 수 없는 완고한 기질을 가진 노모가 있었는데 바로 마타하치의 어머니, 오스기였다. 그녀는 이미 예순 살에 가까웠지만 젊은 사람이나 소작인보다 앞서서 들에 나가 김매고 보리도 밟으며 어두워질 때까지 하루 종일 일했다. 물론 집으로 돌아올 때도 빈손으로 돌아오는 법이 없었다. 허리가 굽은 몸이 보이지 않을 만큼 뽕잎을 따서 짊어지고 와서는 밤잠도 자지 않고 봄누에를 쳤다.

"할머니!"

코흘리개 손자가 뽕나무 밭 저편에서 맨발로 뛰어오는 것을 본 오스기가 허리를 폈다.

"오! 헤이타丙太구나. 너 절에 갔었니?"

"갔었어요."

"오츠는 있더냐?"

"예, 할머니. 오늘 오츠 누나가 아주 예쁜 띠를 매고 있었어요."

"감차랑 벌레 막는 부적은 받아 왔어?"

"아, 아니요."

"왜 안 받아 왔어?"

"오츠 누나가 그런 건 안 가져가도 괜찮으니까 빨리 집에 가서 할머니한테 알려 드리라고 했어요."

"뭘?"

"오츠 누나가 오늘 강 건너 사는 다케조를 절에서 봤대요."

"정말이냐?"

"정말이에요."

"……."

오스기는 자식인 마타하치의 모습이 앞에 있기라도 한 것처럼 눈물을 글썽이며 주위를 둘러보았다.

"헤이타, 너 할머니 대신 여기서 뽕잎을 따고 있거라."

"할머닌 어디 가시려고요?"

"집에 가 봐야지. 신멘가의 다케조가 돌아왔다면 틀림없이 마타하치도 집에 돌아와 있을 게다."

"나도 갈래요."

"바보같이, 오지 않아도 돼."

마타하치의 집은 커다란 떡갈나무에 둘러싸여 있는 토호土豪의 집이었다. 오스기는 헛간 앞으로 달려가 일하고 있던 분가한 딸과 머슴에게 소리를 질렀다.

"마타하치가 돌아오지 않았느냐?"

모두들 어이없어 하면서 고개를 흔들었다.

"아, 아니오."

그러나 흥분한 노파는 의아해하는 딸과 머슴에게 '신멘가의 다케조가 마을에 있다고 하니 마타하치도 분명 함께 돌아왔을 게 틀림없다'고 하면서 빨리 마타하치를 찾아서 데리고 오라고 불호령을 내렸다. 오스기도 그동안 세키가하라 전투가 있었던 날을 아들의 제삿날로 여기며 시름에 잠겨 있었다. 그녀는 마타하치를 눈에 넣어도 아프지 않을 정도로 특히 귀여워했다. 마타하치의 누나는 이미 분가를 시켰기 때문에 마타하치는 혼이텐 가문의 유일한 후계자이기도 했다.

"찾았느냐?"

오스기는 집을 들락날락하면서 계속해서 물었다. 결국 아무 기별 없이 날이 저물었다. 오스기는 조상의 위패 앞에 촛불을 켜 놓고 무언가 주문을 외듯 그 아래 앉아 있었다. 집안사람들 모두 저녁밥도 먹지 않고 밖에서 마타하치를 찾아다니고 있었다. 밤중이 되어도 사람들로부터 좋은 소식이 들려오지 않았다.

오스기는 줄곧 어두운 대문 밖에 서 있었다. 물기를 품은 달이 집 주위의 떡갈나무 가지 끝에 걸려 있었고 앞산과 뒷산에는 하얀 안개가 자욱했다. 배나무 밭에서 배꽃이 내뿜는 달콤한 향기가 풍겨 왔다. 그 배나무 밭고랑으로 걸어오는 누군가의 그림자가 보였다. 그것이 아들의 약혼녀라는 걸 알아챈 오스기가 손을 들었다.

"오츠냐?"

"네, 어머님."

오츠는 무거운 걸음으로 달려왔다.

"오츠, 너 다케조를 봤다는 게 정말이냐?"

"네, 분명히 다케조 님이었어요. 칠보사 관불회 때 봤어요."

"마타하치는 보지 못했니?"

"그걸 물어보려고 급히 불렀는데 무슨 일인지 숨어 버렸어요. 원래 다케조 님이 좀 이상한 사람이긴 하지만 제가 불렀을 때 왜 달아났는지 모르겠어요."

"달아나?"

오스기는 고개를 갸웃거렸다. 자기 아들인 마타하치를 싸움터로 꾀어낸 것이 신멘의 다케조라고 늘 원망하던 그녀는 뭔가 불길한 생각을 떨쳐 낼 수 없었다.

"그 나쁜 놈이, 혹시 마타하치만 죽게 하고 뻔뻔하게 혼자 돌아왔는지도 모르겠구나."

"설마, 그럴 일은 없을 거예요. 정말 그랬다면 사정을 말하고 유품이라도 가져와서 보여 드렸을 거예요."

"어림도 없는 소리."

노파는 머리를 세차게 흔들었다.

"그놈이 그럴 놈인 줄 아느냐. 마타하치가 나쁜 친구를 사귄 거야."

"어머님."

"뭐냐?"

"제 생각에는 오늘 밤에 오긴 님 댁에 가면 분명히 다케조 님이 있을 것 같아요."

"남매간이니 당연히 있겠지."

"지금 저와 함께 찾아가 보실래요?"

"그 누나도 그렇지. 제 동생이 우리 아들을 싸움터에 데리고 간 것을 알면서도 그 후로 문안 한 번 안 오더니, 다케조가 왔다는 기별도 안 하는구나. 우리 쪽에서 먼저 갈 일 없다. 신멘에서 오는 게 도리일 게다."

"하지만 이렇게 됐으니 한시라도 빨리 다케조 님을 만나서 자세한 얘길 들어 보는 게 좋을 듯해요. 인사는 제가 할 테니까 어머님도 함께 가세요."

오스기는 마지못해 승낙했다. 아들의 안부를 알고 싶은 마음이야 오츠 못지않았던 것이다.

마타하치의 집에서 열두어 마장 떨어진 다케조의 집은 강 맞은편에 있었다. 혼이덴가는 유서 깊은 향사였고, 신멘가도 명문 아카마쓰赤松의 혈통이어서 이런 일이 있기 전부터 두 집안은 강을 사이에 두고 은연중에 대립하는 사이였다.

신멘가의 문은 잠겨 있었고 불빛도 보이지 않을 정도로 나무들이 빽빽이 들어서 있었다. 오츠가 뒷문으로 돌아가려고 하자 오스기는 움직이려 하지 않았다.

"혼이덴 가문의 노모가 신멘가를 찾아왔는데 뒷문으로 들어갈 수는 없다."

오츠는 할 수 없이 혼자 뒤편으로 돌아갔다. 잠시 후, 문 안쪽에서 불이 켜졌다. 오긴이 나와서 오스기를 맞았다.

"밤이 깊었지만 피치 못할 일이 있어서 찾아왔소이다. 이렇게 맞아 주니 고맙구려."

오스기는 들판에서 밭일을 하던 때와 완전히 다른 사람으로 변해 있었다. 기품 있는 말투로 예를 차린 후에 거리낌 없이 안으로 들어갔다.

오스기가 천황의 사자처럼 아무 말 없이 상좌에 앉아 의젓하게 오긴의 인사를 받고는 곧바로 말했다.

"이 집의 악동惡童이 돌아왔다고 하던데, 여기로 불러오시게."

오스기의 말은 오긴에게 아닌 밤중에 홍두깨 같은 소리였다.

"악동이라니 누구를 말씀하시는지요?"

"호호호. 내가 잘못 말했군. 마을 사람들이 그렇게 부르기에 나도 그만 물들어 버렸구먼. 악동이란 전쟁에서 돌아와 이곳에 숨어 있는 다케조말이네."

"예, 예?"

오스기가 피붙이 동생에 대해 함부로 말하자 오긴이 창백해진 얼굴로 입술을 깨물었다. 오츠는 미안해하며 오늘 관불회에서 다케조의 모습을 봤다고 말한 후에 덧붙였다.

"이곳에도 오지 않았다니 정말 이상하네요."

오츠가 두 사람 사이에서 중재했다. 오긴이 괴로운 듯 대답했다.

"오지 않았습니다. 왔다면 바로 댁에도 갔을 텐데요."

그러자 오스기는 손으로 바닥을 두드리며 시어머니같이 무서운 얼굴로 말했다.

"아니, '갔을 텐데요'라니. 애당초 우리 아이를 꼬드겨서 전쟁터에 데려간 건 다케조 그놈이 아닌가. 마타하치는 혼이덴가의 대를 이을 둘도 없이 소중한 아들이네. 그런 아들을 내 눈을 속이고 꾀어낸 것도 모자라 저 혼자 무사히 돌아오면 끝이란 말인가? 거기까지는 좋다 치고, 이 늙은이를 어떻게 생각했으면 인사도 한 번 오지 않는가? 이 신멘가의 남매는 정말 무례하기 그지없군. 자, 당신네 다케조가 돌아왔으니 마타하치도 이곳으로 돌려보내야 할 것이네. 그렇지 않다면 다케조 그놈을 여기 세워 놓고 마타하치의 안부와 저간의 사정을 이 늙은이가 납득할 수 있도록 들어봐야겠소."

"하지만 다케조가 없는데 어찌……."

"뻔뻔하군. 자네가 모를 리 없거늘."

"정말 너무하십니다."

오긴은 엎드려 울었다. 가슴속에서 '아버지가 계셨더라면……' 하는 생각이 솟구쳤다. 그때, 덜컥 하고 마루문 소리가 났다. 바람이 아니었다. 분명히 문밖에서 사람의 발소리 같은 기척이 있었다.

"저건?"

오스기의 눈이 빛났고 오츠는 벌써 자리에서 일어나 있었다. 그 순간 절규하는 소리가 들려왔다. 인간이 낼 수 있는 소리 중에서 짐승 소리에 가장 가까운 비명이었다. 뒤이어 누군가 소리쳤다.

"앗! 잡아라!"

재빠르고 요란한 발소리가 집 주위에서 울렸다. 나무가 부러지는 소리, 수풀이 흔들리며 울리는 소리, 한두 사람의 발소리가 아니었다.

"다케조로군."

자리에서 벌떡 일어선 오스기가 엎드려서 울고 있는 오긴의 옷깃 부분을 노려보면서 말했다.

"역시 있었어. 저 계집이 자명한 사실을 나한테 숨긴 무슨 이유가 있을 게다. 내 똑똑히 기억해 두지."

그렇게 말한 후 마루문을 열고 바깥을 내다보던 오스기의 얼굴이 흙빛으로 변했다. 무릎에 갑옷을 댄 한 젊은이가 널브러져 죽어 있었다. 그의 입과 코에서는 선혈이 뿜어져 나오고 있었는데, 참혹한 모습으로 보아 목검 같은 것으로 일격에 죽임을 당한 듯했다.

"누, 누가 여기 죽어 있다!"

"예?"

오스기의 심상치 않은 목소리에 놀란 오츠가 사방등을 들고 툇마루로 나갔다. 오긴도 떨면서 마당을 내려다보았다. 시체는 다케조도 마타하치도 아니었다. 이 근방에서 본 적 없는 무사였다. 그들은 두려움에 떨면서도 안도의 한숨을 내쉬었다.

'누가 죽였을까?'

오스기는 오츠에게 이 일에 휘말리면 곤란해지니 돌아가자고 말했다. 오츠는 오스기가 아들인 마타하치를 너무 사랑한 나머지 대놓고 심한 말을 한 터라 오긴이 참으로 불쌍하게 여겨졌다. 오긴에게도 어떤 사정이 있는 듯했고, 또 그녀를 위로해 주고 싶은 마음에 오츠는 나중에 가겠다고 말했다.

"그래? 그럼 마음대로 하려무나."

오스기는 쌀쌀맞게 혼자서 대문을 나섰다.

"등을 가지고 가세요."

오긴이 친절하게 말했다.

"등불 없이 못 걸을 만큼 늙진 않았네."

오스기는 밖으로 나오자 옷자락 끝을 쓱쓱 접어 올리고는 젊은 사람 못지않은 정정한 걸음으로 밤이슬 찬 길을 휘적휘적 걸어갔다.

"할멈, 잠깐!"

신멘가를 나온 오스기를 누군가 급히 불러 세웠다. 그녀가 가장 염려하던 일이 일어났다. 그자는 칼을 옆에 들고 팔과 다리에는 갑옷을 차고 있었는데, 이 마을에서 본 적 없는 당당한 무사였다.

"할멈, 지금 신멘가에서 나왔지?"

"그렇소만……."

"신멘가 사람인가?"

"천만의 말씀이오."

오스기는 황망히 손을 내저으며 말했다.

"나는 저 강 건너 사는 향사의 부인입니다."

"그렇다면 신멘 다케조와 함께 세키가하라 전투에 나간 혼이덴 마타하치의 어미인가?"

"그렇소. 하지만 그것도 아들 녀석이 좋아서 간 게 아니고 그 불한당 같은 놈의 꾐에 빠진 것입니다."

"불한당이라니?"

"다케조 말입니다."

"다케조는 마을에서도 평판이 좋지 않은 놈인가?"

"손도 못 댈 만큼 난폭한 놈이외다. 내 아들놈이 그런 녀석과 어울려 다녀서 얼마나 눈물을 흘렸는지 모른다오."

"당신 아들은 세키가하라에서 죽은 모양이오. 하지만 너무 원통해 하지 마시오. 곧 원수를 갚아 줄 테니."

"나리는 누구신지?"

"나는 싸움이 끝난 뒤 히메지 성姫路城[8]을 다스리러 온 도쿠가와 쪽 사람이오. 명을 받고 반슈 경계에 검문소를 세워 오가는 사람들을 조사

---

8 유네스코 세계유산에 등재될 정도로 일본을 대표하는 목조 건축물로 손꼽힌다. 성의 외벽이 희고 지붕 형태가 새의 날개를 닮아 그 모습이 마치 백로와 비슷하다고 하여 '시라사기 성 (白鷺城, 백로성)'이라 불리기도 한다.

하던 차에 이곳의······."

그는 손가락으로 뒤쪽 토담을 가리키며 말했다

"다케조라는 놈이 검문소를 부수고 달아났소. 그전부터 신멘 이가 모리를 따르며 우키타 편에 가담했던 자로 알려져 있어서 이 미야모 토까지 잡으러 온 것인데. 헌데 그놈이 너무 강해서 며칠을 따라다니 며 지칠 때를 기다렸는데도 쉽게 잡히질 않는단 말이야."

"아, 그러셨군요."

오스기가 고개를 끄덕였다. 다케조가 칠보사에도, 누나에게도 들르 지 못한 이유를 알 수 있었다. 동시에 아들 마타하치는 돌아오지 못하 고 그 녀석만 살아 돌아왔다는 것이 분하기만 했다.

"나리, 다케조가 아무리 강하다 해도 잡는 건 쉬운 일입니다."

"인원도 적은데, 요번에도 그놈에게 한 명이 죽고 말았으니······."

"이 늙은이에게 좋은 생각이 있으니 잠깐 귀를 좀 빌려 주시지요."

오스기가 귓속말로 속삭이자 국경을 감시하러 왔다는 히메지 성의 무사는 고개를 크게 끄덕였다.

"흠, 좋은 방법인 듯하군."

"그리하면 분명히 성공할 겁니다."

오스기가 그리 장담을 하고 돌아간 얼마 후, 그 무사는 신멘가의 뒤 쪽에 열댓 명의 사람을 모아 놓고 은밀하게 명령을 내리더니 담을 넘 어 집 안으로 숨어들었다. 그 시각, 오츠와 오긴은 희미한 등불 아래 에서 서로의 박복함을 한탄하며 눈물을 흘리고 있었다. 그리고 갑자기 장지문이 양쪽으로 활짝 열리며 낯선 사내들이 신발도 벗지 않은 채 방 안으로 들어와 우뚝 섰다.

"앗!"

오츠는 얼굴이 새파래져서 부들부들 떨었지만, 오긴은 무니사이의 딸답게 날카로운 눈으로 그들을 노려보았다.

"누가 다케조의 누이냐?"

오긴이 그들을 향해 말했다.

"나요. 헌데 주인의 허락도 없이 대체 이게 무슨 짓이오? 여자 홀로 사는 집이라 해서 이리 무례하게 행동해도 괜찮을 거라 여긴다면 용서치 않을 겁니다."

오긴이 무릎을 세우고 앉으며 꾸짖자 조금 전까지 오스기와 이야기를 나눴던 그 무사가 대장인 듯, 그녀를 손가락으로 가리키며 말했다.

"이쪽이 오긴이다."

그 말이 끝나기 무섭게 쿵쿵거리는 소리와 함께 불이 꺼졌다. 오츠는 비명을 지르며 마당으로 굴러떨어졌다. 영문도 모른 채 갑자기 당한 일이었다. 열 명이 넘는 사내가 일시에 오긴에게 달려들어 밧줄로 묶으려고 했다. 오긴은 여자라고 생각할 수 없을 만큼 격렬하게 저항했지만 결국 그들의 힘에 짓눌려 발길질을 당하고 있는 듯했다.

'큰일이다.'

오츠는 자신이 어떻게 도망쳤는지 알 수 없었다. 그녀는 맨발인 채로 칠보사를 향해 밤길을 정신없이 달렸다. 무사태평한 세월에 익숙했던 그녀에게 그 일은 세상이 경천동지할 정도로 큰 충격이었다. 그녀가 절이 있는 산기슭에 다다랐을 때, 나무 밑 바위에 걸터앉아 있던 그림자 하나가 일어나 다가왔다.

"오츠 아니냐?"

슈호 다쿠안이었다.

"이렇게 늦도록 돌아오지 않을 리 없는데, 어찌 된 일인가 싶어 찾는 중이다. 근데, 맨발 아니냐?"

다쿠안이 오츠의 하얀 발로 시선을 돌리자 그녀가 울면서 그의 가슴께로 뛰어들며 소리쳤다.

"스님, 큰일 났어요. 아, 어쩌면 좋아요!"

다쿠안은 평소처럼 태연하게 말했다.

"큰일? 세상에 큰일 날 일이 뭐가 그리 있을까마는, 진정하고 무슨 일인지 말해 보거라."

"신멘가의 오긴 님이 잡혀갔어요. 마타하치 님은 돌아오지도 않고 마음씨 고운 오긴 님은 잡혀가고, 이제부터 전 어쩜 좋아요."

오츠는 울면서 다쿠안의 품 안에서 몸을 떨었다.

올가미

대지는 젊은 여인처럼 뜨거운 숨을 내쉬고 있었다. 땀이 흐르는 달아오른 얼굴에서 아지랑이가 피어오르고 있었다.

쥐 죽은 듯이 고요한 봄날 오후, 다케조는 초조한 시선으로 자기밖에 없는 산속을 주시하며 검은 목검을 지팡이 삼아 걷고 있었다. 그는 몹시 지친 듯했다. 새가 날아오르자 그 소리에 그의 눈동자가 날카롭게 반응했다. 동물적인 본능과 야성의 감각이 진흙과 땀으로 얼룩진 전신에 가득 차 있었다.

"제기랄."

욕지기를 내뱉는 다케조의 마음속에 주체할 수 없는 분노가 솟구쳤다.

"에잇!"

순간 그의 목검이 날카로운 소리와 함께 허공을 갈랐다. 굵은 나뭇가지가 단번에 쪼개졌다. 부러진 나무에서 하얀 수액이 흘러나왔다. 다케조는 어머니의 젖이라도 떠올렸는지 그것을 물끄러미 바라보았다. 어머니가 없는 고향의 산과 강은 그저 허전할 뿐이었다.

'도대체 이 마을 사람들은 어째서 나를 눈엣가시처럼 대할까. 내 모습을 보기만 하면 바로 산의 검문소에 일러바치고 내 그림자라도 볼라치면 늑대라도 만난 듯이 슬금슬금 도망쳐 버리니……'

다케조는 사누모讚母의 산에 벌써 나흘째 숨어 있었다. 대대로 살아오던, 지금은 누이가 혼자 살고 있는 집이 한낮의 아지랑이 너머로 바라다보였고 산기슭의 숲 속으로는 고즈넉한 칠보사의 지붕이 보였다. 하지만 그는 어느 쪽으로도 가까이 갈 수 없었다.

관불회가 있던 날, 다케조는 사람들 틈에 섞여 오츠의 얼굴을 보러 갔었다. 하지만 그녀가 많은 사람들 앞에서 큰 소리로 자신의 이름을 부르는 통에 당황해서 급히 몸을 감췄다. 자신이 발각되면 그녀에게까지 화가 미칠지도 모르기 때문에 자신이 붙잡히면 안 된다고 생각했던 것이다. 그리고 그날 밤에 몰래 누이가 있는 집으로 갔더니 공교롭게도 마타하치의 노모가 와 있었다. 그녀가 마타하치에 대해 물으면 뭐라고 이야기해야 할지 판단이 서질 않았다. 그는 자기만 돌아온 것을 그 노모에게 뭐라고 사죄해야 하나 하며 밖에서 망설이고 있었다.

다케조는 누이의 모습을 문틈으로 들여다보다 잠복하고 있던 히메지 성의 무사들에게 발각되어 말도 한 마디 주고받지 못한 채 도망쳐야만 했다. 그 이후, 이곳 사누모의 산에서 지켜보니 히메지 무사들은 혈안이 되어 자신이 다닐 만한 길을 샅샅이 조사를 하고 있었다. 마을 사람들도 자신을 잡기 위해 조를 이루어 몰려다니면서 매일 이 산 저 산을 뒤지는 듯했다.

'오츠는 대체 나를 어떻게 생각할까?'

다케조는 그녀마저 의심하기 시작했다. 고향의 모든 사람들이 적이 되어 사방에서 좁혀 오고 있는 것처럼 느껴졌다.

'오츠에게 마타하치가 이러저러한 이유로 돌아오지 않게 되었다고 사실대로 말하기는 곤란해. 그래, 역시 마타하치의 노모를 만나서 말씀드리는 편이 낫겠어. 그렇게 한 후에는 이따위 마을에 있지도 않을 테다.'

다케조는 일단 마을로 내려가는 것으로 결단을 내렸지만 대낮에는 너무 위험했다. 그는 돌멩이를 던져 작은 새를 잡아 털을 뽑았다. 그러고는 새의 따뜻한 살을 그대로 뜯어 먹으면서 걸었다. 그 순간이었다.

"앗!"

그의 모습을 보자마자 나무 사이로 황급히 도망치는 사내가 있었다.

"서라!"

이유도 없이 자신을 싫어하는 것만 같아 화가 치밀어 오른 다케조가 표범처럼 달려들었다. 그 사내는 이 산을 오르내리며 숯을 굽는 사람으로 다케조도 그의 얼굴을 익히 알고 있었다. 다케조가 그의 멱살을 움켜쥐고 끌고 오면서 말했다.

"왜 도망을 치는 게냐? 내 얼굴을 알고 있겠지? 미야모토 촌의 신멘 다케조다. 내가 잡아먹을까 봐서 사람을 보고도 인사는커녕 그렇게 도망을 치는 게냐?"

"예, 예."

"앉아."

손을 놓자 사내는 또 도망치려 했다. 다케조가 사내의 옆구리를 걷어차고는 목검으로 내려칠 자세를 취했다.

"악!"

사내는 머리를 감싸며 엎드리더니 벌벌 떨면서 소리쳤다.

"살, 살려 줍쇼."

다케조는 마을 사람들이 무엇 때문에 자신을 이렇게 무서워하는지 알 수가 없었다.

"내가 묻는 말에 똑바로 대답해. 알겠지?"

"뭐든지 말씀드릴 테니 목숨만 살려 주십시오."

"누가 널 죽인다느냐. 산기슭에 토벌대가 있지?"

"예."

"칠보사에도 숨어 있느냐?"

"있습니다."

"마을 사람들이 오늘도 나를 잡으려고 산을 뒤지고 있겠구나?"

"……."

"너도 그놈들 중 하나지?"

사내는 펄쩍 뛰면서 벙어리처럼 고개를 저었다.

"아, 아닙니다."

"잠깐."

다케조는 사내의 목덜미를 잡았다.

"내 누이는 어떻게 됐느냐?"

"누구를 말씀하시는지?"

"내 누이, 신멘가의 오긴 누님 말이다. 히메지의 관리들이 마을 사람들을 내몰아서 내 뒤를 쫓는 거야 어쩔 수 없겠지만, 설마 내 누님까지 해코지한 건 아니겠지?"

"모릅니다. 전 아무것도 몰라요."

"이 자식이!"

다케조가 목검을 들어 올렸다.

"네놈이 시치미 떼는 걸 보니 무슨 일이 생겼나 보군. 바른대로 말하지 않으면 이 목검으로 머리통을 박살 낼 테다."

"악, 잠깐만. 말, 말하겠습니다."

숯쟁이는 손바닥을 비벼 대며 그간의 일들을 이야기했다. 오긴이 잡혀간 것과 더불어 마을에는 포고령이 내려져 다케조에게 먹을 것을 주거나 잠자리를 제공하는 자는 모두 똑같은 죄로 다스린다는 것, 격일로 집집마다 젊은이 한 사람씩 징발해 매일 히메지 무사를 선두로 해서 산을 뒤지고 있다는 것 등을 고했다. 분노한 다케조의 온몸에 소름이 돋았다.

"그게 정말이냐?"

다케조의 충혈된 눈에 눈물이 고였다.

"누님께 무슨 죄가 있다고!"

"저희에게 무슨 힘이 있습니까. 저희는 그저 영주님이 무서워서……."

"누님이 잡혀간 곳이 어디더냐?"

"히나구라日名倉의 검문소라고 마을 사람들이 속삭이던 걸 듣기는 했지만……."

"히나구라."

다케조는 국경인 산 능선을 저주에 찬 시선으로 물끄러미 바라보았다. 이미 주고쿠中國 산맥의 등줄기가 잿빛의 저녁 구름으로 물들며 어두워지고 있었다.

"누님을 구해야겠다. 누님을 반드시……."

다케조는 그렇게 되뇌며 목검을 지팡이 삼아 물소리가 들리는 못가를 향해 홀로 내려갔다.

근행勤行9의 종이 막 끝났다. 수행으로 절을 비웠던 칠보사의 주지도 어제오늘 사이에 돌아온 듯했다. 밖은 지척을 분간하지 못할 만큼 어두웠다. 절 안에는 홍등과 부엌의 화롯불, 방장의 호롱불 들이 흔들리고 있었고 몇몇 오가는 사람들도 희미하게 보였다.

"오츠가 나오면 좋으련만."

---

9 승려가 불전에서 불경을 외는 것.

다케조는 본당과 방장의 통로인 마루로 된 다리 밑에 가만히 웅크리고 있었다. 저녁 공양에 올릴 음식을 만드는지 냄새가 풍겨 왔다. 그는 김이 무럭무럭 나는 국과 밥을 상상했다. 며칠 동안 날고기와 새싹 외에 아무것도 먹지 못해 위가 뒤틀려 쓰리고 아파왔다.

"우엑!"

다케조가 위액을 토해 내며 괴로워했다. 그 소리를 들었는지 방장에서 누군가가 말했다.

"뭐지?"

"고양이인 듯합니다."

오츠는 그렇게 대답한 후, 저녁상을 치우고 다케조가 웅크리고 있는 다리 위를 건너오고 있었다.

'아! 오츠다.'

다케조는 그녀를 부르려고 했지만 고통스러워서 목소리가 나오지 않았다. 그러나 오히려 다행이었다. 그녀의 뒤를 바로 따라 나온 사람이 있었다.

"목욕탕은 어느 쪽이오?"

수건을 들고 있는 그는 절에서 빌려 입은 옷에 가는 허리끈을 둘렀다. 일전에 본 기억이 있는 히메지 성의 무사였다. 부하들과 마을 사람들에게 밤낮 없이 산을 수색하라고 명령해 놓고 자신은 해가 지면이 절에 묵으면서 술과 음식을 대접받고 있는 듯했다.

"목욕탕을 찾으시는지요? 안내하겠습니다."

오츠는 들고 있던 물건을 내려놓은 후, 마루의 가장자리를 따라 뒤편으로 안내하며 걸어갔다. 그런데 코밑에 성긴 수염이 난 그 무사가 갑자기 등 뒤에서 오츠를 끌어안았다.

"어때, 같이 목욕하지 않겠나?"

"어머나!"

그는 오츠의 얼굴을 양손으로 거머쥐고는 볼에 입술을 비벼 댔다.

"너도 좋잖아."

"이러지 마세요! 안 돼요."

오츠는 너무나 나약했다. 입을 틀어막았는지 비명 소리조차 들리지 않았다. 다케조는 자신의 처지를 잊은 채 마루 위로 뛰어올랐다.

"무슨 짓이냐!"

다케조는 주먹으로 무사의 뒤통수를 후려쳤다. 무사는 손도 빼지 못하고 오츠를 끌어안은 채 아래로 나동그라졌다. 오츠가 새된 비명을 지른 것도 그 순간이었다. 깜짝 놀란 무사가 소리쳤다.

"앗! 네놈이 다케조로구나. 다케조다! 다케조가 나타났다! 모두 나와라!"

발소리와 서로 부르는 목소리로 절 안이 삽시간에 아수라장이 되었다. 다케조가 나타나면 알리는 신호를 사전에 정해 놨는지 종루에서 종이 울렸다.

산을 수색하던 자들이 '와' 하는 소리와 함께 칠보사로 몰려들었다. 그들은 곧바로 절의 뒤편으로 이어진 사누모 산 일대를 뒤지기 시작했다. 하지만 그 무렵, 다케조는 이미 혼이덴가의 넓은 마당 입구에서서 안채의 불빛을 바라보고 있었다.

"아주머니."

"거기 누구요?"

오스기가 무심히 등잔불을 들고 안에서 나왔다. 턱 밑에서부터 얼굴 위로 등잔불의 불빛이 비추면서 드러난 곰보 자국이 많은 얼굴이 일순 흙빛으로 변했다.

"아니, 너는?"

"아주머니, 한 가지 알려 드리러 왔습니다. 마타하치는 싸움터에서 죽지 않았어요. 살아 있습니다. 어떤 여자와 다른 나라에서 살고 있어요. 그 얘기를 하러 왔습니다. 오츠에게는 아주머니께서 전해 주세요."

말을 마친 다케조는 목검을 지팡이 삼아 어둠이 깔린 문밖으로 나왔다.

'아, 이젠 속 시원하다.'

"다케조."

오스기가 그를 불러 세웠다.

"너는 어디로 갈 생각이냐?"

다케조가 침통한 목소리로 대답했다.

"전 지금부터 히나구라의 검문소를 부수고 누님을 구할 겁니다. 그 길로 다른 나라로 갈 테니 아주머니와 더 만날 일도 없겠지요. 다만 마타하치를 싸움터에서 죽게 하고 저 혼자 돌아온 것이 아님을 이 집

안의 사람들과 오츠에게 알리고 싶었습니다. 이제 이 마을에는 미련
이 없습니다."

"그랬구나."

오스기는 등잔불을 고쳐 잡으면서 손짓으로 불렀다.

"다케조, 배고프지 않느냐?"

"밥 같은 건 며칠째 먹지도 못했습니다."

"딱하기도 해라. 마침 따뜻한 국이 다 됐으니 헤어지는 마당에 그거
라도 먹고 가거라. 내가 준비하는 동안 목욕도 하고."

"……"

"다케조, 네 집안과 우리 집안은 아카마쓰赤松 이래로 똑같이 유서 있
는 가문인데 내 어찌 너를 이리 매정하게 보낼 수 있겠느냐. 내 말대
로 하거라."

"……"

다케조는 소매로 눈물을 훔쳤다. 생각지도 못한 오스기의 따스한 온
정에 의혹과 경계심으로 가득 차 있던 그의 마음이 따뜻한 정을 느꼈
던 것이다.

"자, 다른 사람이 오기라도 하면 큰일이니 빨리 뒤편으로 가거라. 수
건은 목욕하는 동안에, 그렇지, 마타하치가 입던 속옷이랑 명주옷을
내줄 테니 그걸 입거라. 밥도 지어야 하니, 따뜻한 물에 몸을 담그고
천천히 쉬려무나."

오스기는 등잔불을 건네주고 안으로 들어갔다. 잠시 후, 분가한 딸

이 마당에서 급히 어딘가로 사라졌다. 목욕탕 안에서 물소리가 들리고 그림자가 일렁이고 있었다. 오스기가 안채에서 말을 걸었다.

"물은 따뜻한가 모르겠구나."

목욕탕에서 다케조의 목소리가 흘러나왔다.

"따뜻해요. 아아, 이제 좀 살 것 같아요."

"아직 밥이 덜 됐으니 따뜻한 물에 몸을 담그고 느긋하게 있어도 된다."

"고맙습니다. 이럴 줄 알았으면 진작 올걸 그랬어요. 나는 분명히 아주머니가 저를 원망하고 계신 줄 알고……."

그 후로도 기쁨에 찬 목소리가 첨벙거리는 물소리에 섞여 몇 마디 들렸지만 오스기의 대답은 들리지 않았다.

이윽고 분가한 딸이 숨을 죽여 가며 문밖에 나타났다. 그 뒤로 스무 명 남짓한 무사들과 산을 수색하던 사람들이 있었다. 밖에 나와 있던 오스기가 낮은 목소리로 그 사람들에게 다케조가 있다고 소곤거렸다.

"뭐, 목욕탕에 있다고? 그거 잘했군. 좋아, 드디어 오늘에야 붙잡겠군."

말을 마친 무사들이 두 편으로 갈라져 조심조심 기어갔다. 어둠 속에서 목욕탕 아궁이의 불이 새빨갛게 타고 있었다.

다케조는 육감적으로 무슨 일이 벌어지고 있음을 감지했다. 그가 문틈으로 밖을 내다본 순간, 온몸의 털이 곤두섰다.

'앗! 속았구나.'

그는 여전히 벌거벗은 채였다. 좁은 목욕탕 안이었다. 어떻게 할 것인지 생각할 틈도 없었다. 깨닫는 순간은 이미 너무 늦은 것이었다. 몽둥이와 창과 갈고리 등을 지닌 그림자가 판자문 밖에 가득했다. 실제로는 열네댓 명에 지나지 않았지만 다케조의 눈에는 그보다 몇 배는 더 많은 것처럼 보였다. 도망칠 방법도, 몸에 걸칠 속옷조차 없었다. 하지만 다케조는 무섭지 않았다. 오스기에 대한 분노가 그의 야성을 끓어오르게 했다.

'내 본때를 보여 줄 테니, 두고 봐라.'

다케조는 방어는 생각하지 않았다. 자신이 먼저 적을 향해 나가는 공격에만 익숙했기 때문이다. 그는 무사들이 서로 먼저 쳐들어가는 것을 꺼리고 있는 동안 문을 박차고 나오면서 소리쳤다.

"웬 놈들이냐!"

다케조는 완전히 벌거벗은 상태로, 물에 젖은 머리는 풀어 헤쳐져 있었다. 그는 이를 갈면서 가슴을 노리고 들어오는 적의 창대를 부여잡고서 상대를 떨쳐 냈다. 창대를 고쳐 잡은 다케조가 소리쳤다.

"이놈들!"

다케조는 무모하리만큼 닥치는 대로 창을 휘두르며 상대를 인정사정없이 후려쳤다. 창살을 쓰지 않고 창대를 사용하는 창술은 세키가하라 전투에서 실전으로 배운 것으로, 상대의 수가 많을 때 효과적인 방법이었다.

"당했다!"

무사들은 왜 이쪽에서 먼저 죽을 각오로 목욕탕 안으로 쳐들어가지 않았는지 서로를 탓하기에 급급했다.

십여 회 정도 땅에 부딪친 다케조의 창이 그만 부러져 버렸다. 그러자 그는 헛간 처마 밑에 있던 절임 통의 누름돌을 들어 자신을 에워싼 자들을 향해 내던졌다.

"저기, 안채로 뛰어들었다."

밖에서 사람들이 소리치자 방에 있던 오스기와 딸이 맨발로 뒷마당을 향해 뛰어내렸다. 다케조가 천둥이 내리치는 것처럼 쿵쾅거리는 소리를 울리며 집 안을 걸어 다녔다.

"내 옷은 어디다 두었느냐? 어서 내놔!"

집 안에는 일할 때 입는 옷들이 널려 있었고 옷장 서랍도 손만 뻗으면 닿을 곳에 있었지만 다케조는 눈길조차 주지 않았다. 핏발이 선 눈으로 마침내 부엌 한구석에서 자신의 낡은 옷을 찾아낸 그는 그것을 집어 든 채, 흙으로 된 부뚜막 위에 발을 걸치고 천창天窓을 통해서 지붕으로 기어나왔다.

아래에서는 탁류에 무너진 둑을 보듯 망연자실한 목소리들로 야단법석이었다. 큰 지붕의 한가운데로 나온 다케조가 유유히 옷을 입었다. 그러고는 이로 허리끈을 찢어서 눈썹과 눈꼬리가 팽팽해질 만큼 머리 뒤로 당겨서 모은 후에 단단히 동여맸다. 드넓은 하늘가 한쪽에 물기를 머금은 희미한 별 하나가 빛나고 있었다.

두 장의
편지

"어이!"

한쪽 산에서 부르면 맞은편 산의 멀리서 대답했다.

"어어이!"

매일같이 산 수색이 이루어졌다. 사람들은 누에치기나 농사일을 돌볼 겨를조차 없었다.

당촌當村, 신멘 무니사이의 유자遺子인 다케조는 일전에 추포하는 도중에 산길 곳곳에 출몰하여 살육과 악업을 행하니 보는 즉시 잡아들여 그 죄를 물어야 할 자다. 하여 다케조를 잡는 데 공을 세우는 자에게는 다음과 같이 포상을 하겠다.

－사로잡은 자 : 은 열 관

－목을 벤 자 : 논 열 마지기

- 은신처를 밀고한 자 : 논 두 마지기

이상.

　　　게이초 육년, 제후 이케다 쇼누사이 데루마사池田勝八蔡輝政

　이러한 방문을 쓴 팻말이 촌장의 대문 앞과 마을의 큰길에 엄중하게 세워졌다. 혼이덴가의 오스기와 가족들은 다케조가 복수하러 온다는 소문이 돌자 전전긍긍하며 대문을 걸어 잠그고 출입문에 울타리까지 만들었다.

　히메지의 이케다 가에서 오스기와 가족들을 돕기 위해 많은 사람들이 왔다. 그들은 만약 다케조가 나타나면 고동을 불거나 절의 종 등을 쳐서 서로 연락해 그를 독 안에 든 쥐로 만들어 잡는다는 치밀한 계획까지 세웠지만 아무런 효과가 없었다. 오늘 아침에도 마찬가지였다.

　"허어, 그거 참. 또 맞아 죽었구나."

　"이번엔 누구야?"

　"무사처럼 보이는데."

　마을 외곽에 있는 길가 풀숲에 고개를 처박고 두 발은 하늘을 향한 채 괴이한 모습으로 죽어 있는 시체를 발견한 사람들이 공포와 호기심 어린 얼굴로 둘러서서 웅성거렸다. 시체는 두개골이 박살 나 있었고 뻘겋게 피가 묻은 팻말이 죽은 사람의 등짝 위에 버려져 있었다. 아마도 근처에 세워 놓았던 팻말로 후려친 모양이었다.

　팻말 앞면에 쓰여 있는 포상 내용과 극명하게 대비되는 광경을 사람들은 잔혹하다기보다는 오히려 우스꽝스럽게 느끼는 듯했다. 마을 사람들 속에 섞여 있던 오츠는 입술까지 하얗게 질린 얼굴을 하며 뒤로 물러섰다.

'보지 않는 편이 좋았을 것을.'

오츠는 눈에 어른거리는 죽은 사람의 얼굴을 지우고자 종종걸음으로 절 아래까지 줄달음치면서 후회했다. 앞쪽으로 며칠 전부터 절에 진을 치고 있는 수색대 대장이 대여섯 명의 부하와 함께 절에서 급히 내려오고 있었다. 보고를 받고 그곳으로 가는 중인 듯했다.

"오츠구나. 어딜 갔다 오는 게냐?"

그는 오츠를 보더니 한가롭게 물었다. 오츠는 망측한 일이 있은 그날 밤 이후로 이 메기수염을 한 대장을 보기만 해도 징그럽고 진절머리가 났다.

"뭐 좀 사러……."

오츠는 한마디 하고는 쳐다보지도 않고 본당 앞에 있는 높은 돌계단을 뛰어 올라갔다.

본당 앞에서 개와 놀고 있던 다쿠안이 오츠가 개를 피해 뛰어가는 것을 보고는 말을 건넸다.

"오츠, 편지 왔다."

"네? 저한테요?"

"네가 없어서 내가 맡아 뒀지."

다쿠안이 소매에서 편지를 꺼내 그녀에게 건넸다.

미야모토 무사시 1_땅地의 장

"안색이 나쁘구나. 무슨 일 있었니?"

"길에서 죽은 사람을 봤는데 너무 끔찍했어요."

"그런 건 안 보는 게 좋은데. 하기야 아무리 눈을 감고 피한다고 해도 지금 세상엔 도처에 시체가 뒹굴고 있으니 큰일이군. 이 마을만은 극락정토라고 생각했었는데."

"다케조 님은 왜 그렇게 사람을 죽이는 걸까요?"

"먼저 죽이지 않으면 자신이 죽게 되니까. 죽일 이유가 없으면 헛되이 죽을 일도 없는 것을⋯⋯."

"무서워요!"

오츠는 몸을 떨면서 어깨를 움츠렸다.

"이곳에 오면 어떻게 하죠?"

어둑어둑한 먹구름이 산을 다시 뒤덮고 있었다.

오츠는 편지를 가지고 부엌 옆에 있는 베 짜는 방으로 들어갔다. 짜다 만 남자용 피륙이 베틀에 걸려 있었다. 그동안 오츠는 아침저녁으로 마타하치에 대한 사모의 정을 담아 실을 뽑아 두었다. 약혼한 마타하치가 돌아오면 옷을 만들어 줄 요량으로 작년부터 조금씩 옷감을 짜고 있던 것이었다.

오츠는 바디^筬 앞에 앉아서 편지를 살펴봤다.

"누가 보낸 걸까?"

고아인 자신에게 편지를 보낼 사람도, 자신이 써서 보낼 사람도 없었다. 혹시 잘못 온 것이 아닐까 싶어 몇 번이나 받는 사람의 이름을 확인했다.

 편지는 멀리서 보낸 듯 손때 묻고 비에 젖어 너덜너덜했다. 봉인을 뜯어보자 편지 두 장이 들어 있었다. 먼저 한 장의 편지를 펼쳐 보았다. 처음 보는 여자의 필체였는데, 나이가 다소 든 사람인 듯했다.

 다른 한 통의 편지를 보면 아시게 되겠지만, 증좌가 필요할 것 같아서 저도 몇 자 적습니다. 마타하치 님은 이번에 결혼을 하여 저희 집 양자로 들어오셨음에도 당신의 일을 염려하고 계시는 듯합니다. 하여 서로를 위해서라도 알고 계시는 것이 좋을 듯해서 고민 끝에 이렇게 증좌로서 편지를 보냅니다. 그러니 부디 마타하치 님을 잊어 주시길 바라며 삼가 이만 줄이겠습니다.

오코

 또 한 통의 편지는 분명히 마타하치의 필적이었다. 편지에는 장황하게 자신이 돌아올 수 없는 사정들을 늘어놓고 있었다. 요컨대 자신을 단념하고 다른 곳으로 시집가라는 것이었다. 자신의 어머니께는 편지를 쓰기 어려우니 만났을 때, 다른 나라에서 살고 있다는 사실만 전해 달라고 적혀 있었다.

 "……."

 오츠는 온몸이 얼어붙는 듯했다. 눈물도 나오지 않았다. 몸이 떨려왔다. 편지의 끝자락을 잡은 손끝이 조금 전 길가에 본 죽은 이의 손톱과 같은 색으로 변했다.

　부하들은 모두 밤낮으로 명령을 따르느라 산과 들에서 잠을 자는 등
수색에 지쳐 갔지만 메기수염을 한 대장은 절을 안식처 삼아 유유자
적하고 있었다. 저녁이 되면 목욕물을 데워서 목욕을 하거나 '물고기
를 구워라, 민가에서 좋은 술을 가져와라' 하고 명령하는 통에 절에서
는 매일 밤 그를 대접하는 일로 여간 골머리를 앓는 것이 아니었다.
　분주한 저녁때가 되었는데도 오츠의 모습이 부엌에 보이지 않았다.
때문에 방장의 손님에게 내가야 할 상이 늦어지고 있었다. 다쿠안은
잃어버린 아이를 찾는 것처럼 오츠의 이름을 부르며 경내를 돌아다
녔다. 베틀 방 안에서는 베를 짜는 소리도 나지 않았고 문도 닫혀 있
어서 몇 번이나 그 앞을 지나면서도 문을 열어 볼 생각조차 하지 않았
다. 이따금씩 주지가 마루 다리로 나와 성화를 부렸다.
　"오츠는 어찌 되었느냐? 없을 리가 없다. 손님이 술 따르는 사람이
없어서 술맛이 나지 않는다고 말씀하시니, 빨리 찾아오너라."
　절의 사람들은 제등을 들고 산기슭까지 찾으러 내려갔다. 다쿠안은
혹시나 하는 마음에 베틀 방의 문을 열어 보았다. 오츠는 어둠 속에서
혼자 베틀 위에 엎드려 있었다.
　"아니!"
　다쿠안은 못 볼 것을 본 것처럼 잠시 말없이 서 있었다. 그녀의 발 옆
에는 날카로운 칼로 뜯은 두 통의 편지가 짓밟혀 있었다. 다쿠안이 편

지를 집어 들며 말했다.

"오츠, 이건 낮에 온 편지잖아. 잘 보관해야지."

"……."

오츠는 희미하게 고개를 내저었다.

"모두 찾고 있단다. 자, 내키진 않겠지만 주지 스님께서 난처하신 것 같으니 방장에 술을 따르러 가 보려무나."

"머리가 아파요. 다쿠안 스님, 오늘 밤은 가지 않아도 되죠?"

"나도 늘 네가 술 따르러 가는 게 좋은 일이라고 생각하지는 않는다. 하지만 이 절의 주지는 속세의 인간이야. 식견을 가지고 영주에 대항해서 절의 존엄성을 지켜 갈 힘 따위 없는 사람이니까 말이야. 그러니 깍듯이 대접을 하지 않으면 안 되고, 메기수염의 비위도 잘 맞추고 싶을 거야."

다쿠안은 오츠의 등을 쓰다듬으며 말했다.

"주지 스님이 너를 어릴 때부터 돌봐 주지 않았니? 이럴 때 주지의 힘이 되어 주렴. 알겠지? 얼굴만 잠깐 내밀면 된단다."

"네."

"자! 가자."

그가 부축해서 일으키자 오츠는 눈물로 뒤범벅된 얼굴을 간신히 들었다.

"스님 말씀대로 갈 테니까 죄송하지만 스님도 같이 방장에 있어 주실 수 없나요?"

"그야 상관없지만, 그 메기수염 무사가 나를 싫어하는 것 같고 나도 그 수염을 보면 왠지 놀려 주고 싶어져서 말이야. 세상엔 그런 인간들이 종종 있거든."

"그래도 저 혼자는……."

"주지 스님이 있으니까 괜찮을 게다."

"주지 스님은 제가 들어가면 항상 자리를 피하시는걸요."

"그건 좀 불안하구나. 좋아, 함께 가자꾸나. 걱정하지 말고 얼른 화장하렴."

다쿠안은 오츠를 달래 함께 방장으로 향했다.

방장 안에 있던 수색대 대장은 오츠가 나타나자 기분이 좋아졌는지 그제야 비스듬하던 의관을 바로하고 술잔을 연거푸 기울였다. 얼굴이 벌게진 그의 눈꼬리는 무거운 듯 메기수염에 반대로 아래로 처졌다. 하지만 기분을 내기에는 왠지 께름칙했다. 촛대 맞은편에 맹인처럼 등을 구부리고 앉아서 무릎 위에 책을 얹어 놓고 읽는 한 사람이 그의 심기를 거슬렀던 것이다. 바로 다쿠안이었다. 메기수염 대장은 그가 이 절에서 허드렛일을 하는 중이라고 생각했는지 턱을 내밀며 말했다.

"어이, 자네."

하지만 다쿠안은 얼굴을 들지 않았다. 오츠가 슬쩍 주의를 주자 그제야 고개를 들었다.

"뭐? 나 말이냐?"

메기수염이 거만하게 소리쳤다.

"이봐! 자네에겐 볼일이 없으니 그만 물러가지."

"아니, 괜찮습니다."

"술자리 옆에서 책 같은 걸 읽고 있으면 술맛이 떨어지니까, 그만 일어나란 말이다."

"책은 벌써 덮었습니다."

"눈에 거슬린단 말이야!"

"오츠, 책을 밖으로 내가거라."

"책을 말하는 게 아니라 자네가 이 술자리에 어울리지 않는다, 그 말이야."

"그게 난처하게 됐군요. 오공 존자처럼 연기나 벌레로 변해 술상 끝에 들러붙어 있을 수도 없고……."

"참으로 무례한 놈이구나. 나가라고 하지 않느냐!"

마침내 그가 화를 냈다.

"네."

다쿠안은 공손히 대답을 하고 오츠의 손을 잡았다.

"손님이 혼자 계시는 걸 좋아하신다는구나. 군자는 고독을 사랑하는 법. 자, 방해를 하면 안 되니 그만 물러가자."

"네 이놈!"

"왜 그러십니까?"

"누가 오츠까지 데리고 나가라 했느냐? 너는 평소에도 건방지고 미운 구석이 있는 놈이었다."

"중과 무사 중에 보고 싶은 자가 어디 있겠습니까? 예를 들자면 대장의 수염 역시 그렇지요."

"이놈, 거기 앉거라."

그가 벽에 기대어 세워 놓은 칼로 손을 뻗었다. 다쿠안은 메기수염이 칼을 뽑는 것을 물끄러미 쳐다보더니 물었다.

"앉으라니, 어찌하시려는지요?"

"괘심한 중놈, 네 목을 쳐 주마."

"소승의 목을 말입니까? 하하하, 그만두시지요."

"뭐라고?"

"중의 목을 치는 일만큼 헛된 일은 없습니다. 몸에서 떨어져 나간 머리가 빙그레 웃고 있기라도 하면 자르지 않은 것만 못하지 않겠습니까."

"어디 목이 잘리고도 그렇게 헛소리를 할 수 있는 두고 보자."

다쿠안의 요설은 그의 화를 돋울 뿐이었다. 칼자루를 쥔 그의 손이 분노로 부들부들 떨리고 있었다. 오츠가 몸으로 다쿠안을 가리고는 울먹이며 말했다.

"스님, 대장님께 그런 말을 하는 사람이 어디 있어요? 제발 용서를 구하세요. 정말 목이 잘리면 어쩌려고 그러세요."

다쿠안이 말했다.

"괜찮으니 물러나 있거라. 그렇게 많은 사람들을 거느리고도 스무 날이 지나도록 다케조 한 명을 못 잡는 무능한 자가 어찌 내 목을 칠

수 있겠느냐."

"이놈! 거기 꼼짝 말고 있거라."

메기수염은 시뻘건 얼굴로 칼을 뽑아 들었다.

"오츠야, 비키거라. 입만 산 이 중놈을 두 동강 내고 말 테다."

오츠는 다쿠안을 뒤로 감싸면서 그의 발밑에 꿇어 엎드렸다.

"화가 나시겠지만 제발 참으십시오. 이분은 누구에게나 이렇게 말을 한답니다. 절대로 대장님께만 그러는 것이 아닙니다."

그러자 다쿠안이 말했다.

"오츠야! 무슨 말을 하는 거냐! 난 희롱하는 것이 아니라 진실을 말하고 있는 게다. 무능한 무사에게 무능하다고 한 것이 잘못됐느냐?"

"어디 더 지껄여 보아라."

"얼마든지. 얼마 전부터 다케조를 잡으려고 야단법석을 떨며 산을 뒤지고 있는데, 무사들이야 며칠이 걸려도 상관없겠지만, 농가는 매일 밭일도 하지 못하고 소작인들 또한 품삯도 받지 못한 채 산을 뒤지느라 굶어 죽게 생겼소."

"중놈 주제에 나랏일을 비방하다니."

"나랏일을 비방한 것이 아니외다. 나는 영주와 백성의 중간에서 나라를 위한답시고 제 잇속만 챙기는 썩은 관리들을 말하는 것이오. 가령, 당신은 오늘 밤에 무슨 속셈으로 편히 목욕을 하고 이 방장에서 귀족들이나 입는 옷을 입고 여자에게 밤술을 따르게 한단 말이오? 대체 누가 그런 특권을 주었단 말이오?"

"……."

"영주를 섬김에 있어 충忠을 다하고, 백성들을 인仁으로써 대해야 하는 것이 관리의 본분이거늘. 그럼에도 공무를 수행한다는 자가 농사일에 방해되는 것을 무시하고 부하들이 고생하는 것도 아랑곳 않고 저 혼자 술과 고기를 탐식하면서 영주의 권위에 먹칠을 하고 백성들을 핍박하는 것이 탐관오리의 전형이 아니고 뭐란 말이오?"

"……."

"내 목을 쳐서 당신의 주인인 히메지 성의 성주, 이케다 데루마사 님께 가지고 가 보시오. 데루마사 영주님이 '다쿠안 스님, 오늘은 어찌 목만 오셨습니까?' 하고 놀라실 테니. 데루마사 님과 나는 묘심사의 다과茶菓 이래로 오사카大坂는 물론이고 대덕사에서도 자주 뵙고 가까이 지내던 사이요."

메기수염은 몹시 놀라 아연실색했다. 취기는 싹 가신 듯했지만 다쿠안의 말이 사실인지 거짓인지 판단을 내리지 못하는 눈치였다.

"우선, 그 자리에 앉으시오."

다쿠안은 생각할 시간을 주면서 말을 이었다.

"만약 거짓말이라는 생각이 들면 지금부터 이곳의 토산물인 메밀가루를 가지고 히메지 성의 데루마사 님께 가져다 드리면 될 것이오. 하지만 나는 이런 일로 다이묘大名[10]를 찾아가는 일이 무엇보다도 싫소. 게다가 데루마사 님과 차를 마시며 이야기를 나누다가 그대가 미야

10 에도시대에 일만 석 이상의 영지를 지닌 영주를 뜻한다.

모토 촌에서 했던 행동들에 대해 말하게 된다면 그대는 바로 그 자리에서 할복을 해야 할 것이오. 그런 연유로 처음부터 그만두라고 한 것이거늘, 그대는 앞뒤도 생각하지 않더이다. 무사는 바로 그러한 점이 단점이오."

"⋯⋯."

"칼을 다시 벽에 갖다 놓으시오. 그리고 한 가지 더 말해 둘 것이 있소. 바로 병법서요. 자고로 무사라 하면 손자와 오자를 모를 리 없을 터. 미야모토 촌의 다케조를 어떻게 하면 병사의 손실 없이 사로잡을 수 있는가, 이제부터 그 방법을 내가 가르쳐 주겠소. 이것은 그대의 직책에 관한 것이니 명심하고 들어야 하오. 자, 앉으시오. 오츠, 술 한 잔 따라 드리렴."

나이로만 보면 삼십 대의 다쿠안과 마흔이 넘은 메기수염은 열 살 정도 차이가 났지만, 사람의 차이는 나이에 비례하는 것이 아니다. 그것은 사람의 '질質'이자 그 질의 수련에 달려 있다. 평소에 수양과 단련을 어떻게 했는가에 따라 차이가 나는 것은 어쩔 수 없는 일인 듯했다.

"아니, 술은 그만⋯⋯."

처음의 그 거만함은 어디로 사라져 버렸는지 메기수염의 태도는 우스꽝스러울 정도로 온순해져 있었다.

"제 주인이신 데루마사 님과 친교가 있으신 줄도 모르고 무례를 범했습니다. 사죄드립니다."

다쿠안도 부드럽게 말했다.

"자, 자. 그건 이미 지난 일이잖소. 요는 다케조를 어떻게 잡을 것인가 아니겠소? 결국 귀공의 사명과 무사로서의 체면이 그것에 달려 있지 않겠소?"

"아, 예."

"그대야 다케조를 잡는 것이 늦어질수록 절에서 편안하게 지내며 오츠를 쫓아다닐 수 있으니 상관없겠지만……."

"이제 그런 일은 절대로 없을 터이니, 데루마사 님께도……."

"비밀로 해 달라는 말인 듯한데, 잘 알겠소. 허나 산을 수색하라는 명령만 내리고 이렇듯 한가로이 지내고 있다가는 농가는 더욱 곤궁해질 것이고 민심 또한 흉흉해질 것이오. 그러면 백성들 또한 마음 놓고 자신의 일에 전념할 수 없을 것이오."

"저도 속으로는 초조하고 걱정이 됩니다만……."

"계책이 없다는 게 아니오. 요는 그대가 병법을 모른다는 게 문제요."

"면목이 없습니다."

"그러니 내가 밥이나 축내는 무능한 관리라고 해도 할 말이 없을 것이오. 그렇다고 그렇게 기가 죽어 있으면 보기 안쓰러우니, 내가 사흘 안에 잡아 주겠소."

"예?"

"거짓말 같소?"

"하지만……."

"하지만, 뭐요?"

"히메지의 수십 명의 군사와 부역으로 동원된 백성들까지 모두 이 백 명이나 되는 사람들이 매일 산을 뒤지는데도 잡지 못하고 있는 데……."

"그러니 그 무슨 고생들이란 말이오."

"게다가 지금은 봄이라서 산에 먹을 것이 얼마든지 있어서 그놈에게 이롭고 저희에게는 불리한 시기입니다."

"그럼 눈이 내릴 때까지 기다리는 건 어떻소?"

"그럴 수는 없습니다."

"그러니 내가 잡아 주겠다고 하잖소. 사람들은 필요 없소. 나 혼자서도 괜찮지만 그래도 오츠의 도움이 필요할 듯하니, 우리 둘이면 충분하오."

"농담이 지나치십니다."

"바보 같은 소리. 이 슈호 다쿠안이 시도 때도 없이 농담만 늘어놓는 사람으로 보인단 말이오?"

"예? 아닙니다."

"손자병법을 모른다고 한 것은 그대일세. 나는 비록 중이지만 손자와 오자가 말한 병법의 진수가 무엇인지 정도는 익히 알고 있소. 단, 내가 다케조를 잡아 오는 데는 조건이 있소. 그 조건을 들어주지 않으면 난 눈이 올 때까지 구경이나 할 생각이오."

"조건이라 하시면?"

"다케조를 잡은 후의 처분을 내게 맡기시오."

메기수염은 자신의 수염을 만지작거리며 생각했다.

'이 정체를 알 수 없는 젊은 중이 혹시 허언장담만 늘어놓으며 나를 현혹시키고 있는 건지도 모른다. 필시 내가 강하게 나가면 당황한 나머지 본색을 드러낼 것이다.'

이렇게 생각한 그는 단호하게 대답했다.

"좋습니다. 만약 스님께서 다케조를 잡으신다면 그의 처분을 스님께 일임하겠습니다. 그 대신 사흘 안에 그를 잡지 못할 때는?"

"마당에 있는 나무에 이렇게 하지!"

다쿠안은 목을 매는 시늉을 하며 혀를 내밀어 보였다.

"다쿠안 스님 정신이 어떻게 됐나 봐. 오늘 아침에 터무니없는 일을 떠맡았다는군."

절 내의 사람들이 부엌으로 와서 걱정스럽다는 듯 떠들고 있었다. 그 얘기를 들은 사람들도 눈을 둥그렇게 뜬 채 놀라워했다.

"그게 정말이야?"

"어떻게 할 작정일까?"

마침내 이 사실을 알게 된 주지가 탄식을 했다.

"입이 화근이라는 말은 바로 이런 일을 두고 하는 말이었구나."

그러나 어느 누구보다 진심으로 다쿠안을 걱정하는 사람은 바로 오츠였다. 철석같이 믿었던 약혼자 마타하치에게 뜻밖에 받은 한 통의 이별 편지는 그가 전쟁에서 죽었다는 소식보다 더 큰 상처를 그녀의 가슴속에 새겼다. 혼이덴가의 오스기만 하더라도 언젠가 남편이 될 사람의 어머니라고 생각했기에 평소에 참으면서 깍듯이 대했던 것인데, 이제 앞으로 누구에게 의지하며 살아가야 할지 오츠는 눈앞이 캄캄했다.

다쿠안은 절망의 구렁텅이에 빠진 오츠에게 단 하나의 빛과 같았다. 오츠는 베틀 방에서 혼자 울고 있었던 그때, 지난해부터 마타하치를 위해 정성스럽게 짜 왔던 피륙을 갈기갈기 찢어 버린 후 그 칼로 죽어 버릴까 생각했었다. 하지만 그런 마음을 고쳐먹고 방장으로 술을 따르러 간 것도 다쿠안이 위로와 더불어 그가 잡아 준 손에서 사람의 온정을 느꼈기 때문이었다.

'그런 스님이……'

오츠는 자신을 걱정하기보다 하찮은 약속으로 인해 다쿠안을 잃어버리게 된 것이 슬프고 가슴 아팠다. 그녀의 상식으로도 지난 이십여 일 동안 온 산을 뒤져도 잡지 못한 다케조를 자신과 다쿠안, 단 둘이서 사흘 안에 잡는다는 것은 도저히 불가능해 보였다.

다쿠안과 메기수염은 서로의 약속을 무신武神인 유미야 하치만弓矢八幡[11]에게 굳게 서약했다. 메기수염과 헤어지고 본당으로 들어오자마자 오츠는 다쿠안의 무모한 행동을 나무랐다. 그러나 다쿠안은 다정하게 오츠의 어깨를 두드리며 말했다.

---

11 일본의 무신인 '하치만 대보살八幡大菩薩'을 가리키는 말로, 무엇인가를 맹세할 때 '하치만 대보살의 이름으로 맹세한다' 하는 형식으로 사용한다.

"아무 걱정 마라. 마을의 고통을 없애고, 이나바因幡와 다지마但馬와 하리마播磨, 그리고 비젠備前 이 네 고을로 이어진 길가의 불안 또한 없애고, 게다가 수많은 사람의 목숨을 구할 수 있다면 내 한 목숨은 새털보다도 가벼울 것이야. 우선 내일 저녁까지는 편히 쉬고 그 후에는 잠자코 내 뒤만 따라오면 된다."

다음 날, 벌써 저녁이 닥쳐오고 있는데도 다쿠안은 본당 구석에서 고양이와 함께 낮잠을 자고 있었다. 마음이 심란해진 오츠는 어쩔 줄 몰라 했다. 주지를 비롯한 불목하니[12]와 다른 중 들이 그녀의 공허한 얼굴을 보자 이렇게 말했다.

"어쩜 좋으냐."

"차라리 도망쳐 버려라."

그들은 다쿠안과 절대로 함께 가지 말라고 말렸지만 오츠는 그와 함께하기로 결심했다.

벌써 해가 서산 쪽으로 저물고 있었다. 넓게 펼쳐진 주고쿠 산맥에 잠겨 있는 아이다 강과 미야모토 촌에 짙은 저녁놀이 내리고 있었다. 그때, 고양이가 본당에서 뛰어내렸다. 눈을 뜬 다쿠안은 회랑을 나와 크게 기지개를 펴며 말했다.

"오츠, 슬슬 나갈 준비를 해 주련."

"짚신과 지팡이와 각반, 그리고 약이며 기름종이 등. 산에 갈 준비는 이미 다 해 놨어요."

---

12 절에서 밥을 짓고 물을 긷는 일을 맡아서 하는 사람을 일컫는다.

"그것 말고 필요한 게 있다."

"창, 아니면 칼 말인가요?"

"아니, 음식이다."

"도시락요?"

"냄비, 쌀, 소금, 된장에 술도 조금 있으면 좋고. 뭐든 좋으니 부엌에서 먹을 것을 한데 뭉쳐서 가져오너라. 지팡이에 끼워서 둘이 메고 가자."

부처의
밧줄

가까운 산은 칠흑같이 어두웠지만 멀리 보이는 산은 운모처럼 어슴푸레했다. 늦은 봄에 부는 바람은 미지근했고 길가의 조릿대며 등나무 덩굴이 자욱한 안개에 덮여 있었다. 마을에서 멀어질수록 산은 초저녁 비가 한바탕 내린 듯 젖어 있었다.

"참으로 한가롭구나."

다쿠안이 짐 보따리를 끼운 죽장竹杖을 앞에서 메고 걸어가며 말하자 뒤따라오던 오츠가 대답했다.

"뭐가 한가로워요. 대체 어디까지 가실 작정이세요?"

"글쎄다."

다쿠안의 대답은 오츠의 불안을 더 부추겼다.

"자! 조금 더 걷자."

"걷는 건 상관없지만……."

"고단한 것이냐?"

"아니에요."

하지만 대답과 달리 오츠는 어깨가 아픈 듯 죽장을 오른쪽에서 왼쪽 어깨로 옮겨 멨다.

"사람이라곤 코빼기도 보이지 않네요."

"오늘 메기수염 대장이 하루 종일 절에 보이지 않더구나. 아마 산에 있던 사람들을 모조리 마을로 불러들여 나와 약조한 대로 사흘 동안 구경이나 할 심사일 게다."

"도대체 스님은 어쩌자고 다케조 님을 사흘 안에 잡겠다고 하신 거예요?"

"나타날 게다, 사흘 안에."

"나타난다 해도, 그분은 힘이 굉장히 세요. 게다가 그동안 사람들에게 쫓겨 다녔으니 이젠 눈에 보이는 게 있겠어요? 악귀가 있다면 지금의 다케조 님과 같을 걸요? 전 생각만 해도 다리가 떨려요."

"어? 네 발밑에."

"어머! 깜짝 놀랐잖아요."

"다케조가 나왔다는 게 아니라 길가에 덫을 놓거나 가시나무 울타리를 쳐 놨으니 조심하라는 게야."

"사람들이 다케조 님을 한곳으로 몰기 위해 만든 것이군요?"

"조심하지 않으면 오히려 우리가 함정에 빠진다."

"그 말을 들으니 겁나서 한 발자국도 못 움직이겠어요."

"떨어져도 내가 먼저 떨어지니 걱정하지 마라. 공연히 사람들만 헛수고 시킨 게지. 음, 이젠 계곡이 꽤 좁아졌군."

"사누모의 뒤편은 아까 넘었어요. 여기는 쓰지노하라 부근이에요."

"밤새도록 걸어 다녀 봤자 별 소용이 없겠군."

"저한테 물어보셔도 전 몰라요."

"잠깐, 짐을 내리자."

"뭘 하시려고요?"

다쿠안은 벼랑 끝까지 걸어가면서 말했다.

"오줌 좀 누려고."

아이다 강 상류를 굽이쳐 흐르는 급류가 수면 아래 있는 백 척의 바위들에 부딪히며 '쿵쿵' 하는 괴성이 울렸다.

"아, 상쾌하다. 내가 천지이냐, 천지가 나이냐!"

소변 줄기를 날리면서 다쿠안은 별이라도 세는지 하늘을 올려다보았다. 오츠가 멀찍이 떨어져서 불안한 듯 외쳤다.

"스님, 아직이세요? 왜 그리 오래 걸리세요?"

볼일을 마치고 돌아온 다쿠안이 말했다.

"간 김에 역점易占을 쳤단다. 자, 짐작이 섰으니 이제 자리를 잡자."

"역易요?"

"그래. 역이라 해도 내가 하는 것은 심역心易, 아니 영역靈易이라 할 수 있지. 지상地相, 수상水相, 천상天相 등을 종합해서 지그시 눈을 감고 있었더니 저 산으로 가라는 괘卦가 나오더구나."

"다카데루^{高熙} 말이에요?"

"산 이름은 모르지만 산허리에 나무가 없는 고원이 보일 게다."

"이타도리^{行取} 목장이에요."

"이타도리? '간 사람을 잡는다'[13]라, 딱 어울리는 곳이구나."

다쿠안은 큰 소리로 웃었다.

다카데루 봉의 중턱은 동남쪽을 향해 완만하게 이어진 경사와 넓게 트인 전망을 지니고 있었는데, 마을에서는 이곳을 이타도리 목장이라고 불렀다. 틀림없이 소나 말 들을 방목했을 테지만, 오늘 밤에는 미지근한 미풍만이 풀잎을 흔들며 불어 갈 뿐 사람의 흔적은 찾아볼 수 없었다.

"자, 이곳에 진을 치자꾸나. 이제 다케조는 위나라의 조조이고 나는 제갈량인 셈이다."

오츠가 짐을 내려놓으며 말했다.

"여기서 뭘 해요?"

"앉아 있는 거야."

"앉아 있으면 다케조 님이 잡히나요?"

"그물을 쳐 놓으면 하늘을 나는 새도 잡을 수 있으니 우린 가만히 있으면 된다."

"스님, 혹시 여우에 홀리신 거 아니에요?"

"불을 피울까? 그럼 여우가 도망갈지도 모른다."

---

13 일본어로 '이타^行'는 '간, 갔다'는 뜻이며 '도리^取'는 '잡다, 취하다'의 명사형이다.

다쿠안은 마른 나뭇가지들을 모아다가 모닥불을 피웠다. 오츠는 기분이 조금 좋아졌다.

"불이란 참 화려한 것 같아요."

"불안했나 보구나?"

"이런 산속에서 밤새우는 걸 좋아할 사람이 어디 있겠어요? 게다가 비라도 내리면 어떻게 해요?"

"올라오던 중에 요 아래쪽 길옆에 굴이 있는 걸 봐 두었다. 비가 오면 그리로 피하자꾸나."

"다케조 님도 어둔 밤이나 비가 오는 날에는 그런 곳에 숨어 있겠죠? 대체 마을 사람들은 왜 그렇게 다케조 님을 눈엣가시처럼 여기는 걸까요?"

"그건 권력이 그렇게 만든 것일 게다. 순박한 백성일수록 관의 힘을 무서워하고 관의 힘이 무서운 나머지 자기들과 똑같은 사람, 형제를 마을에서 쫓아내려고 한단다."

"결국엔 자기들만 살겠다는 거네요?"

"힘없는 백성들이라 어쩔 수 없지만……."

"정말 알 수 없는 건 히메지의 무사들이에요. 겨우 다케조 님 한 사람을 잡겠다고 그렇게까지 소란 피우지 않아도 될 텐데."

"음, 그것도 치안을 위해서는 어쩔 수 없는 일이란다. 세키가하라에서부터 계속해서 적에게 쫓기는 심경이었던 다케조가 고향으로 돌아오기 위해 국경의 검문소를 부순 것은 옳지 못했어. 산의 검문소를 지키던 파수꾼을 죽였고 그로 인해 다른 누군가를 죽이지 않으면 자신의 생명을 지킬 수 없게 되어 버린 게지. 그건 다케조가 세상물정을 몰라서 벌어진 일이지 그 누구의 잘못도 아니란다."

"스님도 다케조 님을 미워하시나요?"

"미워하고말고. 내가 영주라고 해도 단호하게 그를 엄벌에 처할 거다. 백성들에게 본보기를 보이기 위해 능지처참했을 테지. 별 볼일 없는 다케조 한 명을 관대하게 봐준다면 영내의 기강이 흔들리기 마련이란다. 더구나 요즘 같은 난세에는……."

"저게는 인자하신 스님이 의외로 엄한 면이 있으시네요?"

"엄하고말고. 나는 공명정대하게 상벌을 수행하려고 하는 사람이야. 그 권력을 부여 받고 이곳에 온 거란다."

"어머!"

오츠는 깜짝 놀란 듯 모닥불 옆에서 일어났다.

"방금, 저쪽 나무 사이에서 뭔가를 밟는 소리가 난 듯해요."

"뭐! 발소리가?"

다쿠안은 귀를 기울이더니 갑자기 큰 소리로 웃었다.

"아하하, 원숭이다, 원숭이. 저길 봐라, 원숭이가 나무 사이를 건너가잖아."

"휴, 놀래라."

오츠는 안심한 듯 다시 자리에 앉았다.

두 사람은 모닥불 불꽃을 바라보면서 밤이 깊도록 조용히 앉아 있었다. 사그라지던 모닥불에 마른 나뭇가지를 꺾어 얹으며 다쿠안이 말했다.

"오츠, 무슨 생각을 하느냐?"

"네?"

오츠는 모닥불로 발갛게 달아오른 얼굴을 들어 별이 빛나는 하늘을 바라보았다.

"저는 지금, 세상이란 게 정말 신기하다는 생각을 하고 있었어요. 이렇게 가만히 있으니까 수많은 별들이 적막한 한밤중에, 아니 깊은 밤에도 삼라만상을 감싼 채, 거대하게 서서히 움직이고 있다는 사실을 알 수 있어요. 세계가 살아 움직이고 있다는 걸 분명하게 느낄 수 있어요. 그리고 이러고 있는 사이에도 나라고 하는 하나의 아주 작은 존재도 눈에 보이지 않는 어떤 힘에 지배되고 있다는, 그래서 운명이 시시각각 변하고 있는 건 아닌가, 하는 그런 생각을 하고 있었어요."

"거짓말! 물론 그런 생각도 들었을지 모르겠지만, 그보다 더 깊고 집요하게 생각하는 일이 있을 거 같은데."

"……."

"먼저 잘못을 사죄해야겠구나. 실은 네게 온 편지를 읽어 봤단다."

"편지를요?"

"베틀 방에 떨어져 있던 편지를 주워서 네게 줬는데 손도 안 대고 울기만 해서 소매에 넣어 두었지. 그리고 지저분한 얘기지만 변소에 앉아 있을 때 무심코 꺼내서 읽어 봤단다."

"너무해요."

"그래서 모든 걸 알게 됐지. 하지만 어쩌면 그 일은 네게 다행인지도 몰라."

"무슨 말씀이세요?"

"마타하치는 변덕스러운 남자야. 그러니 그의 아내가 된 후에 그런 편지를 받았으면 어떻게 할 뻔했지? 난 그 전에 일이 이렇게 된 게 차라리 잘됐다고 생각한다."

"여자들은 그렇게 생각하지 않아요."

"그럼 넌 어떻게 생각하지?"

"분해요!"

그녀는 옷소매를 잘근잘근 씹고 있었다.

"반드시 마타하치 님을 찾아내서 내가 당한 그대로 해 주지 않으면 마음이 진정되지 않을 것 같아요. 그리고 그 오코라는 여자에게도……."

그렇게 말하고는 원통하게 울고 있는 오츠. 그녀의 옆얼굴을 바라보던 다쿠안이 되뇌었다.

"시작된 게로구나. …… 오츠, 너만은 세상의 악도 인간의 위선도 모른 채 소녀가 되고 어머니가 되고 할머니가 되어 보리수 꽃無憂華처럼 정갈하게 생애를 마칠 사람이라고 생각했는데. 역시 네게도 이제 모진 운명의 바람이 불어오는 듯하구나."

"스님, 저는 어떻게 해야 해요! 너무나 분해요."

오츠는 소매 속에 얼굴을 파묻은 채 어깨를 들썩이며 하염없이 흐느꼈다.

오츠와 다쿠안은 낮에는 산의 동굴에 숨어 실컷 잤다. 음식도 부족하지 않았다. 그러나 다쿠안은 다케조를 잡는 일이 가장 중요한데도 무슨 생각에서인지 그를 찾아다니지도 않을뿐더러 신경 쓰는 기색조차 보이지 않았다. 그렇게 사흘째 밤이 왔다. 그제와 어제의 밤처럼 오츠는 모닥불 옆에 앉아 있었다.

"스님, 내일이 약속한 날이에요."

"그렇구나."

"어떻게 하실 작정이세요?"

"뭘 말이냐?"

"뭐라니요? 스님은 중대한 약조를 하고 이곳에 올라오셨잖아요."

"음."

"만약 오늘 밤 안으로 다케조 님을 잡지 못하면……."

다쿠안이 그녀의 말을 가로막았다.

"알고 있다. 약속을 지키지 못하면 이 목을 천 년 된 삼나무 가지에 매달 수밖에 없겠지. 하지만 걱정 말거라. 나도 아직은 죽고 싶지 않으니."

"그럼 찾으러 다니면 어떨까요?"

"이 산속에서 찾으러 돌아다녀 봤자 찾을 수도 없을 게야."

"정말 스님은 속내를 알 수 없는 분이에요. 저도 이러고 있으니 왠지 될 대로 되라는 배짱만 생기는 것 같아요."

"바로 그거다, 배짱."

"그럼 스님은 배짱만 가지고 이 일을 맡았단 말이세요?"

"뭐, 그런 셈이지."

"아, 다시 불안해져요."

다쿠안이 어딘가 믿는 구석이 있을 것이라고 은근히 기대하고 있던 오츠도 이젠 정말 불안해진 듯했다.

'이 사람, 혹시 바보가 아닐까? 때로 정신이 약간 나간 사람이 대단한 사람처럼 보이는 경우가 있는데, 혹시 스님이 그럴지도 몰라.'

오츠는 다쿠안을 의심하기 시작했다. 하지만 그는 여전히 멍한 표정으로 모닥불을 쬐고 있었다. 그러더니 다쿠안은 뭔가 깨달은 것처럼 중얼거렸다.

"벌써 한밤중이군."

"맞아요. 이제 곧 날이 밝을 거예요."

오츠는 일부러 쌀쌀맞게 말했다.

"설마!"

"왜 그러세요?"

"이제 슬슬 나타날 때가 됐는데."

"다케조 님이 말이에요?"

"그렇단다."

"세상에 '날 잡으시오' 하고 나타날 사람이 어디 있어요!"

"아니, 그렇지 않아. 사람의 마음이란 참으로 약해서 고독을 견디기 어렵단다. 하물며 주위의 모든 사람들에게 미움을 받고 쫓겨 다니며 차가운 세상과 칼 속에서 살아온 자라면 더욱 그렇지. 그러니 이 따뜻한 불빛을 보고 찾아오지 않을 리 없단다."

"그것은 스님 혼자만의 생각이시죠."

"그렇지 않아."

다쿠안은 자신 있는 목소리로 고개를 옆으로 저었다. 오츠는 그 반대로 얘기해 주는 것이 차라리 마음이 놓였다.

"아마 신멘 다케조는 벌써 이 근처에 와 있을 게다. 하지만 아직 내가 적인지 아닌지 판단이 서지 않을 뿐이다. 딱하게도, 자신이 만든 의혹에 빠져서 말도 걸지 못하고 어둠 속에서 비굴하게 눈만 번뜩이고 있을 거야. 그렇지! 오츠, 허리끈에 달고 온 걸 내게 잠깐 빌려다오."

"피리橫笛 말이에요?"

"응, 그 피리 말이다."

"안 돼요. 이건 아무에게도 빌려 줄 수 없어요."

"아니, 왜?"

다쿠안은 여느 때와 달리 집요하게 물었다.

"어쨌든, 안 돼요."

오츠는 고개를 저었다.

"피리는 불면 불수록 소리가 좋아지지 닳지는 않는단다."

"그래도……."

오츠는 허리끈에 손을 댄 채 여전히 빌려 주려 하지 않았다.

그녀가 몸에서 한시도 떼어 놓지 않는 그 피리가 그녀에게 얼마나 중요한 물건인지, 예전에 오츠가 자신의 이야기를 할 때 들어서 알고 있었다. 다쿠안은 그녀의 마음을 잘 헤아리고 있었지만 지금은 그 피리가 꼭 필요했다.

"함부로 다루지 않을 테니 잠시만 보여다오."

"싫어요."

"절대로?"

"네, 절대로."

"고집이 세구나."

"네, 저 고집 세요."

"자, 그럼……."

결국 다쿠안이 양보했다.

"그럼, 네가 직접 아무거나 한 곡 불어다오."

"싫어요."

"그것도 싫어?"

"네."

"어째서?"

"눈물이 나와서 못 불 것 같아요."

"흐음."

'고아란 참으로 고집이 세구나.' 다쿠안은 측은한 마음이 들었다. 그 완고한 마음속 우물은 늘 차가운 공허함으로 가득해서 다른 무언가를 갈망하고 있으며, 늘 자신이 갖지 못한 것을 간절히 원한다는 사실을 깨달았다. 그것은 고아에게는 주어지지 않은 사랑의 샘이었다. 오츠의 가슴에도 자신은 알지 못하는 부모의 환영이 있어서 이런 순간에도 끊임없이 그 환영과 이야기를 나누고 있는 듯했다. 하지만 실제로 그녀는 부모의 사랑을 몰랐다.

피리는 오츠의 부모가 남겨 준 유품이었다. 단 하나뿐인 부모의 모습이 바로 피리였다. 그녀가 세상의 빛도 잘 보지 못하던 갓난아기였을 무렵, 칠보사 툇마루에 허리끈에 매단 피리와 함께 고양이 새끼처럼 버려졌다고 한다. 그래서 피리는 그녀에게 장차 자신의 핏줄을 찾아 줄 유일한 실마리였고, 아직 그것을 찾지 못한 동안에는 부모의 모습이자 목소리였다.

다쿠안은 피리를 불면 눈물이 나서 불기도 싫고 빌려 주기도 싫다고 말한 오츠의 기분을 잘 알고 있기에 더욱 측은했다.

"……."

다쿠안은 더 이상 아무 말도 하지 못했다. 공교롭게도 사흘째인 오늘 밤에는 엷게 낀 구름 속으로 진주색 달이 아련하게 물들어 있었다. 가을에 와서 봄이 되면 돌아가는 기러기가 오늘 밤에 이곳을 지나가는지 이따금씩 구름 사이로 울음소리가 들려왔다.

"불이 또 사그라졌군. 오츠, 거기 마른 나뭇가지로 불을 지펴다오.

…… 아니, 왜 그러느냐?"

"……."

"울고 있느냐?"

"……."

"내가 쓸데없는 말을 해서 널 심란하게 했구나."

"아니에요. 제가 오히려 고집을 부려서 죄송해요. 자, 여기 있어요."

오츠가 허리끈 사이에서 피리를 꺼내 그의 손에 건넸다. 피리는 수놓은 금실 색이 바랜 오래된 비단 주머니에 들어 있었다. 비단 주머니의 실은 해지고 끈도 삭았지만 고아한 향기를 머금고 있었다. 그래서인지 그 안에 있는 피리가 더욱 아련하게 느껴졌다.

"괜찮겠니?"

"괜찮아요."

"그럼, 꺼낸 김에 네가 불면 어떨까? 나는 듣기만 해도 좋으니 이렇게 듣고 있겠다."

다쿠안은 피리에 손도 대지 않고 옆으로 돌아서 두 손으로 무릎을 끼고 앉았다. 평소에는 피리 소리를 들려주겠다고 하면 불기도 전부터 익살을 부리던 다쿠안이 지금은 지그시 눈을 감고 앉아 귀를 기울이고 있었다. 그런 그의 모습에 오츠는 오히려 쑥스러워졌다.

"다쿠안 스님은 피리를 잘 부시지요?"

"못 불지는 않지."

"그럼, 스님이 먼저 불어 보세요."

"그렇게 겸손할 필요는 없다. 너도 배워서 잘 불잖아."

"네. 기요하라 류淸原流 선생님이 사 년 정도 절에 머무르실 때요."

"그럼 아주 잘 불겠네. 그럼, 〈시시獅獅〉나 〈기쓰간吉筒〉 같은 비곡秘曲도 불 수 있겠는데?"

"아직 멀었어요."

"그럼, 네가 좋아하는 곡, 아니 가슴속의 울적함을 모두 씻어 낸다는 마음으로 불어 보렴."

"네, 저도 그렇게 생각했어요. 가슴속의 슬픔과 한과 한숨 들을 피리를 불어 떨쳐 낼 수 있다면 얼마나 상쾌해질까 하고요."

"그렇지. 기분을 푸는 건 아주 중요한 거야. 한 자 네 치의 피리가 그대로 하나의 인간이고 우주의 삼라만상이라고 한단다. 피리의 일곱 개의 구멍은 인간의 다섯 가지 감정의 언어와 양성兩性의 호흡이라고 할 수 있지. 혹시 《회죽초懷竹抄》를 읽어 본 적 있느냐?"

"잘 기억나지 않는데요."

"그 첫 부분에 '피리는 오성팔음五聲八音의 그릇器, 사덕이조四德二調의 화和'라고 적혀 있어."

"피리 선생님 같으세요."

"어디, 피리를 한번 조율해 볼까?"

"네, 좀 봐 주세요."

피리를 손에 쥔 다쿠안이 말했다.

"음, 이것은 명기名器이구나. 이런 피리를 아기와 함께 놓고 간 것을 보면 네 부모가 어떤 사람인지 짐작이 가는구나."

"피리 선생님도 칭찬하셨는데, 이 피리가 그렇게 좋은 건가요?"

"피리에도 모양과 심격心格이 있어서 손으로 만져 보면 바로 느낄 수 있지. 옛날에는 명기들이 많았지만 요즘같이 살벌한 세상에 이런 피리를 본 건 나도 처음이구나. 불기도 전에 온몸이 떨리는군."

"그렇게 말씀하시니 가뜩이나 서툰데 부담 되어서 더 못 불겠어요."

"피리에 뭔가 새겨져 있는데, 별빛 아래에서는 읽을 수가 없구나."

"조그맣게 긴류吟龍라고 쓰여 있어요."

"긴류……. 흠, 그렇군."

다쿠안은 피리와 주머니를 함께 그녀의 손에 넘겨주면서 진지하게 말했다.

"자, 한 곡 청하는 바입니다."

다쿠안의 진지한 태도에 오츠도 화답했다.

"그럼, 아직 서툴지만 삼가……."

오츠는 자세를 바로 가다듬고 피리에 예를 취했다. 다쿠안은 더 이상 입을 열지 않았다. 깊은 밤, 정적에 싸인 천지가 있을 뿐 그의 검은 모습은 마치 산에 속한 하나의 바위와 같았다.

오츠가 입술에 피리를 갖다 대고는 하얀 얼굴을 약간 옆으로 돌리며 천천히 자세를 취했다. 피리의 바람구멍에 물기를 적시고 먼저 마음을 가다듬는 모습은 그녀의 평소 모습과 사뭇 달라보였다. 예인藝人의 정취랄까, 위엄마저 느끼게 했다.

"그럼."

오츠는 다쿠안에게 다시 예를 갖추며 말했다.

"변변치 않은 재주지만……."

"……."

다쿠안은 묵묵히 고개를 끄덕였다. 피리가 가늘고 여린 음을 내며 울기 시작했다. 그녀의 가늘고 하얀 손가락 마디마디가 하나씩 살아 움직이며 일곱 개의 구멍을 찾아 춤을 추었다. 냇물이 흘러가는 소리를 닮은 낮은 울림에 다쿠안은 자신이 물이 되어 골짜기를 휘돌아 흘러가다가 여울에서 머무는 듯한 느낌에 휩싸였다. 음이 높아질 때, 그는 마치 영혼이 하늘로 날아올라 구름 속을 거니는 듯한 심경이었다. 이어서 다시 땅의 소리와 하늘의 울림이 낭랑하게 어울리는 듯하더니 세상의 무상함을 서글퍼하는 솔바람 소리로 변해 갔다.

지그시 눈을 감은 채 듣고 있는 다쿠안의 머릿속에 명적名笛의 전설이 떠올랐다. 옛날, 히로마사 산미博雅三位가 달밤에 주작문朱省門에서 피리를 불며 걷고 있을 때, 누각 위에서 똑같은 피리로 화답하는 자가 있었다. 히로마사는 그에게 말을 걸어 피리를 바꾸었고 그렇게 두 사람은 밤이 새도록 신명 나게 피리를 불었다. 그런데 나중에 알고 보니 누각 위에 있던 자는 사람이 아니라 귀신이었다.

귀신조차 음악에 마음이 움직이는데, 하물며 이 가인의 피리 소리에 오정五情에 약한 인간이 어찌 감동하지 않을 수 있을까. 오츠의 연주를 듣던 다쿠안은 울고 싶어졌다. 눈물은 흘리지 않았지만 얼굴은 점점 무릎 안쪽으로 깊이 파묻혔다. 그는 비록 깨닫지 못했지만, 이미 그의 양팔은 무릎을 있는 힘껏 꼭 끌어안고 있었다.

모닥불은 불꽃이 튀는 소리는 내며 두 사람 사이에서 사그라져 가고 있었지만 오츠의 볼은 반대로 홍조를 띠어 갔다. 자기가 부는 소리에 취한 오츠는 자신이 피리인지, 피리가 자신인지 분간할 수 없었다.

'어머님 어디에 계신가요? 아버님은 어디에 계신가요?'

피리 소리는 흡사 하늘을 향해 육친을 부르는 듯했다. 또 자신을 버린 무정한 남자에게 '버림받은 여인은 이렇게 상처 입고 아파하고 있다'고 원망하는 듯했다. '아픈 상처를 지닌 열일곱의 처녀는, 부모도 친척도 없는 고아는 이제 앞으로 어떻게 살아가야 한단 말인가', '평범한 여자로서 누리는 삶의 기쁨을 어찌 꿈꿀 수 있단 말인가' 하는 애절한 심경을 노래하고 있었다. 연주에 도취된 것인지, 아니면 그런 감정에서 간신히 벗어난 것인지, 오츠의 호흡이 다소 흐트러지고 이마에 땀방울이 고이기 시작할 무렵에 눈물이 그녀의 볼을 타고 흘러내렸다.

노래가 끝나려면 아직 멀었다. 애절하면서도 흐느껴 우는 듯한 낭랑한 피리 소리는 끊어질 듯하면서도 멈추지 않았다. 그때, 불빛이 사그라져 가는 모닥불과 조금 떨어진 풀숲에서 무슨 소리가 들려왔다. 다쿠안은 고개를 들고 그 검은 물체를 가만히 쳐다보다가 차분히 손을 들고는 말을 건넸다.

"그곳은 이슬에 젖어 추울 테니 염려 말고 불 가까이 와서 내 말을 들으시오."

오츠가 연주를 멈추고 물었다.

"스님, 혼자서 무슨 말씀을 하시는 거예요?"

"오츠, 아직 모르겠니? 아까부터 저쪽에 다케조가 와서 너의 피리 소리를 듣고 있었는데."

다쿠안이 손을 들어 그곳을 가리켰다.

무심코 얼굴을 돌려서 바라본 순간, 오츠는 외마디 비명을 질렀다.

"꺅!"

오츠는 사람의 그림자를 향해 손에 든 피리를 집어 던졌다.

비명을 지른 오츠보다 더 놀란 건 그곳에 웅크리고 있던 사람이었다. 그는 풀숲에서 사슴처럼 뛰어오르더니 반대쪽으로 도망치려고 했다. 다쿠안은 예상치 못했던 오츠의 비명 때문에 뜰채로 거의 다 건져올렸던 물고기를 놓친 것처럼 당황해하며 소리쳤다.

"다케조!"

다쿠안은 온 힘을 다해 그를 불렀다.

"잠깐 기다리게!"

그의 목소리에는 사람을 꼼짝하지 못하게 제압하는 힘이 있었다. 다케조는 발에 얼어붙은 것처럼 뒤를 돌아보았다. 날카로운 눈빛이 다쿠안과 오츠 쪽을 향하고 있었다. 의심과 살기로 불타오르는 눈빛이었다. 다쿠안은 아무 말도 하지 않고 서 있었다. 다케조가 아무 말 없이 팔짱을 끼고 노려보자 그도 다케조를 응시했다. 흡사 다케조의 호흡에 맞춰서 똑같이 숨을 쉬고 있는 듯했다. 그러는 동안 다쿠안의 눈가에 형언할 수 없이 온화하고 친근한 깊은 주름이 곡선을 그리더니 끼고 있던 팔짱을 풀었다.

"이리 오게."

다쿠안은 손짓을 하며 다케조를 불렀다. 그러자 다케조는 눈을 껌벅이더니 복잡하고 미묘한 표정을 지었다.

"이리 와서 함께 놀지 않겠나?"

"……."

"술도 있고 먹을 것도 있네. 우리는 자네의 적이나 원수가 아닐세. 불가에 둘러앉아 이야기나 나누세."

"……."

"다케조, 자넨 큰 착각을 하고 있지 않은가? 세상에는 불도 있고 술도 있고 먹을 것도 있으며, 또한 따뜻한 정도 나눌 수 있다네. 그런데 자넨 자신을 지옥에 몰아넣고 이 세상을 비뚤어진 눈으로 바라보고 있지 않나? 자넬 훈계하는 게 아니네. 자네 같은 처지가 되면 훈계 같은 건 귀에 들어오지도 않을 게야. 자, 이 모닥불 옆으로 오게. 오츠야, 아까 쪄 놓은 고구마와 찬밥을 넣어서 죽이라도 만드는 게 좋겠다. 나도 배가 고프구나."

오츠가 냄비를 걸었고 다쿠안은 술 단지를 불에 데웠다. 두 사람의 평화로운 모습을 바라보던 다케조는 그제야 다소 안심한 듯, 한 걸음씩 가까이 다가왔다. 하지만 이내 그런 자신의 모습에 수치심이라도 들었는지 다시 그 자리에 멈춰 섰다. 다쿠안은 불가로 돌 하나를 굴려서 옮겨 놓고는 어깨를 두드리며 다케조에게 말했다.

"자, 이리 앉게."

다케조는 순순히 돌 위에 걸터앉았다. 오츠는 그의 얼굴을 쳐다볼 수 없었다. 사슬에서 풀려난 맹수 앞에 있는 듯한 기분이었다.

"오, 다 됐나 보군."

다쿠안은 냄비 뚜껑을 열고 젓가락 끝으로 고구마를 찔러 보더니 입에 넣고 맛을 보았다.

"흠, 부드럽게 잘 쪄졌군. 자, 자네도 먹게."

"……."

다케조는 고개를 끄덕이며 처음으로 하얀 이를 보이며 싱긋 웃었다. 그는 오츠가 뜨거운 죽을 그릇에 담아 건네자 입으로 후후, 불어 가며 먹기 시작했다. 젓가락을 들고 있는 손이 떨리고 있었고 그릇 가장자리에 이가 부딪혀 달그락거렸다. 얼마나 굶었는지 딱하다는 말로는 표현할 수 없을 정도였다. 굶주림은 무서우리만치 본능적인 집착이었다.

"잘 먹었다."

다쿠안이 젓가락을 놓으며 말했다.

"술 한잔할 텐가?"

"술은 됐습니다."

다케조가 대답했다.

"싫어하나?"

다케조는 고개를 흔들었다. 수십 일 동안 산에 숨어 지낸 터라 그의 위가 강한 자극을 견디지 못하는 듯했다.

"덕분에 잘 먹었습니다."

"더 먹지 그러나?"

"많이 먹었습니다."

다케조는 오츠에게 그릇을 돌려주며 새삼스레 그녀를 불렀다.

"오츠 님."

그녀는 고개를 숙인 채 들리지도 않는 목소리로 대답했다.

"네."

"이곳에 뭘 하러 오셨소? 어젯밤에도 이곳에서 불이 보이던데."

다케조의 질문에 오츠는 가슴이 뜨끔했다. 어떻게 대답하면 좋을지 망설이고 있자 옆에 있던 다쿠안이 아무렇지 않은 듯 말했다.

"실은 자네를 잡으러 온 것이네."

다케조는 그다지 놀라지 않았다. 묵묵히 고개를 숙이고 있던 그는 오히려 의아하다는 듯이 두 사람의 얼굴을 번갈아 쳐다보았다. 그러자 다쿠안은 기다렸다는 듯이 무릎을 다케조에게 돌려 앉으며 말했다.

"다케조, 어차피 붙잡힐 바에야 나의 법승法繩에 잡히지 않겠나? 국법도 법이고 불법도 법이니, 같은 법이라고 해도 나의 불법에 잡히는 편이 훨씬 안정적일 걸세."

"싫습니다."

분연히 고개를 내젓는 다케조를 달래며 다쿠안이 다시 말했다.

"잘 듣게. 죽음을 당해도 반항하려는 자네 마음은 잘 알고 있네. 하지만 이길 수 있을 것 같나?"

"이긴다는 생각은 하지 않습니다."

"자네가 미워하는 사람들과 영주의 법, 또 자네 자신에게 이길 수 있겠나?"

"나는 이미 졌습니다."

눈물을 참으려는 듯 다케조의 비참한 얼굴이 일그러졌다.

"혼이덴의 노파와 히메지의 무사들과 나머지 놈들과 끝까지 싸우다 죽을 수밖에……."

"누님은 어떻게 할 텐가?"

"예?"

"히나구라의 옥에 갇혀 있는 자네 누님은 어떻게 할 생각인가 말일세."

"……."

"동생을 끔찍이 생각하는 착한 누님을. 어디 그뿐인가? 하리마播磨의 명문 아카마쓰가의 지류인 히라타 쇼겐平田將監 이래의 신멘 무니사이 가문의 이름을 자네는 어떻게 할 셈인가."

"이제 그런 건 어찌 되든 내 알 바 아니오."

말라비틀어진 어깨를 들썩이며 눈물을 흘리던 다케조가 소리쳤다. 그러자 다쿠안이 주먹을 쥐더니 갑자기 다케조의 얼굴을 옆에서 힘껏 후려갈기며 큰 소리로 꾸짖었다.

"이 못난 녀석!"

그 기세에 압도당해 다케조가 비틀거리자 다쿠안이 그에게 달려들어 주먹으로 얼굴을 내리쳤다.

"이 못난 놈, 불효막심한 놈! 네 부모와 조상님들을 대신해서 이 다쿠안이 혼을 내 주마. 한 대 더 맞아라. 아프냐, 안 아프냐?"

"끄응, 아픕니다."

"아프다면 아직 사람이 될 가망은 있겠구나. 오츠, 거기 밧줄을 이리다오. 뭘 망설이느냐, 다케조는 이미 포기하고 나에게 잡히겠다고 하는 것이다. 그 밧줄은 권력의 밧줄이 아니라 자비의 밧줄이다. 두려워하거나 망설일 필요가 없으니 빨리 가지고 오너라."

밑에 깔린 다케조는 눈을 감고 있었다. 반항하려 했다면 다쿠안 정도야 얼마든지 제압할 수 있었지만, 웬일인지 그는 맥을 놓고 땅 위에 그대로 누워 있었다. 그의 눈가에서 눈물이 하염없이 흘러내렸다.

천년목

아침이 되자 칠보사에서 종이 울렸다. 오늘이 약속한 사흘째 되는 날임을 알리는 종소리였다. '어떻게 됐을까?' 궁금해하던 마을 사람들이 앞 다투어 칠보사로 달려갔다.

"잡았다! 다케조가 잡혔다!"

"아니, 정말?"

"누가 잡았대?"

"다쿠안 스님이 잡았대."

마을 사람들이 서로 밀거니 당기거니 하며 본당 앞에 둘러서 있었다. 그곳 계단 난간에 맹수처럼 묶여 있는 다케조의 모습을 바라보던 사람들이 마치 귀신이라도 본 것처럼 침을 꿀꺽 삼켰다. 다쿠안은 성글성글 웃으면서 계단에 앉아 있었다.

"여러분, 이제 안심하고 농사일을 할 수 있을 겁니다."

사람들은 다쿠안이 마을의 수호신이나 영웅인 것처럼 칭찬했다. 무릎을 꿇는 사람이 있는가 하면 그의 손을 잡고 발밑에서 절을 하는 사람도 있었다.

"이러지들 마시고. 자, 이제 그만."

다쿠안은 그런 사람들에게 양손을 내저으며 말했다.

"마을 여러분, 잘 들으시오. 다케조가 잡힌 것은 내가 대단해서가 아니라 자연의 이치요. 세상의 법도를 저버리고 이기는 사람은 없는 법이오. 중요한 것은 법도요."

"겸손하시기까지. 정말 대단하세요."

"그건 그렇고. 자, 지금부터 여러분들과 상의할 일이 있소이다."

"아니 그게 무엇입니까?"

"다른 게 아니고 이 다케조의 처벌 문제요. 내가 다케조를 사흘 안에 잡아 오지 못하면 내 목을 저 나무에 매달고, 만약 잡아 오면 다케조의 처분은 내게 맡기기로 이케다 영주님의 가신과 약속했었소."

"그 얘긴 들어서 알고 있습니다."

"자, 그럼 어떻게 하면 좋겠소? 내가 이렇게 잡아 오긴 했는데 죽여야 하겠소, 아니면 살려서 풀어 주어야 하겠소?"

"풀어 주다니 당치도 않습니다."

사람들은 모두 약속이나 한 듯 소리쳤다.

"죽여야 합니다. 저런 놈을 살려 두면 또 무슨 일을 벌일지 모릅니다. 마을에 화근이 될 뿐입니다."

"흐음."

다쿠안이 뭔가를 생각하는 듯하자 마을 사람들이 답답해하며 소리쳤다.

"때려죽여라."

그때, 한 노파가 앞으로 나오더니 다케조의 얼굴을 매섭게 노려보면서 옆으로 다가갔다. 혼이덴의 오스기였다. 그녀는 손에 들고 있던 뽕나무 가지를 쳐들고 외쳤다.

"그냥 죽이는 걸로는 내 속이 차지 않는다. 이 흉측한 놈!"

오스기는 들고 있던 뽕나무 가지로 다케조를 두세 대 후려쳤다. 그러더니 이번에는 다쿠안을 잡아먹을 듯 노려보았다.

"다쿠안 스님."

"왜 그러시오?"

"제 아들 마타하치는 이 녀석 때문에 죽었소이다. 이제 혼이덴가는 대가 끊기게 되었소."

"마타하치는 행실이 좋지 않았으니 차라리 이제라도 양자를 들이는 편이 그대를 위해서라도 좋을 듯싶소만?"

"그게 무슨 말씀이오? 좋든 나쁘든 마타하치는 내 자식이고 다케조는 내 아들의 원수요. 이놈의 처벌은 이 노파에게 맡겨 주시오."

그때, 누군가 뒤쪽에서 단호하게 노파의 말을 가로막는 자가 있었다.

"안 될 소리."

그자의 소맷자락을 건드리는 것조차 두려운 듯, 사람들이 일제히 길을 열어 주었다. 바로 다케조를 잡으러 나와 있던 대장, 메기수염이었다. 그는 불쾌한 표정으로 무섭게 말했다.

"이건 구경거리가 아니니라. 모두 썩 물러가라!"

그러자 다쿠안이 끼어들며 말했다.

"아니오, 여러분. 아직 가면 안 되오. 다케조의 처분을 어떻게 할 것인지 의논하기 위해 내가 부른 것이니 그냥 있으시오."

"조용하시오."

메기수염은 어깨를 거들먹거리며 다쿠안과 노파, 그리고 모인 사람들을 둘러보았다.

"다케조는 국법을 어긴 대역죄인이며 세키가하라의 잔당이다. 절대로 너희들 마음대로 할 수 있는 것이 아니다. 처벌은 오로지 영주님이 결정하실 일이다."

"아니 되오."

다쿠안은 고개를 저으며 단호한 표정을 보였다.

"약속을 어길 셈이오?"

메기수염은 자신의 신상에 관계되는 일이라 기를 쓰고 말했다.

"다쿠안 스님, 귀공께는 영주님께서 약속한 상금을 받아 드리겠으니 다케조를 제게 넘겨주시지요."

다쿠안은 대답도 하지 않고 가소롭다는 듯 껄껄껄 웃음을 터뜨렸다. 메기수염은 얼굴이 새파래졌다.

"무, 무례하시오. 무엇이 우습소?"

"누가 무례한 것이오? 그대는 나와의 약속을 어길 셈이오? 좋소, 어디 한번 마음대로 해 보시오. 그 대신 내가 잡은 다케조는 지금 즉시 밧줄을 풀어 놓아주겠소."

마을 사람들은 깜짝 놀라며 도망칠 듯 뒤로 물러났다.

"그리해도 좋소이까?"

"……."

"다케조의 밧줄을 풀어 줄 터이니 어디 그대가 직접 다케조와 싸워서 잡아 보시오."

"잠, 잠깐만."

"왜 그러시오?"

"겨우 잡은 놈을 풀어 줘서 또 소동을 일으킬 수는 없소. 그럼 다케조의 목을 자르는 일은 스님에게 맡길 테니 목을 내게 넘겨주시지요."

"목을? 농담하는 게요? 본시 장례는 중들의 임무이거늘 그대에게 목을 맡기면 절의 장사가 어찌 되겠소?"

다쿠안은 그를 어린애 다루는 듯했다. 다쿠안이 마을 사람들을 향해 돌아섰다.

"여러분들에게 의견을 물어봐도 쉽게 결론이 날 것 같지 않소. 죽이더라도 단칼에 목을 치는 건 직성이 풀리지 않는다는 노파도 있고 하니. 그렇지, 네댓새 동안 다케조를 저기 천 년 된 삼나무 우듬지에 올려놓고 손발은 가지에 묶어 비바람을 맞히고 까마귀가 눈알을 파먹게 하면 어떻겠소?"

"……."

너무 가혹하다고 생각했는지 아무도 대답을 하지 않았다. 그러자 노파가 말했다.

"스님, 좋은 생각입니다. 네댓새는 부족하니 열흘이고 스무 날이고 천 년 된 삼나무 끝에 매달아 놓고 마지막에는 이 할멈이 숨통을 끊도록 해 주시오."

다쿠안은 대수롭지 않게 말했다.

"그럼, 그렇게 결정하겠소."

다쿠안은 다케조를 묶은 밧줄을 잡았다. 그러자 다케조는 묵묵히 고개를 숙인 채 천 년 된 삼나무 아래로 걸어갔다. 마을 사람들은 한편으로는 측은한 생각이 들기도 했지만, 그렇다고 그동안 쌓아 온 분노를 쉽게 가라앉힐 수도 없었다. 사람들은 곧 밧줄을 더 가지고 와서 다케조를 두 길 위의 우듬지로 끌어 올린 후 짚으로 만든 인형처럼 붙들어 매어 놓고 내려왔다.

산에서 내려온 날, 절로 돌아와 자신의 방으로 들어온 오츠는 갑자기 외톨이가 된 듯한 느낌에 사로잡혔다.

'왜 그럴까?'

혼자 있는 일이 새삼스러운 일도 아니고 절에 사람도 있고 불기운도 있고 등불도 있었다. 하지만 산에서 머문 그 사흘 동안은 적막한 어둠 속에서 스님과 단 둘뿐이었다. 그런데 어째서 절에 돌아온 후에 이렇게 외로움이 드는 걸까? 자신의 마음을 자신에게 물어보려는 듯 열일곱의 처녀는 한나절 내내 창가의 작은 책상에 턱을 괴고 앉아 있었다.

오츠는 어렴풋이 자신의 마음을 알 것도 같다는 생각이 들었다. 외로운 마음은 굶주림과 똑같았다. 그것은 몸의 바깥에 있는 것이 아니었다. 오히려 몸 안에서 부족한 것을 느꼈을 때, 그때 외로움이 스며드는 것이었다.

절에는 사람들이 오가고 불과 빛도 있어서 분주한 듯하지만, 외로움은 그렇게 겉으로 보이는 현상으로 달랠 수 있는 성질의 것이 아니었다. 그 사흘 동안, 산에는 말 없는 나무와 안개와 어둠밖에 없었지만 그곳에 있던 한 사람, 다쿠안은 결코 몸만 있는 사람이 아니었다. 그의 말에는 불이나 불빛에는 없는, 피가 흐르고 마음을 흔들고 채워 주는 무언가가 있었다.

"다쿠안 스님이 없으니 그런 거야!"

오츠는 벌떡 일어났다. 그러나 다쿠안은 다케조의 일을 처리한 후에 히메지 성에서 온 가신들과 객실에서 무릎을 맞대고 무엇인가를 의논하는 데 여념이 없었다. 마을로 내려온 후에는 몹시 바빠서 산에 있을 때처럼 자기와 이야기를 할 시간도 없는 듯했다. 그렇게 생각이 미치자 오츠는 다시 자리에 앉았다. 자신을 알아주는 사람이 몹시 그리웠다. 단 한 사람이라도 좋으니 자신을 이해해 주고 자기에게 힘이 되어 주고 믿을 수 있는 그런 사람이 필요했다. 그녀는 그런 사람이 절실히 필요했다!

비록 부모님의 유품인 피리가 있었지만 열일곱의 처녀에게는 더 이상 차가운 대나무 피리 하나로 채워질 수 없는 감정의 싹이 자라고 있었다. 그것은 더 절실하고 현실적인 대상이 아니면 결코 채워지지 않을 것이었다.

'너무 분해…….'

그녀는 마타하치의 매정함을 원망하지 않을 수 없었다. 책상은 눈물로 얼룩졌고 분한 나머지 관자놀이에 불거진 푸른 힘줄이 욱신거리며 아프기까지 했다.

어느새 절의 부엌은 노을빛으로 물들고 있었다. 그때, 뒤쪽 장지문이 살짝 열렸고 장지문 너머로 아궁이의 불이 빨갛게 보였다.

"이런, 여기에 있는 것을 진종일 허탕만 쳤네."

그렇게 푸념을 하며 들어온 것은 오스기였다.

"어머님, 어찐 일이세요?"

오츠가 황망히 방석을 내놓자 오스기는 고개도 까딱하지 않고 목불처럼 앉아 엄한 목소리로 그녀를 불렀다.

"아가."

"네."

오츠는 긴장한 듯 손을 더듬거렸다.

"네 각오를 확인한 후에 할 말이 있어서 왔다. 여태까지 다쿠안 스님과 히메지의 가신들과 이야기를 했는데, 어쩜 여기 노소納所들은 차 한 잔도 내놓지 않는구나. 목이 마른데 우선 차나 한 잔 다오."

오츠가 내놓은 차를 마신 오스기가 다시 말을 꺼냈다.

"다른 게 아니라, 다케조란 놈이 한 말을 그대로 믿긴 어렵지만 마타하치가 다른 곳에서 살고 있다고 하더구나."

"그렇습니까?"

오츠는 쌀쌀맞게 말했다.

"아니, 설혹 죽었다고 하더라도 너는 이 절 스님이 부모로서 마타하치와의 혼약을 정해 주셨다. 그러니 너는 혼이덴가의 며느리로 앞으로 어떤 일이 있어도 다른 마음을 먹는 일은 없겠지?"

"……."

"그렇지?"

"네? 네……."

"그렇다면 우선 하나는 안심이다. 그건 그렇고, 세상이 뒤숭숭하고 마타하치도 아직 돌아오지 않은데다 내 몸도 예전 같지 않구나. 매일 분가시킨 딸에게 이것저것 일을 시킬 수도 없고. 그러니 이참에 네가 절을 나와서 우리 집으로 옮기는 게 좋겠다."

"예? 제가요?"

"누가 또 혼이덴가로 시집올 사람이 있단 말이냐?"

"하지만……."

"나와 함께 지내는 것이 싫다는 것이냐?"

"그, 그럴 리야 있겠어요."

"그럼 짐을 꾸려 놓거라."

천년목   157

"저, 마타하치 님이 돌아오신 다음에 옮기면?"

"안 된다."

오스기는 단호하게 말했다.

"그 애가 돌아올 동안, 네게 딴 놈이라도 생기면 안 될 터. 며느리의 품행을 지켜보는 것도 내가 할 일이다. 그 애가 돌아올 때까지 내 옆에 있으면서 밭일이며 누에치기, 바느질, 예의범절 같은 것들을 배우거라. 알겠느냐?"

"네……."

오츠는 억지로 대답하는 자신이 너무나 비참했다.

"그리고 다음은……."

오스기는 명령하듯 말했다.

"다케조 일인데, 다쿠안 스님의 꿍꿍이를 나는 도무지 알 수가 없구나. 다행히 네가 이 절에 있으니 그놈의 숨이 넘어갈 때까지 소홀히 하지 말고 여기서 감시하거라. 한밤중에 정신 차리고 있지 않으면 다쿠안이 무슨 짓을 저지를지도 모르니 말이다."

"그럼, 제가 이 절을 떠나는 건 지금 당장이 아니라도 좋다는 말씀이신가요?"

"한꺼번에 두 가지 일을 할 수야 없지. 네가 혼이덴가로 옮겨 오는 날은 다케조의 목이 떨어지는 날이다. 알겠느냐?"

"네, 알겠습니다."

"반드시 명심해야 하느니라."

오스기는 다시 한 번 다짐을 두고 집으로 돌아갔다. 그리고 그때를 기다렸다는 듯, 창밖에 사람의 그림자가 비치더니 누군가 작은 목소리로 그녀를 부르기 시작했다.

"오츠, 오츠."

얼른 얼굴을 내밀고 보니 메기수염이 그곳에 서 있었다. 메기수염은 불쑥 창 너머로 그녀의 손을 꽉 잡았다.

"그동안 네게 여러 모로 신세를 졌는데, 나는 성에서 연락이 와서 지금 당장 히메지로 돌아가게 됐다."

"그러세요?"

오츠는 손을 움츠렸지만 메기수염은 그녀의 손을 더 꽉 잡으며 말했다.

"아마 영주님이 이번 사건에 대해 들으시고 진상을 조사하시려는 듯하구나. 다케조의 목만 가져간다면 내 체면도 서고 설득력도 있을 텐데, 그 중놈은 내가 무슨 말을 해도 고집을 부리면서 내주질 않는구나. 하지만 너만은 내 편이지? 이 편지, 나중에 사람들이 없는 데서 읽어 보아라."

메기수염은 그녀의 손에 무엇인가를 쥐여 주고는 산기슭 쪽으로 허둥지둥 사라졌다. 그가 건네준 편지 속에는 뭔가 묵직한 물건도 들어 있었다. 그의 속셈은 오츠도 잘 알고 있었다. 왠지 께름칙했지만 조심스럽게 열어 보니 눈부신 금화 하나가 들어 있었다. 편지에는 다음과 같이 쓰여 있었다.

이미 이야기했듯 며칠 안으로 다케조의 수급首級을 베어 은밀히 히메지 성 아래로 급히 와 주기 바라오. 내 의중은 이미 그대도 잘 알고 있을 거라 생각하오. 내 비록 보잘것없지만 천석지기 무사로, 이케다 가문의 아오키 단자에몬靑木丹左衛門이라고 하면 모르는 이가 없소. 나는 진심으로 그대를 부인으로 맞이할 생각을 가지고 있으며, 천석지기의 부인이 된다면 부귀영화를 누리며 살 수 있을 것이오. 이는 거짓이 아니며 이 글을 서약서로 알고 간직하길 바라오. 다시 말하지만, 낭군을 위한 일이라 생각하고 반드시 다케조의 수급을 가지고 와 주기 바라오. 그럼 급한 대로 이만 줄이겠소.

단자에몬

"오츠, 저녁은 먹었느냐?"

밖에서 다쿠안의 목소리가 들리자 오츠는 신발을 신고 나가며 대답했다.

"머리가 좀 아파서 저녁은 먹고 싶지 않아요."

"들고 있는 건 무엇이냐?"

"편지예요."

"누가 보낸 것이냐?"

"보실래요?"

"네가 괜찮다면."

"괜찮아요."

다쿠안은 오츠가 건넨 편지를 다 읽고는 크게 웃었다.

"자신이 곤란해지자 너를 매수하려는 수작이구나. 그 메기수염의 이름이 아오키 단자에몬이라는 걸 편지를 보고 처음 알았다. 세상에 이렇게 기특한 무사가 다 있다니. 아니 축하할 일이구나."

"그건 그렇고 편지 속에 금화가 들어 있었어요. 그걸 어떻게 하죠?"

"오호, 큰돈이구나."

"정말 난처해요."

"돈 문제라면 걱정할 것 없다."

다쿠안은 금화를 들고 본당 앞으로 갔다. 그리고 새전함 속에 집어 넣는 시늉을 하더니 금화를 이마에 갖다 대고 절을 하고는 다시 오츠에게 내밀었다.

"네가 가지고 있거라. 별 문제는 없을 게다."

"하지만 나중에 트집을 잡을지도 모르잖아요."

"이제 이 돈은 그 메기수염의 돈이 아니다. 부처님께 공양하고 다시 돌려받은 돈이다. 부적 대신 가지고 있거라."

다쿠안은 직접 오츠의 허리띠 사이에 금화를 넣어 주고는 하늘을 쳐다보았다.

"바람이 부는구나. 오늘 밤에는……."

"한동안 비가 안 왔는데……"

"봄도 끝자락이니 한바탕 비가 내려서 떨어진 꽃잎과 인간의 게으른 마음을 깨끗하게 씻어 내면 좋을 텐데."

"그렇게 큰비가 오면 다케조 님은 대체 어떻게 될까요?"

"다케조 말이냐? 흠…….."

두 사람의 시선이 삼나무 쪽으로 향했을 때였다. 바람이 부는 커다란 나무 위에서 사람의 목소리가 들렸다.

"다쿠안, 다쿠안!"

"응? 다케조인가?"

"다쿠안 이 빌어먹을 중놈, 땡추야! 할 말이 있으니 이 밑으로 오너라."

우듬지를 뒤흔드는 세찬 바람에 다케조의 갈라진 목소리가 울려 퍼졌다. 대지에도 다쿠안의 얼굴로도 삼나무 잎이 우수수 떨어져 내렸다.

"하하하. 다케조, 여전히 기운이 넘치는구나."

다쿠안은 목소리가 들리는 삼나무 아래로 다가가면서 말했다.

"기운은 넘치는데 시시각각 다가오는 죽음의 공포를 떨쳐 내려고 오히려 허세를 부리는 건 아니냐?"

다쿠안은 적당한 곳에서 발걸음을 멈추고 삼나무 위를 쳐다보았다.

"닥쳐라!"

다케조가 다시 소리를 질렀다. 그것은 기운이라기보다는 분노였다.

"죽는 게 무서웠다면 어찌 네놈의 밧줄에 묶였겠느냐."

"그건 내가 강하고 네가 약했기 때문이다."

"이 땡추야, 헛소리 마라."

"지금의 말이 마음에 들지 않는다면, 내가 영리했고 너는 바보라고 할 수도 있느니라."

"이놈, 잘도 지껄이는구나."

"어이, 나무 위의 원숭이 님. 몸부림쳐 봤자 이 큰 나무에 꼼짝없이 묶여 있는 네가 어쩔 수 있겠느냐. 보기만 흉할 뿐이다."

"다쿠안, 잘 들어라."

"그래, 무슨 말이냐?"

"그때, 내가 싸우려고 했다면 너 같은 중놈을 밟아 죽이는 건 어려운 일도 아니었다."

"안됐지만 이미 늦었느니라."

"내가 스스로 잡힌 것은 네놈이 고승인 척 내뱉은 말에 감쪽같이 속았기 때문이다. 설마 살아서 이런 모욕을 주지는 않을 거라고 믿었기 때문이다."

"그래서?"

다쿠안은 시치미를 떼며 말했다.

"그런데 어째서 내 목을 빨리 치지 않는 게냐! 기왕에 죽을 자리를 고른다면 마을 놈들이나 적의 손에 죽느니 차라리 중이지만 무사의 정도를 분별할 수 있을 것 같은 네놈이 나을 것이라 생각했다. 그런데 그게 내 잘못이었다."

"잘못이 그것뿐이냐? 네가 저지른 일들이 잘못됐다는 생각은 하지 않느냐? 그러고 있는 동안에 네 지난 행실을 생각해 보아라."

"시끄럽다. 나는 하늘에 두고 부끄러운 게 없다. 마타하치의 어미는 내가 무슨 원수인 양 욕을 하지만, 나는 마타하치의 소식을 그의 어미에게 알리는 것이 내 책임이자 친구로서의 신의를 지키는 것이라 생각했다. 때문에 죽음을 무릅쓰고 검문소를 넘어 마을로 돌아온 것이다. 그것이 무사의 도리에 어긋난다는 말이냐?”

“그런 하찮은 문제를 얘기하는 것이 아니다. 네 생각과 마음가짐, 무엇보다 사고방식이 근본부터 잘못되어 있다는 게다. 어설픈 무사 흉내로는 아무것도 할 수 없을 뿐 아니라, 반대로 저 혼자 정의라고 믿고서 허세를 부릴수록 자신의 몸을 다치게 하고 다른 사람에게도 폐를 끼치게 된다. 그렇기 때문에 지금 그와 같은 몰골로 자승자박하게 된 것이다. 다케조, 어떠냐? 경치는 마음에 드느냐?”

“어디 두고 보자.”

“말라비틀어질 때까지 거기서 시방세계十方世界의 넓음을 보아라. 이 인간 세상을 높은 곳에서 바라보며 생각을 고쳐먹거라. 혹 저세상에 가서 조상님을 뵙게 되면 네가 죽을 때 다쿠안이란 사내가 이렇게 말씀하시더라고 여쭤라. 그러면 조상님들이 좋은 설법을 받고 왔다고 틀림없이 기뻐하실 게다.”

그때까지도 돌처럼 뒤쪽에서 가만히 서 있던 오츠가 갑자기 뛰어왔다.

“너무해요, 스님! 아까부터 듣고 있자니 저항도 할 수 없는 사람에게 너무 가혹하십니다. 당신은 승려시잖아요. 게다가 다케조 님 말대로 다케조 님은 스님을 믿고 싸우지도 않고 순순히 밧줄을 받으셨잖아요.”

“아뿔싸, 이거 같은 편끼리 싸우게 생겼구나.”

"무자비하세요. 저는 스님이 지금처럼 말씀하시면 스님이 싫어질 것 같아요. 다케조 님도 각오하고 있으니 죽이려거든 떳떳하게 죽을 수 있도록 해 주실 수 없나요?"

오츠는 흥분한 얼굴로 눈물까지 흘리며 다쿠안을 몰아붙였다.

"시끄럽다."

다쿠안은 전에 없던 무서운 얼굴로 나무랐다.

"여자가 나설 일이 아니니 잠자코 있거라."

"아니오. 그렇지 않아요."

세차게 고개를 내젓는 오츠는 여느 때의 그녀가 아니었다.

"저도 이 일에 관해서 말할 권리가 있어요. 저도 이타도리의 목장에 가서 사흘 밤을 고생했으니까요."

"안 된다. 다케조의 처분은 누가 뭐라도 내가 할 것이다."

"그러니까 목을 칠 생각이시면 빨리 치는 게 좋잖아요. 반죽음을 만들어 놓고 남의 일처럼 그걸 즐기는 건 도리가 아니에요."

"그게 내 병이니라."

"네? 너무 매정하세요."

"물러나 있거라."

"싫어요."

"계집애가 또 고집을 부리는구나."

다쿠안이 뿌리치자 오츠는 삼나무 밑동까지 비틀거리며 가서는 나무줄기를 부여잡고 울기 시작했다. 그녀는 다쿠안이 이렇게 잔혹한 사람일 줄 몰랐다. 마을 사람들이 그를 나무에 매달아도 마지막에는 그가 온정 어린 처분을 내릴 것이라고 생각했었다. 하지만 정작 다쿠안은 이렇게 잔혹한 일을 즐기는 것이 자신의 병이라고 말한 것이다. 오츠는 인간에 대해 전율하지 않을 수 없었다. 그렇게 믿었던 다쿠안에게까지 실망을 하게 됐으니 세상 모든 것이 싫어지는 것은 당연했다. 세상 사람들 모두 믿을 수 없게 된 그녀는 절망의 나락으로 빠져들었다.

그런데 그때, 오츠는 자신이 얼굴을 대고 울고 있던 삼나무 줄기에서 이상한 정열을 느꼈다. 천 년이나 된 삼나무 위에 묶여서 소리치던 다케조의 피가 열 아름이 넘는 굵은 나무줄기에 흐르고 있는 듯한 느낌이 들었다.

'무사의 아들답게 얼마나 떳떳하고 신의가 강한 사람인가!'

다쿠안에게 묶일 때의 모습을 떠올리면서 방금 전에 들은 말을 곱씹어 본 오츠는 다케조가 눈물에 약하고 심성이 착하며 온정도 있는 것처럼 생각됐다.

'지금까지 사람들의 말만 믿고 나는 다케조라는 사람을 잘못 생각했구나. 이 사람을 악귀처럼 미워할 이유가 어디 있단 말인가. 그리고 맹수처럼 무서워하거나 잡아야 할 이유가 또 어디에 있단 말인가.'

오츠는 오열을 하며 그 삼나무를 언제까지나 안아 주고 싶은 마음에 사로잡혔다. 그녀는 두 뺨에 흐르는 눈물을 삼나무에 가만히 갖다 댔다. 그때였다. 갑자기 하늘이 진동하는 소리가 나더니 굵은 빗방울이 그녀의 옷깃과 다쿠안의 머리 위로 떨어졌다.

"어이쿠, 비가 오는군."

다쿠안은 손으로 머리를 가리며 소리쳤다.

"오츠."

"……."

"이 울보야, 네가 우니까 하늘까지 울상을 짓지 않느냐. 바람까지 부는 걸 보니 아무래도 큰비가 올 듯하구나. 젖기 전에 어서 안으로 들어가자. 어차피 죽을 놈은 개의치 말고 빨리 오너라."

다쿠안은 승복을 머리까지 뒤집어쓰고 도망치듯 본당 안으로 달려 들어갔다. 갑자기 쏟아지는 장대 같은 비가 어둠의 밑자락을 새하얗게 물들이고 있었다. 물방울이 등줄기로 뚝뚝 떨어지는데도 오츠는 한동안 움직이지 않았다. 삼나무 위의 다케조 역시 미동도 하지 않고 가만히 있었다.

오츠는 도저히 삼나무 곁을 떠날 수가 없었다. 빗줄기가 등을 타고 속옷까지 스며들었지만 다케조를 생각하면 아무것도 아니라는 생각이 들었다. 그녀는 어째서 자신이 다케조의 괴로움을 함께하고 싶어 하는지 그 이유를 생각할 여유도 없었다.

오츠는 다케조에게서 훌륭한 남성상을 발견했다. 이 사람이야말로 진정한 남성이 아닐까 하는 생각과 함께 그가 죽지 않기를 바라는 마음이 솟구쳐 올랐던 것이다.

'너무 불쌍해!'

그녀는 나무 아래에서 불안에 떨기 시작했다. 위를 쳐다보자 다케조는 보이지 않고 비와 바람만 가득했다.

"다케조 님!"

자신도 모르게 소리쳐 봤지만 아무 대답이 없었다. 오츠는 다케조가 자신을 혼이덴가의 사람이나 마을 사람들처럼 냉혹한 인간이라 여기고 있을 거라고 생각했다.

'저렇게 비를 맞으면 오늘 밤 안에 죽고 말 거야. 아, 세상에는 그토록 많은 사람들이 있는데 누구 하나 다케조 님을 도와주려는 사람이 없구나.'

갑자기 오츠가 빗속을 곧장 달리기 시작했다. 바람이 그녀의 뒤를 맹렬히 쫓아왔다. 절 안의 부엌과 방장도 모두 닫혀 있었다. 물받이 홈통에서 넘쳐흐르는 물이 폭포처럼 땅을 파헤치고 있었다.

"다쿠안 스님! 스님!"

그곳은 다쿠안이 거처하고 있는 방이었다. 오츠가 밖에서 요란하게 문을 두드렸다.

"누구요?"

"저예요, 오츠예요."

"아니, 아직 밖에 있었느냐?"

다쿠안은 문을 열고 물안개가 자욱한 처마 밑을 내다보았다.

"지독하게 쏟아지는군. 비가 들이치니 어서 들어오너라."

"아니에요. 부탁이 있어서 왔어요. 스님, 제발 저 사람을 나무에서 내려 주세요."

"누구를 말이냐?"

"다케조 님요."

"어림없는 소리."

"은혜는 잊지 않겠어요."

오츠는 빗속에 무릎을 꿇고 다쿠안을 향해 두 손을 모았다.

"저는 어떻게 되어도 상관이 없으니 저 사람을, 저 사람을……."

빗소리가 오츠의 흐느끼는 목소리를 삼켜 버렸지만, 오츠는 폭포 아래의 용소龍沼 안에 있는 수행승처럼 두 손을 모으고 간청했다.

"스님, 이렇게 간절히 부탁드려요. 제가 할 수 있는 일이라면 무슨 일이라도 할 테니 저분을 도와주세요."

흐느끼며 외치는 그녀의 입안으로 비가 들이쳤다.

다쿠안은 본존불이 안치된 감실의 문처럼 눈꺼풀을 굳게 닫은 채 바위처럼 묵묵히 앉아 있었다. 마침내 긴 한숨을 내쉬고는 눈을 크게 떴다.

"빨리 자거라. 건강하지도 않은 몸으로 비를 맞으면 해롭다는 걸 모르느냐?"

"스님……."

오츠가 문에 매달려 애원하자 다쿠안은 덧문을 굳게 닫으며 말했다.

"나는 이제 그만 자야겠으니 너도 어서 자거라."

그러나 오츠는 단념하지 않았다. 마루 밑으로 들어가더니 그의 침상 근처에 대고 계속 애원했다.

"스님, 부탁드려요. 평생의 소원이에요. 스님은 피도 눈물도 없는 매정한 사람인가요?"

다쿠안은 끝까지 입을 다물고 있었지만 도저히 잠을 잘 수 없는 듯했다. 마침내 그는 발작을 일으키듯 벌떡 일어나 소리를 질렀다.

"게 아무도 없느냐? 내 방 마루 밑에 도둑이 들었으니 어서 와서 잡아가거라."

수석
문답

어젯밤 비바람에 씻겨 내려갔는지 봄은 자취도 없이 사라지고, 아침부터 뜨거운 햇볕이 머리 위로 쏟아졌다.

"다쿠안 스님, 다케조는 아직 살아 있는지요?"

날이 밝자 오스기는 학수고대하며 재미난 구경거리라도 보러 온 듯 절을 살피고 있었다.

"아, 할멈이구려."

다쿠안은 마루로 걸어 나오며 말했다.

"어젯밤 비가 지독했지요?"

"기분 좋게 쏟아지더군."

"하지만 사람은 아무리 폭풍우를 맞아도 하루 이틀 밤에 죽지는 않습니다."

"저래도 살아 있는 거란 말이오?"

오스기는 눈이 부신 듯 주름진 얼굴에 가는 눈으로 삼나무 위를 쳐다보았다.

"젖은 걸레처럼 엎드린 채 꿈짝도 하지 않은 듯한데요?"

"까마귀들이 모여들지 않는 걸 보면 다케조는 아직 살아 있는 게 틀림없소."

"그렇군."

오스기는 고개를 끄덕이면서 안을 엿봤다.

"우리 며느리가 보이지 않는데 좀 불러 주시지 않겠는지요?"

"며느리라니?"

"저희 집 오츠 말입니다."

"아니, 아직 혼이덴가로 시집을 가진 않았잖소?"

"곧 며느리로 삼을 겁니다."

"신랑도 없는 집에 신부를 데려가서 누구랑 살게 할 작정이오?"

"아니, 떠돌이 중 주제에 쓸데없는 걱정을 하시는구려. 오츠는 어디 있소?"

"아마 자고 있을 거요."

"아, 그렇겠군."

노파는 혼자 고개를 끄덕이더니 뇌까렸다.

"밤에는 다케조를 감시하라고 일러두었으니 낮에 졸린 것도 무리가 아닐 테지. 이보시오, 다쿠안 스님. 낮에는 스님이 감시해야 하오."

오스기는 삼나무 아래로 가서 잠시 나무 위를 올려다보고는 뽕나무

지팡이를 짚고 휘적휘적 마을로 내려갔다.

다시 방으로 들어간 다쿠안은 저녁때가 다 되도록 얼굴을 보이지 않았다. 동네 아이들이 올라와서 삼나무 위를 향해 돌멩이를 던질 때만 문을 열어 큰 소리로 꾸짖을 뿐, 장지문은 온종일 닫혀 있었다. 몇 칸을 사이에 두고 같은 채에 있는 오츠의 방도 마찬가지였다. 납자^{衲子}들이 약을 달여 들고 드나들거나 죽 그릇을 들고 드나들 뿐 역시 온종일 방문이 닫혀 있었다.

오츠는 어젯밤 폭우 속에서 절의 사람들에게 발각되어 억지로 안으로 끌려 들어갔고 주지에게 호된 꾸지람도 들었다. 그래서인지 감기 기운으로 열이 나더니 오늘은 하루 종일 누워 있는데도 몸이 말을 듣지 않았다.

이날 밤하늘은 어젯밤과는 달리 달이 밝았다. 절 사람들이 모두 잠들었을 무렵, 다쿠안은 책을 읽는 것이 지루해졌는지 신발을 끌고 밖으로 나왔다.

"다케조."

그 소리에 삼나무 위의 높은 곳이 조금 흔들렸다. 이슬방울이 후드득 떨어졌다.

"가엾게도 대답할 기운마저 잃었느냐? 다케조, 다케조!"

그러자 분노에 겨운 무시무시한 목소리가 들려왔다.

"뭐냐, 이 땡추야!"

다케조의 분노에 찬 목소리가 쩌렁쩌렁 울렸다.

"호오……."

다쿠안은 다시 위를 쳐다보았다.

"목소리는 여전하구나. 그 정도면 아직 대엿새는 더 견디겠구나. 헌데 배고픈 건 어떠하냐?"

"딴소리 말고, 어서 내 목을 쳐라."

"그렇게 쉽게 목을 벨 줄 알았느냐? 너같이 물불 안 가리고 날뛰는 놈은 목을 쳐도 달려들 것이다. 나는 달이나 구경해야겠구나."

다쿠안은 옆에 있는 바위에 걸터앉았다.

"이놈, 잘 보고 있거라."

다케조는 혼신의 힘을 다해 자기를 붙들어 맨 고목을 흔들어 댔다. 삼나무 껍질과 잎이 다쿠안의 머리 위로 우수수 떨어졌다. 다쿠안은 목 언저리를 털어 내면서 위를 향해 말했다.

"그렇지, 그렇지. 그 정도 화를 내지 않으면 진정한 생명력과 인간미가 생기지 않는 법. 요즘 사람들은 화내지 않는 것을 두고 지식인이라는 둥, 인격이 높다는 둥 말하지만, 그런 늙은이들이나 하는 짓을 젊은 놈들이 흉내 내고 있으면 볼썽사나워서 두고 볼 수가 없더구나. 젊은 놈은 화를 내는 것이 정상이다. 어디, 더 화를 내 보아라, 더."

"지금 당장이라도 밧줄을 끊고 내려가서 네놈을 밟아 죽일 테니 기다려라."

"좋다, 그때까지 기다려 주마. 허나 밧줄이 끊어지기 전에 네 목숨이 끊어지지 않겠느냐?"

"어디 한번 해 봐라."

"어허, 나무가 흔들리는 걸 보니 힘이 대단하구나. 허나 대지는 꿈쩍도 하지 않는구나. 본시 너의 분노가 사사로운 것이니 약한 것이다. 남아의 분노는 공분公憤이 아니면 안 되는 법이다. 자신의 사소한 감정으로 화를 내는 건 여자의 분노이니라."

"어디 마음대로 지껄여 봐라. 잘 봐라."

"아서라, 그만둬. 네 힘만 빠질 테니 말이다. 아무리 발버둥 쳐 봐야 대지는커녕 이 고목의 가지 하나도 부러지지 않을 테니 말이다."

"끄응, 분하다."

"그만한 힘을 나라를 위해 쓰라고는 안 할 테니 적어도 남을 위해서 써 보아라. 천지는 말할 것도 없고 귀신도 움직일 수 있을 게다. 하물며 사람이야 말해 무엇하랴."

다쿠안은 점점 설교조로 변했다.

"참으로 애석하구나. 너는 사람으로 태어났음에도 멧돼지나 늑대와 다름없는 야성만 지닌 채로 인간이 되지도 못하고 홍안의 나이로 여기서 죽음을 맞이하게 되었으니 참으로 애석하구나."

"시끄럽다!"

다케조는 침을 뱉었으나 그 침은 높은 우듬지에서 땅으로 다다르지 못하고 가뭇없이 흩어져 버렸다.

"다케조야, 듣거라. 너는 자신의 완력에 우쭐해하며 세상에 자신보다 강한 사람은 없다고 자만했다. 그래서 지금 네 꼴이 어떠하냐?"

"네게 힘으로 진 것은 아니니 나는 부끄럽지 않다."

"계책에 졌든 말에 졌든 결국은 진 것이다. 그 증거로, 아무리 분해해도 나는 승자가 되어 이렇게 바위 위에 앉아 있고 너는 패자의 비참한 모습으로 나무 위에서 비바람이나 맞고 있지 않느냐. 이것이 어떤 차이인지 알겠느냐?"

"……."

"물론 힘은 네가 훨씬 강하다. 하지만 사람은 힘으로 호랑이를 이길 수가 없다. 그리고 호랑이 역시 사람만 못한 동물이 아니더냐?"

"……."

"가령, 너의 용기도 그렇다. 오늘까지의 네 행동은 생명이 무엇인지도 모르는 무지에서 온 만용일 뿐 사람의 용기가 아니다. 무사의 강함이란 그런 것이 아니니라. 무서운 것의 무서움을 잘 알고 있는 것이 인간의 용기이며, 생명을 소중하게 여기며 올바르게 죽을 곳을 구하는 것이 진정한 인간인 것이다. 내가 애석하다고 말한 것은 그런 연유이다. 네게는 타고난 힘과 용맹함은 있으나 학문이 없다. 무도의 나쁜 점만 배워서 지와 덕을 수련하려고 하지 않았다. 문무이도文武二道라고들 하지만, 여기서 '이도'란 두 가지 길을 뜻하는 것이 아니다. 두 가지를 겸비한 하나의 길인 것이다. 이제 알겠느냐, 다케조?"

 말 없는 바위와 묵묵히 지켜보는 나무를 뒤덮고 있는 적막한 어둠 속에서 얼마간 침묵이 이어졌다. 마침내 다쿠안이 천천히 일어섰다.

"다케조, 하룻밤 더 생각해 보아라. 그 후에 목을 쳐 주겠다."

뒤돌아선 다쿠안이 본당을 향해 걸음을 옮겼다. 열 걸음, 아니 스무 걸음 정도 내딛었을 때, 다케조가 나무 위에서 소리쳤다.

"잠, 잠깐만!"

"왜 그러느냐?"

다쿠안이 멀리서 돌아보며 물었다.

"나무 아래로 와 주시오."

"흐음, 이렇게 말이냐?"

그러자 다케조가 갑자기 큰 소리로 외쳤다.

"스님, 살려 주시오."

다케조가 울음을 터뜨렸는지 삼나무가 떨리고 있었다.

"난, 지금 이 순간부터 다시 태어나고 싶소. 인간으로 태어난 건 커다란 사명을 가지고 이 세상에 온 것이라는 사실을 알았소. 그 사실을 깨달았는데, 지금 나는 이 나무 위에 묶여 있는 목숨이 아닌가 말이오. 아아! 돌이킬 수 없는 짓을 저지르고 말았소."

"이제 깨달았구나. 그것으로 네 생명이 처음으로 인간다워졌다고 할 수 있다."

"아아, 죽고 싶지 않소. 다시 한 번 살아 보고 싶소. 살아서 다시 시작하고 싶소. 다쿠안 스님, 제발 살려 주시오."

"안 된다!"

다쿠안은 단호하게 고개를 저으며 말했다.

"무슨 일이건 돌이킬 수 없는 것이 인생이다. 세상사란 모두 진검 승

부인 것이다. 상대의 칼을 맞았는데 다시 목을 붙이고 일어서려는 것
과 지금 네 말이 무엇이 다르겠느냐. 안됐지만 나는 그 밧줄을 풀어
줄 수 없다. 네 죽은 얼굴이 흉물스럽지 않도록 염불이라도 외면서 조
용히 생사의 갈림길을 곱씹어 보는 것이 나을 것이다."

다쿠안은 발소리를 내며 저편으로 사라져 버렸다.

다케조도 더 이상 다쿠안을 부르지 않았다. 그가 말한 대로, 대오각
성大悟覺醒한 눈을 감고 삶에 대한 미련과 죽음에 대한 두려움도 모두
버린 듯했다. 총총한 별빛 아래 살기등등한 밤바람을 맞으며 뼛속까
지 차갑게 식어 버린 시체처럼 다케조는 움직이지 않았다.

그런데 나무 밑에 서서 나무 위를 올려다보는 그림자가 있었다. 잠
시 후, 그 그림자는 삼나무에 들러붙어서 필사적으로 낮은 곳에 뻗어
있는 가지를 향해 기어오르려 했다. 나무 타는 법을 모르는지 조금 올
라가다가 미끄러지면서 나무껍질과 함께 아래로 떨어져 버렸다. 하지
만 그림자는 나무껍질에 손이 벗겨져도 포기하지 않고 온 힘을 다해
똑같은 행동을 되풀이했다. 그러다 간신히 아래쪽 가지를 붙잡더니
다시 손을 뻗어 그 위에 있는 가지를 붙잡았다. 그 후로는 어렵지 않
게 높은 곳까지 올랐다.

"다케조 님, 다케조 님!"

그림자가 숨을 헐떡이면서 다케조를 불렀다. 다케조는 눈만 살아 있
는 해골 같은 얼굴을 돌렸다.

"아니?"

"저예요."

"오츠?"

"도망쳐요. 당신은 아까 살고 싶다고 하셨죠?"

"도망치라고?"

"네, 저도 이젠 이 마을에서는 살 수가 없어요. 여기 있으면 견딜 수 없을 거예요. 다케조 님, 제가 당신을 구해 드릴게요. 제 도움을 받아들이실 건가요?"

"아, 밧줄을 끊어 줘! 어서 이 밧줄을!"

"기다리세요."

작은 봇짐을 한쪽 어깨에 멘 오츠는 길을 떠날 차림을 하고 있었다. 그녀는 작은 칼을 꺼내 다케조의 밧줄을 잘라 냈다.

다케조는 손과 발에 감각이 없었다. 오츠가 그를 안아서 부축하려다 발을 잘못 디뎌 두 사람이 함께 아래로 떨어지고 말았다. 하지만 다케조는 두 길이나 되는 나무 위에서 떨어졌음에도 태연히 땅 위에 서 있었다. 그때, 그의 발밑에서 신음 소리가 들렸다. 발밑을 내려다보니 함께 떨어진 오츠가 발버둥을 치고 있었다.

"앗!"

다케조가 그녀를 안아 일으키며 말했다.

"오츠, 오츠 님!"

"아, 아파요."

"어디를 다쳤소?"

"어딜 다쳤는지 잘 모르겠어요. 하지만 걸을 수 있어요. 괜찮아요."

"떨어지는 도중에 몇 번이나 가지에 부딪쳤으니 크게 다치진 않았을 게요."

"나보다, 당신은?"

"나는……."

다케조는 잠시 생각하다가 말했다.

"나는 살아 있소!"

"살아 있고말고요."

"살아 있다는 사실밖에 모르겠소."

"함께 도망쳐요, 한시라도 빨리. 만약 다른 사람들에게 들키면 우리 둘 다 죽은 목숨이에요."

오츠는 한쪽 다리를 절면서 걷기 시작했다. 다케조도 마치 다리를 잃은 벌레가 가을 서리 위를 기어가는 것처럼 묵묵히 걸었다.

"보세요, 어렴풋이 하리마나다播磨灘 쪽으로 날이 새고 있어요."

"여기가 어디지?"

"나카야마 고개 정상에 다 올라왔어요."

"그렇게 많이 걸어왔나?"

"살고자 하는 마음뿐이었으니까요. 그런데 당신은 꼬박 이틀 동안 아무것도 먹지 않았지요?"

오츠에 말에 다케조는 비로소 허기를 느꼈다. 오츠는 등에 진 봇짐을 풀어서 쌀가루로 빚은 떡을 꺼냈다. 달착지근한 팥고물이 혀에서 목구멍으로 넘어가자 살아 있다는 기쁨 때문이었는지 떡을 들고 있던 다케조의 손이 떨렸다. 그는 '나는 살았다'라는 절절한 실감을 느끼면서 이제부터 새로운 삶을 살겠다고 마음속으로 다짐했다.

아침 구름이 두 사람의 얼굴을 붉게 비추고 있었다. 오츠의 얼굴이 또렷하게 보이자 다케조는 이곳에 그녀와 둘이 있는 것이 꿈만 같고 신기하게 느껴졌다.

"이제 곧 낮이 될 텐데 방심하면 안 돼요. 게다가 곧 국경이니까요."

국경이란 말을 듣자 다케조의 눈이 갑자기 번뜩였다.

"나는 지금부터 히나구라 검문소로 가야 하오."

"네? 히나구라요?"

"그곳의 감옥에 누님이 잡혀 있소. 누님을 구하러 가야 하니 오츠 님과는 여기서 헤어지는 게 좋겠소."

"……."

오츠는 원망스러운 듯 다케조의 얼굴을 가만히 바라보았다.

"당신은 애초에 그럴 생각이었나요? 여기서 헤어질 생각이었다면 저는 미야모토 촌을 떠나지 않았을 거예요."

"하지만 어쩔 수가 없소."

"다케조 님."

오츠는 열띤 눈빛으로 다케조의 손끝을 잡은 채, 마치 온몸을 덴 듯 어찌할 바를 모르고 떨고 있었다.

"제 마음은 곧 말씀드리겠어요. 그러니 여기서 헤어질 수는 없어요. 어디든 데려가 주세요."

"하지만……."

"제발."

오츠가 땅에 손을 짚으며 말했다.

"당신이 안 된다고 하셔도 저는 헤어질 수 없어요. 만일 오긴 님을 구하는 일에 제가 방해가 된다면 저는 먼저 히메지 성 아래로 가서 기다리고 있을게요."

"그럼……."

다케조가 자리에서 벌떡 일어났다.

"꼭 오셔야 해요."

"으응."

"성 아래의 하나다花田 다리에서 기다리겠어요. 백 일이고 천 일이고 오실 때까지 기다리겠어요."

다케조는 고개를 끄덕이고는 고갯길을 따라 산등성이를 달려갔다.

미카즈키
찻집

"할머니! 할머니!"

오스기의 손자 헤이타였다. 맨발로 밖에서 뛰어오더니 샛노란 콧물을 닦으며 소리쳤다.

"할머니, 뭐하고 계세요. 큰일 났어요."

헤이타가 부엌을 들여다보며 고함쳤다. 아궁이 앞에서 부채를 부치며 불을 지피던 오스기가 대꾸했다.

"무슨 일인데 그리 소란을 떠느냐?"

"지금 밥이나 짓고 있을 때가 아니에요. 다케조가 도망치는 바람에 마을 사람들 모두 난리가 났어요. 모르셨죠?"

"뭣이? 도망을 쳤다고?"

"오늘 아침에 나무 위를 보니 다케조가 보이지 않더래요."

"정말이냐?"

"절에서도 오츠 누나도 안 보인다며 야단났어요."

헤이타는 자신이 알려 준 소식 때문에 할머니의 얼굴이 무섭게 변하는 것을 보고는 깜짝 놀랐는지 손가락만 깨물고 있었다.

"헤이타야!"

"네!"

"너, 빨리 뛰어가서 네 매형을 불러오너라. 가와하라^{河原}에 있는 곤 숙부에게도 얼른 오시라고 말씀드리고."

오스기의 목소리는 이미 떨리고 있었다. 그러나 헤이타가 문을 나서기도 전에 벌써 혼이덴가 앞으로 사람들이 와자지껄하게 모여들고 있었다. 그중에는 오스기의 사위와 가와하라의 곤 숙부도 있었고 또 친척과 소작인들도 있었다.

"오츠, 그년이 놓아주었다는군."

"다쿠안 스님도 보이지 않는다는군."

"둘의 소행이군."

"어떻게 해야 하지?"

비장한 각오를 한 사위와 숙부가 조상 대대로 내려온 창을 들고 본가 앞에서 외쳤다.

"소식 들으셨습니까?"

헤이타의 말이 사실임을 깨달은 오스기는 치밀어 오르는 분노를 억제하며 불전에 꿇어앉아 있었다.

"곧 나갈 테니 조용히 하고 있으시게."

오스기는 그렇게 말한 뒤, 묵도를 하고 유유히 칼을 넣어 둔 장롱을 열어 옷과 신발을 갖추고 밖으로 나갔다. 짧은 단검을 허리끈에 차고 짚신을 단단히 동여맨 그녀의 모습을 본 사람들은 이 완고한 노파가 무슨 생각을 하고 있는지 짐작할 수 있었다.

"소란 피우지 마라. 내가 쫓아가서 그 음탕한 년을 요절내 버릴 테다."

그렇게 말한 오스기가 태연하게 발걸음을 옮겼다.

"할머니가 저리 앞장서시는데⋯⋯."

흥분한 친척들과 소작인들도 몽둥이와 죽창 등을 들고 비장함이 넘치는 노파를 대장 삼아 나카야마 고개로 쫓아갔다. 하지만 이미 때는 늦었다. 사람들이 고갯마루에 다다랐을 때는 이미 정오가 다 되어서였다.

"놓쳤군!"

사람들이 발을 동동 구르며 분해하고 있을 때, 어디선가 관리 하나가 오더니 말했다.

"이곳은 국경지대라서 무리 지어 다니는 것이 금지되어 있다."

가와하라의 곤 숙부가 나서서 사정을 이야기했다.

"그 연놈들을 놔준다면 저희 조상님 이래로의 체면뿐 아니라 마을 사람들의 웃음거리가 될 겁니다. 그렇게 되면 혼이덴가는 영주님 밑에서 도저히 살아갈 수 없을 것이니, 부디 다케조와 오츠, 다쿠안을 잡을 수 있는 곳까지만 통행을 허락해 주십시오."

하지만 관리는 사정은 딱하지만 법을 어길 수는 없다며 허락하지 않왔다. 히메지 성의 허가를 받아 오면 되겠지만 그때는 이미 그 세 명은 이 지역을 완전히 벗어날 것이 뻔했다. 그러자 오스기가 친척들과 의논을 하더니 말했다.

"그럼, 저와 숙부, 두 사람이면 괜찮겠습니까?"

"다섯 명까지는 괜찮소."

관리가 말했다. 오스기는 고개를 끄덕이더니 그때까지 분을 삭이지 못하고 있는 다른 사람들을 풀숲으로 불러 모았다.

"집을 떠나올 때부터 이런 예기치 못했던 일도 있으리라 각오하고 있었을 테니, 당황할 필요 없소."

사람들은 엄숙하게 늘어서서 말하고 있는 오스기의 얇은 입술과 잇몸이 드러난 커다란 앞니를 바라보았다.

"이 늙은이는 조상 대대로 이어져 내려온 단도를 허리에 꽂고 나오기 전, 조상님들 위패에 작별을 고하면서 두 가지 서약을 하고 왔소. 하나는 가문의 이름에 먹칠을 한 음탕한 며느리를 처단하는 일이고, 다른 하나는 아들 마타하치의 생사를 확인한 후에 살아 있다면 밧줄로 목을 매서라도 데리고 와서 혼이덴가문의 뒤를 잇게 하는 것이었소. 그리고 다른 데에서 오츠보다 몇 갑절은 훌륭하고 좋은 며느리를 맞아들여 오늘의 이 불명예를 씻을 것이오. 그래야 마을 사람들 앞에서 떳떳하지 않겠소."

"지당한 말씀입니다."

사람들 중에서 누군가가 신음하듯 내뱉었다. 오스기는 사위를 힐끗 쳐다보더니 말을 이었다.

"나와 곤 숙부는 모두 나이도 먹을 만큼 먹은 몸이오. 하여 이 두 가지 대업을 이루는 데 일 년이 걸리든 삼 년이 걸리든, 순례를 한다고 생각하고 타국을 샅샅이 뒤져서라도 쫓을 것이오. 그러니 내가 없는 동안에 사위를 가장으로 삼아 누에치기를 게을리 하지 말고 논밭에도 잡초가 자라지 않도록 하오. 모두들 알겠소?"

오스기의 말처럼 곤 숙부는 오십이 다 됐고 그녀도 이미 오십을 넘었다. 만일 다케조를 만난다 해도 한주먹거리도 안 된다는 것이 자명한 사실이었다. 누군가가 젊은 사람 세 명 정도는 데리고 가야 한다고 했지만 오스기는 고개를 저으며 말했다.

"그럴 필요 없네. 그깟 머리에 솜털이 난 굶주린 놈이 뭐가 그리 겁나겠는가. 늙은이에게 힘은 없지만 지모智謀라는 게 있네. 그리고 한두 놈쯤은……."

오스기는 자신의 입술에 집게손가락을 대고서 자신만만하게 말했다.

"내가 한번 내뱉은 말은 반드시 지킨다는 걸 모두 잘 알 것이오. 자, 그럼 이제 모두 그만 돌아들 가시게!"

오스기가 그렇게 재촉하자 사람들은 더 이상 그녀를 만류하려고 하지 않았다.

"그럼, 다녀오십시오."

오스기는 곤 숙부와 함께 나카야마 고개를 넘어 동쪽으로 내려갔다.

"그럼 몸조심하세요."

사람들은 고개에서 손을 흔들며 한마디씩 했다.

"혹시 병이라도 나시면 바로 마을에 기별을 넣으세요!"

"할머님, 몸 건강히 다녀오세요!"

사람들의 목소리가 더 이상 들리지 않자 오스기가 말했다.

"숙부, 어차피 젊은이들보다 먼저 죽을 몸이니 마음 편하게 가지시게."

"그럼요."

곤 숙부가 고개를 끄덕였다. 지금은 비록 사냥을 하며 생계를 이어가고 있었지만 젊었을 때는 피비린내 나는 전국戰國 시대를 헤쳐 나온 무사였다. 지금도 다부진 골격을 감싸고 있는 피부에는 무사로서의 체취가 남아 있었고 머리도 오스기만큼 하얗게 세지 않았다. 그의 성은 후치가와淵川, 이름은 곤로쿠權六였는데, 본가의 아들인 마타하치가 그의 조카에 해당하니 그가 이번 일에 관심을 갖는 건 지극히 당연했다.

"형수님."

"예?"

"형수님은 작정하고 길 떠날 채비도 하고 오셨지만 나는 아무 준비도 하지 않고 왔소. 어디 가서 채비를 해야 할 듯싶소."

"미카즈키三日月 산을 내려가면 찻집이 있을 게요."

"그렇군요. 그럼 미카즈키 주막까지 가면 짚신도 있고 삿갓도 있겠군요."

미카즈키를 내려가면 반슈의 다쓰노龍野에서 이카루가斑鳩도 그다지 멀지 않았다. 하지만 초여름의 짧지 않은 해도 이미 저물고 있었다.

미카즈키 찻집에서 한숨 돌린 오스기가 말했다.

"다쓰노까지는 좀 무리인 것 같으니, 오늘 밤은 신구新宮 근처에 있는 마방에서 냄새나는 이불이나 뒤집어쓰고 자야 할 것 같군요."

오스기가 찻값을 치렀다.

"자, 가시지요."

새 삿갓을 들고 서 있던 곤로쿠가 돌아서다말고 다시 말했다.

"형수님, 잠깐 기다리세요."

"왜요?"

"뒤편에서 대나무 통에 물을 담아 올게요."

곤로쿠는 찻집 뒤란으로 돌아가서 홈통의 물을 대나무 통에 넣었다. 그리고 다시 돌아가려던 찰나, 그는 창문으로 어슴푸레한 방 안을 들여다보더니 이내 걸음을 멈췄다.

'병자인가?'

누군가가 짚을 넣어 만든 이불을 덮어쓴 채로 자고 있었다. 약 냄새가 코를 찔렀다. 얼굴은 이불에 가려 보이지 않았지만 검은 머리카락이 베개에 헝클어져 있었다.

"숙부, 어서 오시게."

오스기가 부르는 소리에 곤 숙부가 대답을 하며 달려갔다.

"대체 뭘 하셨던 겝니까?"

오스기의 기분이 좋지 않은 듯했다.

"병자가 있는 듯해서요."

곤로쿠가 걸으면서 변명을 했다.

"어디 병자를 처음 봅니까? 어린애도 아니고 원."

오스기가 퉁을 놓았다.

"하하하."

곤로쿠도 본가의 큰 어른을 당해 낼 재간이 없었는지 짐짓 허튼 웃음을 지으며 얼버무렸다.

찻집 앞에서부터 반슈를 향해 난 길은 경사가 상당히 심한 언덕길이었다. 은산銀山을 오가는 짐수레가 많은 탓에 비가 내린 후의 길은 온통 울퉁불퉁한 채로 굳어져 있었다.

"형수님, 넘어지지 않도록 조심하세요."

"이 정도 길에 쩔쩔맬 만큼 아직 늙지 않았습니다."

그때 위에서 누군가 말했다.

"할머니, 정정하시군요."

언덕길을 올려다보니 찻집 주인이었다.

"아! 아까는 잘 쉬었소. 그런데 어딜 가시오?"

"다쓰노까지 갑니다."

"아니 이 시간에?"

"다쓰노까지 가지 않으면 의원이 없거든요. 이제 가서 말에 태워 모셔 와도 돌아오면 한밤중입니다."

"집사람이 아픈가 보군."

"아닙니다."

주인이 얼굴을 찡그리며 말했다.

"마누라나 제 자식이 아프면 어쩔 수 없지만, 아닌 밤중에 홍두깨라 더니, 잠깐 마루에 앉아 쉬던 길손입니다."

"아까 창문으로 살짝 보이던데, 손님이었군."

"젊은 여자입니다. 찻집 앞에 앉아서 쉬다가 오한이 난다고 하기에 모른 체할 수도 없고 해서 작은 방을 빌려주었지요. 그런데 점점 열이 심해져서 그대로 놔두면 안 될 듯해서 말이죠."

오스기가 갑자기 걸음을 멈추며 물었다.

"혹시 그 여자, 열일곱 정도의 몸이 호리호리한 처자가 아니오?"

"맞습니다. 미야모토 촌의 사람이라더군요."

"숙부."

오스기는 눈짓을 하며 급히 손가락으로 허리께를 더듬으며 말했다.

"큰일 날 뻔했구려."

"왜 그러세요?"

"염주를 찻집의 상에다 두고 온 듯합니다."

"그럼 제가 가서 가져오지요."

찻집 주인이 그렇게 말하며 돌아가려 하자 오스기가 만류하며 말했다.

"아니, 그럴 것 없소. 급히 의원을 모시러 가는 길인데 늦어지면 아 픈 사람이 큰일 날 테니 그냥 가시오."

곤로쿠는 서둘러 먼저 돌아갔다. 오스기도 찻집 주인을 보내고 급히 뒤따라갔다.

"오츠다!"

두 사람의 호흡이 거칠어졌다.

다케조를 풀어 달라고 다쿠안에게 애원했던 그날 밤, 비를 많이 맞은 오츠는 그 한기가 몸속까지 스며들어 감기를 앓게 되었다. 그리고 나카야마 고개에서 다케조와 헤어질 때까지는 긴장한 탓에 아픈 것도 잊고 있었지만 그와 헤어지고 얼마 후부터 온몸이 아프고 떨려 왔다. 미카즈키 찻집에서 방을 빌려 눕기까지의 고통은 말로 다 할 수 없을 정도였다.

"아저씨, 주인아저씨……."

물이 마시고 싶은지 그녀의 입에서 신음 소리가 새어 나왔다. 하지만 주인은 가게 문을 닫고 의원을 데리러 간 참이었다. 오츠는 방금 전에 그녀의 머리맡을 들여다보면서 의원을 데리고 올 때까지 참고 견디라고 한 가게 주인의 말도 잊어버릴 정도로 열이 심했다. 그녀는 목도 말랐고 가시나무가 입안을 찌르는 것처럼 혓바닥이 뜨겁고 따가웠다.

"아저씨, 물 좀 주세요."

간신히 일어나서 밖으로 나온 오츠는 설거지대가 있는 쪽으로 목을 내밀었다. 물통이 있는 데까지 겨우 기어간 그녀가 대나무 국자를 막 잡으려고 할 때였다. 어디선가 '달칵' 하고 문이 열리는 소리가 들렸다. 본래 문을 잠그지 않는 산골 오두막이었다. 미카즈키 언덕에서 되돌아온 오스기와 곤로쿠가 방 안으로 천천히 들어왔다.

"어둡군."

"기다리세요."

곤로쿠가 화로 옆으로 가서 작은 나뭇가지에 불을 댕겼다.

"앗! 없어졌다."

"뭐요?"

그러나 설거지대가 있는 쪽의 문이 조금 열려 있는 것을 본 오스기가 소리쳤다.

"밖이다."

그때였다. 오츠가 오스기의 얼굴을 향해 물이 담긴 대나무 국자를 집어 던졌다. 그녀는 순식간에 바람 속의 새처럼 옷자락을 펄럭이며 찻집 앞으로 난 고갯길로 뒤도 돌아보지 않고 내달렸다.

"이년!"

오스기는 처마 밑까지 뛰어나와 숙부를 불렀다.

"뭐해요, 곤 숙부!"

"달아났습니까?"

"숙부가 멍청해서 눈치챘잖소! 어서 빨리 쫓아가서 잡아요."

"저쪽인가?"

그들은 언덕 아래로 마치 사슴처럼 달아나는 검은 그림자를 보았다.

"걱정 마세요. 저년이 몸도 성치 못하고 또 계집애니까 금방 쫓아가서 잡아 오지요."

곤로쿠가 달려가자 뒤에서 쫓아가던 오스기가 소리쳤다.

"칼로 베어 버려도 좋지만, 그러면 원통함이 풀리지 않을 테니 죽이지는 마시우."

그런데 앞에서 뛰어가던 곤로쿠가 고함을 치며 돌아보았다.

"아뿔사."

"왜 그러우?"

"이 대나무 골짜기로……"

"뛰어내렸단 말이우?"

"골짜기는 얕지만 어두워서 안 되겠습니다. 찻집으로 돌아가서 관솔불이라도 가지고 와야겠습니다."

곤로쿠가 대나무가 우거진 벼랑 끝에서 내려다보며 주저했다.

"한가로운 소리 하지 마시우."

오스기가 곤로쿠의 등을 떠밀었다.

"앗!"

대나무 낙엽이 무성한 벼랑을 미끄러져 내려가던 발소리가 마침내 캄캄한 벼랑 밑에서 멈췄다.

"못된 할망구 같으니라고. 내게 이런 짓을 하다니. 형수님도 빨리 내려오슈."

마음의 눈

          어제도 보이더니 오늘도 또 보였다. 히나구라 고원의 짓고쿠┼圖 바위 옆, 마치 바위의 머리가 떨어진 것처럼 검은 물체 하나가 앉아 있었다.

"저게 뭘까?"

망을 보던 병사들이 손으로 햇살을 가리며 쳐다보고 있었다. 때마침 무지개처럼 퍼진 햇살 때문에 물체를 구분하기 힘들었다.

"토끼 아닌가?"

한 사람이 말하자 다른 사람이 말했다.

"토끼보다는 큰데? 노루 같아."

"아니야. 노루나 토끼가 저렇게 꼼짝 않고 있을 리가 없지. 분명 바위야."

"바위나 그루터기라면 하룻밤 사이에 생겨날 리가 없어."

서로의 의견이 분분하자 입담이 센 사람이 끼어들었다.

"바위가 하룻밤 사이에 생겨난 일은 얼마든지 있다네. 그걸 하늘에서 떨어진 운석이라고 하지."

"에이, 그까짓 것 아무려면 어때."

언제나 태평스런 사람이 중간에 끼어들며 중재를 했다.

"아무래도 좋다니, 그런 말이 어디 있는가? 그럼 우리가 이 히나구라 검문소에 뭐하러 서 있겠는가 말이야. 다지마但馬, 인슈因州, 사쿠슈作州, 하리마播磨의 네 나라에 걸친 국경을 이렇게 엄중히 지키고 있는 게 그저 녹이나 받고 햇볕이나 쐬라는 것인 줄 알아?"

"알았네, 알았어."

"만약 저게 토끼나 바위가 아니고 사람이라면 어떻게 할 텐가?"

"그래, 내가 말을 잘못했네. 그만하게."

일이 그렇게 마무리되는 듯하더니 갑자기 한 사람이 큰 소리로 외쳤다.

"맞아! 사람일지도 몰라."

"설마."

"모르는 일이니 시험 삼아 활을 쏘아 보세."

활쏘기에 자신이 있는 듯한 자가 급히 초소에서 활을 들고 나와 활시위를 당겼다. 깊은 계곡을 사이에 두고 맞은편의 완만한 경사와 맑게 갠 하늘이 맞닿은 곳에 있는 검은 물체가 목표였다. 쉬익, 화살이 새처럼 포물선을 그리며 골짜기를 날아갔다.

미야모토 무사시 1_땅地의 장

"너무 낮다."

뒤에서 누군가가 말했고 곧바로 두 번째 화살이 날아갔다.

"또 빗나갔군."

다른 사람이 활을 빼앗아 들고 겨냥했다. 화살은 골짜기 중간에서 떨어져 버렸다.

"왜 이리 소란스러우냐?"

초소로 다가온 감찰 무사가 그들의 말을 듣더니 활을 달라고 했다.

"어디, 활을 이리 줘 보거라."

감찰 무사가 활을 잡았다. 다른 병사들의 활 솜씨와 확연히 차이가 났다. 그런데 활이 부러질 듯 팽팽하게 시위를 당기던 그가 이내 활시위를 풀었다.

"함부로 활을 쏘면 안 된다."

"왜 그러십니까?"

"저건 사람이다. 선인仙人이든지 타국의 첩자이든지, 아니면 골짜기로 뛰어내려 죽으려는 놈일 것이다. 여하튼 잡아 오너라."

"거봐."

아까 사람이라고 주장한 병사가 으스대면서 말했다.

"빨리 와."

"잠깐 기다려. 잡는 건 좋은데 어떻게 저 봉우리로 건너가지?"

"골짜기를 따라가면 어떨까?"

"거긴 절벽인데."

"할 수 없군. 나카야마 쪽으로 돌아가는 수밖에."

 다케조는 팔짱을 낀 채 꼼짝도 않고 골짜기 맞은편으로 보이는 히나
구라 초소의 지붕을 노려보고 있었다.
 '저 몇 개의 지붕들 중 하나, 그 아래에 있는 감옥에 누님이 잡혀 있
을 것이다.'
 어제도 하루 종일 앉아만 있었던 다케조는 오늘도 좀처럼 일어설 기
색이 없었다. 그는 '오십 명이든 백 명이든 그까짓 문지기 병사쯤이
야' 하는 마음으로 이곳까지 왔었다. 하지만 그는 초소가 한눈에 보이
는 곳에 앉아 신중하게 지리를 살펴보았다. 한쪽은 깊은 계곡이었고,
왕래하는 길은 이중으로 된 성문이었다. 게다가 이곳은 사방으로 넓
은 하늘만 가득한 평평한 고원이어서 몸을 숨길 나무 하나 없었다. 원
래 이런 경우에는 야음을 틈타 일을 도모하는 것이 원칙이다. 하지만
밤이 오기도 전인 초저녁부터 초소 앞의 길은 두 군데 모두 막혀 버렸
고, 게다가 여차하면 비상종이 울리도록 되어 있었다.
 '접근을 할 수가 없다!'
 다케조는 속으로 신음했다. 그는 이틀 동안이나 짓고쿠 바위 아래
앉아서 계책을 강구했지만 묘책이 떠오르지 않았다.
 '안 되겠다!'
 목숨을 걸겠다는 그의 기백이 좌절된 꼴이었다.
 '대체 난 왜 이다지도 겁쟁이가 되어 버렸단 말인가.'

다케조는 자신에게 화가 났다. 그리고 자신에게 물었다.

'내가 이렇게 나약했단 말인가.'

다케조는 반나절이 지나도록 팔짱을 풀지 않았다. 어찌된 영문인지 초소에 접근하는 것이 무섭게 느껴졌다.

'나는 겁쟁이가 되어 버렸다. 분명히 어제까지의 내가 아니다. 그런데 이것을 가지고 정말 겁쟁이라 할 수 있나?'

그는 고개를 내저었다.

'아니다!'

다케조의 그런 마음은 그가 겁이 나서 생긴 게 아니었다. 다쿠안에게 지혜를 얻은 결과였다. 앞이 보이지 않던 눈이 열리면서 비로소 사물을 바라볼 수 있게 되었기 때문이었다.

'인간의 용기와 동물의 용기는 성격이 다르다. 진정한 무사의 용기란 생명의 귀함을 모르는 난봉꾼의 무모함과는 근본적으로 다른 것이라고 다쿠안이 내게 가르쳐 주었다. 눈이 뜨인 것이다. 마음의 눈이. 세상의 무서움이 희미하게 보이기 시작했기 때문에 태어날 때의 나 자신으로 돌아간 것이다. 태어날 때 나는 인간이었지 결코 야수가 아니었다. 인간이 되겠다고 마음먹은 순간, 나는 이 육신에 깃들어 있는 생명이 무엇보다 중요해진 것이다. 세상에 태어나 자기 자신을 어디까지 단련할 수 있을까.'

다케조는 자신을 완성시킬 때까지 자신의 생명을 함부로 다루고 싶지 않았던 것이다.

'그렇다!'

 자기 자신을 발견한 그는 하늘을 우러러보았다. 그러나 그는 자신의 생명이 아무리 소중하고 무서워도 누이를 구하지 않을 수 없었다.

 '오늘 밤에 날이 어두워지면 절벽을 내려가 반대쪽 절벽으로 올라가 보자. 초소 뒤쪽은 주위의 험한 산세를 믿고 울타리도 없이 경계도 허술한 듯하다.'

 그렇게 결심을 했을 때였다. 발끝에서 조금 떨어진 곳에 화살 한 대가 덩그러니 꽂혀 있었다. 정신을 차리고 보니 맞은편 초소 안쪽에 콩알만 하게 보이는 사람들이 밖으로 여럿 나와 있었다. 아무래도 자신의 모습을 발견하고 소란을 피우고 있는 듯했다. 사람들은 이내 흩어졌다.

 '시험 삼아서 쏜 화살이군.'

 다케조는 일부러 움직이지 않고 가만히 앉아 있었다.

 주고쿠 산맥의 서쪽 등성이 쪽으로 장엄한 석양빛이 저물고 있었다. 어느새 밤이 찾아온 것이다. 그의 저녁밥이 하늘을 날고 있었다. 다케조가 자리에서 일어나 작은 돌멩이를 주워 하늘로 힘껏 던지자 날아가던 새가 떨어졌다.

 다케조가 잡은 새를 찢어서 우걱우걱 먹고 있을 때였다. 이삼십 명의 병사들이 '와' 함성을 지르며 그의 주위를 둘러쌌다.

 "다케조다."

"미야모토의 다케조다."

가까이 다가와서야 그가 누구인지를 알아차린 모양이었다. 병사들은 '와아' 하고 두 번째로 고함을 질렀다.

"얕보지 마라. 강한 놈이다."

모두들 서로 주의를 주었다. 병사들의 살기에 대항해서 다케조도 살기가 넘치는 시선으로 노려보았다.

"어디 덤벼 보아라."

다케조는 커다란 바위를 양손으로 들어 올리더니 자신을 빙 둘러싼 병사들을 향해 힘껏 내던졌다. 바위가 금세 피로 새빨갛게 물들었다. 사슴처럼 그곳을 뛰어넘어 달려가던 다케조는 갑자기 반대쪽 초소를 향해 머리칼을 사자 갈기처럼 휘날리며 내달렸다.

"아니, 저놈이 어디로?"

다케조는 곧장 초소 쪽으로 바람처럼 내달렸다. 순간 병사들은 어안이 벙벙했다.

"정신이 돌았나 보다."

누군가가 그렇게 소리쳤다.

병사들이 세 번째 함성을 지르며 초소 쪽으로 뒤쫓아 오고 있었다. 하지만 다케조는 이미 검문소 정문에서 안쪽으로 뛰어들고 있었다. 그곳은 사지死地와 다르지 않은 감옥이었다. 하지만 다케조의 눈에는 삼엄하게 늘어선 무기도 울타리도 병사들도 들어오지 않았다.

"앗, 누구냐?"

감시병들을 한주먹에 쓰러뜨리면서도 정작 다케조는 의식하지 못했다. 그는 안쪽 문의 기둥을 흔들어 뽑아내더니 마구 휘둘렀다. 적의 머릿수를 따질 새가 없었다. 새까맣게 모여든 적들 중에서 자신을 향해 달려드는 자들만 상대했다. 그는 오로지 눈앞에 적이 달려들면 때려눕혔다. 무수한 창과 칼이 공중에 떠올랐다 땅으로 떨어졌다.

"누님!"

다케조는 뒤쪽으로 돌아갔다.

"누님!"

핏발이 선 눈으로 검문소 안을 뒤지며 달렸다.

"다케조예요! 누님."

그는 들고 있던 다섯 치짜리 기둥으로 닫혀 있는 문을 통째로 때려 부수었다. 초소 안에서 기르고 있던 닭들이 천재지변이라도 난 듯 요란하게 지붕으로 뛰어 올라가 울어 댔다.

"누님!"

다케조의 목소리도 닭의 울음소리처럼 쉬어 있었다. 하지만 어느 곳에서도 오긴의 모습은 보이지 않았다. 누님을 부르는 그의 목소리가 점차 절망적으로 변했다.

감옥처럼 보이는 더러운 헛간 그늘에서 작은 사람이 족제비처럼 도망치는 것을 발견한 다케조가 피가 묻어 미끈거리는 기둥을 그의 발목을 향해 내던지며 달려들었다.

"서라!"

다케조는 대항할 의지도 없이 눈물을 흘리는 그의 얼굴을 찰싹 후려
쳤다.

"내 누이는 어디 있느냐? 감옥이 어디냐? 말하지 않으면 죽여 버리
겠다."

"여, 여기에는 없습니다. 엊그제 성에서 명령이 내려와서 히메지로
옮겼습니다."

"뭐라? 히메지로?"

"예."

"정말이냐?"

"네. 정말입니다."

다케조는 뒤쫓아 오는 적을 향해 그 사내를 냅다 집어 던지고 헛간
의 그늘로 휙 몸을 피했다. 화살 대여섯 대가 그곳으로 날아와 꽂혔
다. 그의 소매에도 한 대가 꽂혀 있었다. 그는 엄지손톱을 잘근잘근
씹으며 날아오는 화살들을 바라보았다. 그러고는 순간, 울타리 쪽으
로 달려가더니 새처럼 훌쩍 울타리를 뛰어넘어 밖으로 빠져나갔다.

"탕!"

다케조를 향해 쏜 화승총 소리가 골짜기 아래에서 울려 퍼졌다. 다
케조가 도망을 친 것이다! 그는 산꼭대기에서 굴러떨어지는 바위처
럼 무서운 기세로 도망치고 있었다.

'무서운 것의 무서움을 알라.'

'만용은 어린애의 놀음, 무지, 짐승의 힘.'

'무사의 강인함.'

'생명의 소중함.'

다쿠안이 했던 말 한 마디 한 마디가 질풍처럼 달리고 있는 다케조의 머릿속에서 소용돌이처럼 빠르게 맴돌았다.

천수각의
열지 않는 방

히메지 성 외곽. 다케조는 하나다 다리 아래에서 또 어떤 날은 다리 위에서 오츠가 오기를 기다리고 있었다.

'어떻게 된 걸까?'

오츠는 나타나지 않았다. 헤어진 날로부터 벌써 이레째였다. 이곳에서 백 일이고 천 일이고 기다리겠다고 말한 오츠가 아닌가. 다케조는 약속을 한 이상, 그것을 저버리고 혼자 가 버릴 생각은 조금도 없었다. 그는 하염없이 기다렸다.

다케조가 이곳에 온 것은 히메지 성으로 이송됐다는 오긴이 어디에 유폐되어 있는지 알아보려는 목적도 있었다. 하나다 다리 근처에서 그의 모습이 보이지 않을 때는 거지행색으로 성 아래 마을 이곳저곳을 돌아다니는 날뿐이었다.

"드디어 만났군!"

갑자기 다케조를 향해 다가온 중이 있었다.

"다케조."

"앗!"

얼굴과 모습을 변장해서 아무도 자신을 알아보지 못할 것이라고 생각했던 다케조는 자신을 부르는 소리에 깜짝 놀랐다.

"따라오게."

그의 손목을 잡은 것은 다쿠안이었다. 그는 다케조의 손목을 힘껏 잡아당기며 어딘가로 데려가려 했다.

"괜찮으니 빨리 오게."

다케조는 어쩐 일인지 이 사람에게는 반항할 수가 없었다. 그는 다쿠안의 뒤를 따라서 걸었다.

'다시 나무 위, 아니면 이번에는 성의 감옥인가. 필시 누님도 성 안의 감옥에 갇혀 있을 테니 남매가 같은 처지가 되겠군. 어차피 죽을 목숨이라면 차라리 누님과 함께……'

다케조는 마음속으로 그렇게 빌었다.

히메지 성의 거대한 흰 성벽이 눈앞에 보였다. 다쿠안은 앞장서서 성 앞의 당교唐橋를 뚜벅뚜벅 건너갔다. 큰 못으로 징을 박은 철문 아래에서 햇빛에 받아 번쩍거리는 병사들의 창끝을 보며 다케조는 주저했다.

"빨리 오너라."

다쿠안이 손짓을 했다. 다케조는 그를 따라 몇 개의 문을 지나 성 안의 호濠가 있는 두 번째 문에 다다랐다. 아직 전란이 가시지 않아 태평성대라고 할 수 없는 다이묘의 성이었다. 성의 무사들도 긴장감 속에 언제든 전쟁에 임할 태세를 갖추고 있었다. 다쿠안이 성의 관리를 불렀다.

"어이, 데리고 왔네."

다쿠안은 다케조를 넘겨주면서 다짐을 두었다.

"부탁하네."

"예, 알겠습니다."

"그리고 방심하면 안 되네. 이자는 이빨을 뽑지 않은 사자 새끼나 마찬가지니까. 아직 야성이 남아 있으니 잘못 건드리면 물려고 덤벼들 테니 조심하게."

다쿠안은 관리에게 주의를 주고는 대합환太閤丸 쪽으로 혼자 들어갔다. 다쿠안에게 주의를 받아서인지 관리들은 다케조의 몸에 손도 대지 않고 말로 재촉했다.

"자, 이쪽으로."

조용히 그들을 따라간 곳은 목욕탕이었다. 그들은 다케조에게 목욕을 하라고 권했다. 다케조는 자신의 예상이 어긋나자 조금 당황했다. 게다가 그는 목욕을 하다가 오스기의 계략에 걸려들었던 아픈 경험을 가지고 있었다.

다케조가 팔짱을 끼고 생각에 잠겨 있는데, 시중 하나가 검은 면으로 지은 윗옷과 하카마[14]를 놓고 나가며 말했다.

---

14 겉에 입는 주름이 잡힌 하의.

"의복을 이곳에 준비해 놓았으니 목욕이 끝나면 갈아입으십시오."

시중이 말한 곳을 보니 휴지와 부채 같은 물건들도 함께 놓여 있었다.

뒤편으로 히메야마姬山의 녹음이 우거진 천수각天守閣과 태합환太閤丸이 있는 일곽이 히메지 성의 본성이었다. 성주 이케다 데루마사는 민머리에 키가 작고 얼굴에 거무스름한 마맛자국이 있었다. 사방침四方枕에 기대 정원을 바라보고 있던 그가 물었다.

"저자인가?"

"그렇습니다."

곁에 있는 다쿠안이 턱을 당기며 대답했다.

"과연, 기백이 넘치는군. 잘 살려 두었소."

"아닙니다. 그를 살린 것은 영주님이십니다."

"그렇지 않소. 가신들 중에 그대처럼 사람을 중히 여기고 인재를 알아보는 자가 있어 중용하면 세상에 보탬이 될 터인데. 그저 잡아들이는 것이 소임이라고 여기는 자들뿐이니 안타까울 따름이오."

검은 목면으로 된 새 옷을 입은 다케조는 양손을 무릎에 올려놓고 눈을 내리깐 채 툇마루를 사이에 둔 정원에 앉아 있었다.

"그대가 신멘 다케조인가?"

데루마사가 물었다.

"예, 그렇습니다."

다케조가 분명하게 대답했다.

미야모토 무사시 1_땅地의 장

"신멘가는 본래 아카마쓰 일족의 지류이다. 그 아카마쓰 마사노리赤
松政則는 예전 이 히메지 성의 주인이었다. 그대가 이곳으로 끌려온 것
도 인연인 듯하구나."

"……."

다케조는 자신을 조상의 이름에 먹칠한 자로 생각하고 있었다. 데루
마사에게는 아무런 감정이 없었지만 조상을 생각하니 고개를 들 수
가 없었다.

"그러나!"

데루마사의 어조가 달라졌다.

"그대가 한 행동은 용서받기 어려운 일이다."

"예."

"엄벌을 내리겠다."

"……."

데루마사는 곁에 있는 다쿠안을 보며 말했다.

"다쿠안 스님, 가신家臣인 아오키 단자에몬이 내 허락도 구하지 않고
다케조를 사로잡으면 그 처분을 스님에게 맡기겠다고 한 말이 사실
이오?"

"단자에몬을 조사해 보시면 그 진위가 명백해질 것입니다."

"이미 조사했소."

"하오시면 제가 거짓을 고했다는 말씀이신지요?"

"아니오. 그것으로 두 사람의 말이 일치하였소. 단자에몬은 내 가신

이니 그가 한 약속은 내가 한 것과 마찬가지요. 영주라고 해도 이미 내겐 다케조를 처결할 권한이 없지만 이대로 방면하는 것도 곤란하오. 그러니 이후의 처분은 그대에게 맡기겠소.”

“소승도 그럴 작정이옵니다.”

“어떻게 할 생각이오?”

“다케조에게 궁명窮命을 내리려 합니다.”

“궁명이라니, 어떤 것이오?”

“이 성의 천수각에 귀신이 나온다는 소문이 있어 열지 않는 방이 있는 줄 압니다.”

“있소.”

“아직도 열지 않는 방인지요?”

“일부러 열어 볼 일도 없고 가신들도 꺼려하기 때문에 그대로일 게요.”

“도쿠가와 즈이이치德川隨一의 강자인 쇼누사이 데루마사 님의 거처에 빛이 들지 않는 방이 하나라도 있다는 것이 위신에 관계된다고 생각하지 않으십니까?”

“그런 걸 생각해 본 적은 없소.”

“그러나 영지의 백성들은 그러한 것에도 영주님의 위신을 생각합니다. 그곳에 빛을 들이는 것이 어떻겠는지요?”

“흐음.”

“천수각의 그 방을 빌려 소승이 용서할 때까지 다케조를 유폐시키려고 합니다. 다케조는 그리 알고 있거라."

다쿠안이 처분을 내렸다.

"하하하, 좋소이다."

데루마사는 웃고 있었다. 언젠가 칠보사에서 다쿠안이 메기수염, 아니 아오키 단자에몬에게 했던 말은 거짓이 아니었다. 데루마사와 다쿠안은 선禪의 지기였다.

"나중에 다실로 오지 않겠소?"

"여전히 차 맛에 서투신지요?"

"그런 소리 마시오. 요즘은 제법 늘었소. 데루마사가 무골만이 아니라는 걸 오늘 보여 주겠소. 기다리고 있겠소."

데루마사는 먼저 일어나서 안으로 들어갔다. 오 척도 안 되는 작은 뒷모습이 히메지 성을 가득 메울 만큼 크게 보였다.

열지 않는다는 방은 천수각의 높은 곳에 있는 방으로, 새카만 어둠에 휩싸여 있었다. 그 방에는 달력이라는 것이 없었다. 봄도 가을도 없었고, 일상생활에서의 소리도 들리지 않았다. 단지 등불 하나와 그 등불에 비치는 다케조의 창백한 볼에 어른거리는 그림자가 있을 뿐이었다. 마치 지금이 한겨울의 대한大寒인 것처럼 어두운 천장의 들보와 마루가 얼음처럼 차가웠다. 등불에 비치는 다케조의 숨결이 새하얗게 보였다.

손자孫子가 이르길, 지형地形에는 통형通形이 있고, 괘형掛形이 있고, 지형
支形이 있고, 애형隘形이 있고, 험형險形이 있고, 원형遠形이 있다.

《손자병법》의 〈지형편地形篇〉이 책상 위에 펼쳐져 있었다. 다케조는 마
음에 와 닿는 문장이 나오면 소리 높여 몇 번이고 되풀이해서 읽었다.

그러므로 용병用兵을 아는 장수는 병사를 움직임에 망설임이 없고, 군
사를 일으키되 곤궁에 빠지지 않는다. 그러므로 이르길, 적을 알고 나
를 알면 승리가 위태롭지 아니하고, 하늘을 알고 땅을 알면 온전히 승
리할 것이다.

눈이 피곤하면 그릇에 담긴 물로 눈을 씻었다. 등잔불의 기름이 튀
어 오르면 심지 끝을 잘랐다. 책상 옆에는 아직 책이 산처럼 쌓여 있
었다. 화서和書도 있고 한서漢書도 있었으며, 그중에는 선禪에 관한 것이
나 역사에 관한 책도 있었다. 다케조는 책에 파묻혀 있다고 할 수 있
을 정도였는데, 그 책들은 모두 성의 서가에서 빌린 것들이었다. 그가
다쿠안에게 유폐의 명을 받고 이 방으로 들어올 때 다쿠안이 말했다.
"책은 얼마든지 봐도 좋다. 옛날의 명승은 장서각에 들어가 만 권의
책을 읽고 그곳을 나올 때마다 조금씩 마음의 눈을 떴다고 한다. 너
도 이 암흑의 방을 어머니의 몸으로 생각하고 다시 태어날 준비를 하
거라. 육안으로 보면 이곳은 단지 그동안 열지 않은 어두운 방이지만,

잘 보고 잘 생각하면 동서고금의 모든 성현이 문화에 바친 광명으로 가득 차 있다. 이곳이 암흑의 방이 될지 광명의 방이 될지는 오로지 네 마음에 달렸다."

다쿠안은 그렇게 이야기하고 가 버렸다.

시간이 얼마나 흘러갔을까. 다케조는 추워지면 겨울이 왔음을 알았고 따뜻해지면 봄이 왔음을 느낄 뿐, 완전히 세월을 잊고 지냈다. 이번에 천수각 틈새의 둥지로 제비가 돌아올 무렵이면 벌써 세 번째 봄이었다.

"나도 스물한 살이 되는구나."

다케조는 자기 자신을 되돌아보며 침통하게 되뇌었다.

"스물한 살이 될 때까지 나는 뭘 했던가?"

참회에 젖어 미동도 하지 않고 번민하며 하루를 보낸 날도 있었다.

"짹짹짹."

천수각 추녀 밑에서 제비의 울음소리가 들렸다. 바다를 건너서 봄이 찾아온 것이다.

그렇게 삼 년째를 맞는 어느 날, 다쿠안이 불쑥 나타났다.

"다케조, 잘 지내는가?"

"아……."

다케조는 그리움에 그의 소맷자락을 붙잡았다.

"지금 막 여행에서 돌아왔단다. 꼭 삼 년째구나. 이제는 너도 어머니의 태내에서 꽤 골격이 자랐을 거라 생각했다."

"고은高恩에 뭐라 감사의 인사를 올려야 할지 모르겠습니다."

"감사의 인사? 하하하, 제법 사람다운 말투를 배웠구나. 자, 오늘은 밖으로 나가자. 광명을 품고서 세상으로, 사람들 속으로!"

삼 년 만에 다케조는 천수각을 나와 다시 성주인 데루마사 앞에 서게 되었다. 삼 년 전에는 정원 앞에 꿇어앉았지만 오늘은 태합환太閣丸의 넓은 마루에 자리를 잡고 앉았다. 데루마사가 다케조에게 물었다.

"우리 가문을 섬길 마음은 없느냐?"

다케조는 예를 올리고 과분한 일이지만 지금은 주군을 섬길 생각이 없다고 대답한 후에 다시 말했다.

"만일 제가 이 성에서 봉공奉公을 한다면 천수각의 열지 않는 방에서 소문처럼 밤마다 귀신이 나올지도 모릅니다."

"그건 어째서인가?"

"천수각의 그 방 안을 등불로 잘 살펴보면 대들보나 널문에 옻칠을 한 것처럼 점점이 검은 자국이 들러붙어 있습니다. 자세히 보면 모두 핏자국입니다. 이 성을 빼앗긴 아카마쓰 일족의 덧없는 최후의 피일지도 모릅니다.

"음, 그럴지도 모르겠군."

"저는 머리털이 곤두서면서 뭐라 말할 수 없는 분노가 일어나는 걸 느꼈습니다. 이곳 주고쿠의 패권을 잡은 제 선조인 아카마쓰 일족이 어떻게 되었습니까. 지나간 가을바람을 좇는 일처럼 무상하게 멸망하고 말았습니다. 그러나 그 피는 모습을 달리하여 자손의 몸속에 지금도 살아서 숨 쉬고 있습니다. 불초 신멘 다케조도 그중 한 사람입니다. 그런데도 제가 이 성에 산다면 열지 않는 방에서 망령들이 깨어나 난리를 피우지 않는다고 할 수 없을 것입니다. 난이라도 일으켜 아카마쓰의 자손이 이 성을 되찾으면 또 다른 망령의 방이 늘어날 뿐입니다. 살육의 윤회가 되풀이될 뿐입니다. 그리되면 태평을 구가하는 영지의 백성들을 볼 면목이 없을 듯합니다."

"과연, 그렇군."

데루마사는 고개를 끄덕였다.

"그럼 다시 미야모토로 돌아가 향사로 삶을 마칠 생각인가?"

"유랑을 하려고 합니다."

"그러한가."

데루마사는 다쿠안에게 말했다.

"다케조에게 시복時服과 여비를 주시오."

"저로서도 높으신 은혜에 감사의 예를 올립니다."

"그대에게 이렇듯 격이 있는 인사를 받는 일은 처음인 듯하오."

"하하하, 그럴지도 모르겠습니다."

"젊을 때 유랑을 하는 것도 좋을 것이다. 그러나 어디를 가더라도 자신이 자란 곳과 고향을 잊지 않도록 이제부터 성姓을 '미야모토'라고 하는 것이 좋겠군. 미야모토라고 하게, 미야모토로."

"예."

다케조는 양손을 마룻바닥에 대고 엎드려 머리를 조아리면서 대답했다.

"그렇게 하겠습니다."

옆에 있던 다쿠안도 한마디 거들었다.

"이름도 다케조보다는 '무사시'라고 하는 편이 좋을 듯하구나. 암흑 방의 태내에서 바로 오늘 광명의 세계로 새로 태어난 첫날이니 모두 새로워지는 것이 좋을 것이다."

"흠, 옳은 말이오."

데루마사는 기분이 아주 좋아졌다.

"미야모토 무사시宮本武蔵라…… 좋은 이름이로다. 술로써 축하를 해야겠군."

데루마사는 시종에게 명을 내렸다.

다쿠안과 무사시는 자리를 옮겨 밤이 되도록 데루마사와 술자리를 가졌다. 다른 가신들도 많이 모인 자리에서 다쿠안은 사루가쿠猿樂[15] 춤을 추기도 했다. 다케조는 술에 취할수록 그 자리의 분위기를 흥겹고 재미있게 만드는 그의 익살스런 모습을 공손히 바라보고 있었다.

두 사람이 히메지 성을 나온 것은 그다음 날이었다. 다쿠안도 그날로 행운유수行雲流水의 여행을 떠나 당분간은 볼 수 없을 것이라고 했고, 무사시 또한 그날로 인간 수행과 병법 단련의 여정에 오르고 싶다고 말했다.

---

15 흉내 내기와 같은 골계적인 예능을 일컫는 것으로, 일본 나라 시대奈良時代 때 중국에서 유입된 산악散樂에서 파생된 일본의 전통극이다.

"그럼, 여기서⋯⋯."

성 밑까지 와서 헤어질 무렵, 다쿠안이 무사시의 소매를 잡고 말했다.

"아 참, 무사시. 자네 만나고 싶은 사람이 있지 않은가?"

"예? 누구 말입니까?"

"오긴 님."

"옛! 누님이 아직 살아 계신단 말입니까?"

꿈속에서도 잊을 수 없던 누이였다. 무사시의 눈이 흐려졌다.

하나다
다리

다쿠안의 말에 의하면 삼 년 전에 무사시가 히나구라의 검문소를 습격했을 때, 이미 오긴은 그곳에 없었기 때문에 아무런 문책도 받지 않았다고 했다. 그 후에는 이런저런 사정 때문에 미야모토 촌으로 돌아가지 않고 사요고佐用郷의 친척 집에서 무사히 지내고 있다는 것이었다.

다쿠안이 무사시에게 물었다.

"만나고 싶지 않은가? 오긴 님도 널 만나고 싶어 했지만 내가 기다리라 했네. '동생은 죽었다고 생각하시오. 아니, 죽을 것이오. 삼 년이 지나면 이전의 다케조가 아닌, 달라진 동생을 데려오겠소'라고."

"그럼, 저뿐 아니라 누님까지 구해 주셨단 말씀입니까? 대자대비하신 은덕을 어찌 다 갚을지……."

무사시는 손을 모아 합장했다.

"자! 안내하지."

다쿠안이 그를 데리고 가려 하자 무사시가 말했다.

"아닙니다. 이미 만난 것과 다름없습니다. 만나지 않겠습니다."

"어째서?"

"한 번 죽었던 몸이 이렇게 다시 태어나서 수행의 첫발을 내딛고자 굳게 마음먹은 차에……."

"아, 잘 알겠네."

"여러 말씀을 올리지 않더라도 제 심정을 헤아려 주십시오."

"그렇군. 자네의 생각이 그러하다면 좋을 대로 하시게."

"그만 인사를 올리고자 합니다. 살아 있으면 언젠가……."

"음, 나도 떠가는 구름이고 흐르는 물이니, 만날 수 있으면 다시 만나세."

다쿠안은 구애됨이 없는 사람이었지만, 헤어지려다 말고 다시 무사시에게 말했다.

"참, 조심해야 할 것이 있네. 혼이덴가의 노파와 숙부인 곤로쿠가 오츠와 자네를 죽이기 전까지는 고향 땅을 밟지 않겠다며 길을 나섰네. 좋지 않은 일이 생길지도 모르니 상대하지 않는 게 좋을 듯하네. 그리고 메기수염 대장인 아오키 단자에몬도 내가 이야기한 때문만은 아니지만, 평판이 좋지 못해 주군에게 쫓겨났다네. 그자가 자네의 수행 길에 무슨 해를 끼칠지 모르니 조심해서 다니도록 하게."

"알겠습니다."

"할 말은 그것뿐이네. 그럼 잘 가시게."

다쿠안은 서쪽으로 떠났다.

"안녕히 가십시오."

무사시는 그의 모습이 보이지 않을 때까지 큰길에서 바라보다가 동쪽을 향해 걷기 시작했다.

고검孤劍! 이제 그가 의지하고 있는 것은 오직 한 자루의 검이었다. 무사시는 손으로 검을 만져 보았다.

'검에 인생을 걸자! 이것을 혼으로 여기고 늘 수련해서 인간으로서 나를 어디까지 고양시킬 수 있는지 도전해 보자! 다쿠안은 선禪으로 수행하고 있다. 나는 검을 길로 삼아 그를 능가할 것이다.'

무사시는 그렇게 생각했다. 스물한 살의 청춘, 아직 늦지 않았다. 그의 발걸음에는 힘이 있었다. 젊음과 희망의 눈동자가 빛나고 있었다. 가끔 삿갓을 올려 끝을 알 수 없는, 또 앞에 펼쳐질 가늠할 수 없는 인생의 긴 여정을 바라보았다.

히메지 성을 떠난 지 얼마 되지 않았을 때였다. 하나다 다리를 건너려는 그에게 다리 기슭에서 한 여자가 달려왔다.

"앗! 당신은?"

오츠였다.

"아니?"

오츠는 깜짝 놀라는 그를 원망스레 바라보며 말했다.

"다케조 님, 설마 이 다리의 이름마저 잊으신 건 아니겠죠? 당신이 올 때까지 백 일이고 천 일이고 이곳에서 기다리겠다고 한 저는 잊어 버렸다고 해도……."

"그럼, 당신은 삼 년 전부터 계속 이곳에서 기다리고 있었단 말이오?"

"기다리고 있었습니다. 혼이덴가의 노파에게 한 번 죽을 뻔했지만 간신히 목숨을 건지고, 당신과 나카야마 고개에서 헤어지고 스무 날 후부터 오늘까지……."

오츠는 다리 기슭에 보이는 길가 토산물 죽세공집의 처마를 손가락 으로 가리켰다.

"저 집에 사정을 얘기하고 일을 거들면서 당신을 기다렸어요. 날수 를 세어 보면 오늘이 꼭 구백칠십 일째예요. 약속대로 이제 저도 함께 데려가 주시겠지요?"

하지만 무사시는 그토록 보고 싶었던 누님조차 만나는 것을 단념하 고 길을 떠나던 참이었다.

'아, 어찌…….'

무사시는 마음속으로 자기 자신에게 말했다.

'수행 길에 어찌 여자를 데리고 다닐 수 있단 말인가. 더구나 이 여 인은 일찍이 마타하치와 정혼했던 사이가 아닌가. 오스기 아주머니는 아들이 없을 때에도 오츠를 자기 집 며느리라고 하지 않았는가.'

무사시는 쓴웃음을 지으며 말했다.

"데려고 가라니, 어디를 말이오?"

"당신이 가시는 곳으로요."

"내가 가는 길은 험난한 길이오. 한가로운 유람길이 아니오."

"알고 있어요. 당신의 수행을 방해하는 일은 없을 겁니다. 어떤 고난이라도 감수할게요."

"무사 수행에 여자를 데리고 다니다니 사람들이 웃을 일이오. 소매를 놓으시오."

"아니요, 그렇게는 못 하겠습니다."

오츠는 더 힘껏 그의 소매를 움켜잡았다.

"그럼 당신은 저를 속였단 말인가요?"

"내가 언제 당신을 속였단 말이오?"

"나카야마 고개 위에서 약속하지 않으셨습니까?"

"음, 그때는 내가 제정신이 아니었소. 게다가 내가 그렇게 말한 것이 아니라 급한 마음에 당신의 말에 그저 답한 것뿐이오."

"아니요, 아닙니다. 그런 말 하지 마세요."

오츠는 대들 듯 무사시의 몸을 하나다 다리 난간으로 밀어붙였다.

"칠보사 삼나무 위에서 제가 당신이 묶은 밧줄을 끊을 때에도 말씀하셨어요. 함께 도망가지 않겠느냐고."

"사람들이 보니 이거 놓으시오."

"본다 해도 상관없어요. 그때 내 도움을 받아들이겠느냐고 하자 당신은 기쁨에 찬 목소리로 두 번이나 밧줄을 끊어 달라고 외치지 않으셨나요?"

오츠는 이성적으로 따지는 듯했지만, 눈물이 가득한 그녀의 눈은 정

미야모토 무사시 1_땅地의 장

열로 불타고 있었다. 무사시는 그녀의 말을 반박할 수 없었다. 그녀의 눈에 고인 눈물과 간절한 마음에 무사시의 눈시울도 뜨거워졌다.

"이런 대낮에, 이제 그만 놓으시오. 지나가는 사람들이 전부 쳐다보지 않소."

오츠는 순순히 소매를 놓더니 다리 난간에서 머리를 숙이고 조용히 울기 시작하였다.

"죄송합니다. 제가 너무 경망스러웠습니다. 마치 생색이라도 내듯, 방금 한 말은 잊어 주세요."

"오츠."

무사시는 난간에 머리를 숙이고 있는 그녀의 얼굴을 바라보았다.

"실은 당신이 여기서 나를 기다리고 있을 동안, 나는 히메지 성의 천수각 안에서 햇빛도 보지 못하고 틀어박혀 있었소."

"알고 있었습니다."

"뭐요? 알고 있었다고?"

"예. 다쿠안 스님께 들었습니다."

"그럼, 스님이 오츠에게 모든 걸 다 얘기했단 말이오?"

"미카즈키 찻집 아래 대나무 골짜기에서 정신을 잃고 있는 저를 구해 준 것도 다쿠안 스님이셨어요. 이곳 죽세공집에서 일하게 해 주신 것도 스님이셨고요. 그리고 이제부터는 남녀 간의 일이니 개의치 않겠다는 말을 하시고는 어제도 가게에서 차를 마시고 가셨어요."

"아아, 그렇게 된 거였군……."

무사시는 서쪽 길을 돌아보았다. 방금 헤어진 그와 언제 다시 만나게 될 것인가. 그는 새삼스럽게 다쿠안의 크나큰 사랑을 느꼈다. 자기에게만 호의를 베풀었을 것이라고 생각했던 것은 자신의 그릇이 작았기 때문이었다. 누님뿐만 아니라 오츠에게도, 누구에게나 그는 커다란 사랑을 고루 베풀고 있었던 것이다.

'남녀 간의 일이니 이제부터 나는 모른다.'

다쿠안이 그런 말을 남기고 떠났다는 오츠의 말에 무사시는 마음에 준비도 하기 전에 무거운 짐을 짊어진 느낌이 들었다. 구백 일 동안 문이 열리지 않는 방에서 눈이 시릴 만큼 방대한 고금의 책을 읽었지만 이와 같은 인륜대사에 대해서는 한 줄도 나와 있지 않았다. 다쿠안조차 남녀 간의 문제는 자신이 관여할 일이 아니라며 피해 버렸다.

'남녀 간의 일은 남자와 여자로서 생각해야 한다는 암시일까? 아니면 그 정도 일은 스스로 판단하라고 내게 던진 선문답일까?'

무사시는 다리 아래로 흘러가는 강물을 물끄러미 응시한 채 곰곰이 생각했다. 그의 얼굴을 들여다보며 오츠가 매달렸다.

"괜찮지요? 네? 가게에서는 언제라도 시간을 내주기로 약속했습니다. 사정을 얘기하고 곧 준비해서 올 게요. 기다려 주세요."

"제발, 부탁이오!"

무사시는 오츠의 하얀 손을 다리의 난간에 힘주어 눌렀다.

"다시 한 번 생각해 주시오."

"뭘요?"

"처음에도 말했지만, 나는 삼 년 동안 어둠 속에서 책을 읽고 몸부림치며 겨우 인간이 가야 할 길을 깨달았소. 그리고 이제 막 다시 태어나 밖으로 나왔소. 이제부터 신멘 다케조, 아니 이름도 미야모토 무사시로 바꾼 내게 하루하루가 소중하고, 그래서 더욱 수행에 전념해야 한다는 생각밖에 없소. 그런 사람과 함께 기나긴 고행길에 나선다면 당신도 결코 행복하지 않을 것이오."

"그런 말을 들을수록 제 마음은 당신께 끌립니다. 저는 이 세상에서 오직 한 사람의 진정한 남자를 발견했다고 생각하고 있어요."

"무슨 말을 해도 데리고 갈 수 없소."

"그래도 저는 어디라도 따라가겠어요. 수행하시는 데 방해되지 않으면 되잖아요. 네? 그렇지요?"

"……."

"절대로 방해되지 않도록 하겠어요."

"……."

"혹시라도 아무런 말도 없이 떠나시면 화낼 거예요. 곧 올 테니 여기서 잠깐만 기다려 주세요."

오츠는 이렇게 혼자 다짐을 두고 다리 옆에 있는 가게로 서둘러 달려갔다. 무사시는 그 틈을 노려 눈을 질끈 감고 반대편으로 도망치려고 했다. 하지만 생각만 움직일 뿐 다리는 마치 못 박힌 듯이 움직이지 않았다.

"가시면 안 돼요."

오츠가 뒤를 돌아보며 다짐을 두듯 말했다. 그녀의 환한 보조개에 무사시는 자신도 모르게 고개를 끄덕이고 말았다. 그녀는 상대방의 감정을 알아차리고 안심했다는 듯 죽세공 가게 안으로 사라졌다.

'지금이다. 지금 떠나야 한다.'

무사시의 마음이 그를 재촉했다. 그러나 오츠의 환한 보조개와 애절하고 사랑스러운 눈동자가 무사시의 몸을 밧줄로 칭칭 감아 놓은 듯 움직일 수 없었다. 애처로웠다. 저렇게까지 자신을 흠모하는 사람이 누이 외에 세상천지에 또 있으리라곤 생각한 적도 없었다. 게다가 무사시는 그녀가 싫지 않았다. 무사시는 다리의 난간을 붙잡고 하늘과 강물을 바라보며 괴로워했다. 그리고 잠시 후, 난간에서 하얀 나무 파편이 후드득 떨어지더니 강물에 떠내려갔다.

오츠는 옥색 각반에 새 짚신을 신고 붉은 끈으로 턱을 매는 삿갓을 쓰고 다리로 돌아왔다. 오츠에게 매우 잘 어울렸다. 하지만 다리 위에 이미 무사시는 없었다.

"아니?"

그녀는 울먹이는 목소리로 소리쳤다. 방금 전까지 무사시가 있던 곳에는 나무 파편들만 흩어져 있었다. 그녀가 난간 위를 바라보자 작은 칼로 새긴 듯한 글자의 흔적이 하얗게 남겨져 있었다.

'용서해 주시오. 용서해 주시오.'

요시오카
문양

내일을 알 수 없는 오늘 목숨. 오다 노부나
가織田信長도 다음과 같이 노래했다.

인간 오십 년, 하늘에 비하면 한바탕 꿈처럼 덧없구나[16]

이러한 관념은 계급을 막론하고 모든 사람들 사이에 퍼져 있었다.
오랜 전란이 끝나고 교토京都나 오사카大阪 거리의 등불은 무로마치室町
장군의 전성기 때처럼 아름다워졌지만, 황폐해진 사람들의 마음속에
는 '언제 다시 이 아름다운 등불이 꺼질까' 하는 인생관을 쉽게 떨쳐
버릴 수가 없었다.

---

16 무로마치 시대室町時代에 유행하던 무곡인《고와카마이幸若舞》중 〈아츠모리敦盛〉 편에 나오
는 부분으로, 오다 노부나가는 출진에 앞서 이 노래를 즐겨 부르며 용기를 고무했다고 한다.

게이초 십년, 세키가하라의 전투도 벌써 오 년 전의 옛이야기에 지나지 않았다. 도쿠가와 이에야스德川家康가 장군직에서 물러나고, 뒤를 이어 장군직을 계승한 그의 셋째 아들인 히데타다秀忠가 올봄 삼월에 천황을 알현하기 위해 상경할 것이라는 소문으로 교토 시내의 경기는 활황을 맞고 있었다. 하지만 그런 전후의 태평성대가 진짜라고 믿는 사람은 아무도 없었다.

　에도 성江戸城에 차기 장군이 즉위했지만 오사카 성에는 아직도 도요토미 히데요리豊臣秀頼가 건재했다. 히데요리는 천하의 낭인들을 받아들이는 데 부족함이 없는 성벽과 자금력을 보유하고 있었을 뿐 아니라 도요토미 히데요시豊臣秀吉가 받았던 덕망까지 함께 가지고 있었다. 제후들도 여전히 히데요리에게 문안을 올리고 있었다.

"머지않아 또 전쟁이 일어날 거야."

"전쟁이 일어나는 건 시간문제야."

"이 거리의 등불은 전쟁과 전쟁 사이에 잠깐 밝혀진 등불일 뿐이야. 인간 오십 년은커녕 당장 내일 어찌 될지 알 수 없는 것을."

"뭘 그리 고민하나, 술이나 마시세."

"맞아, 술 마시고 노래나 부르다 살다 가세."

　이곳에도 이런 생각으로 하루하루를 살아가는 한 무리가 있었다. 서동원西洞院의 시조四條 거리에서 슬금슬금 몰려나온 무사들이었다. 그 옆에는 하얀색의 긴 담과 웅장한 가로대 문이 있었다.

무로마치가家 병법소兵法所 출사出仕

헤이안平安 요시오카 겐포吉岡憲法

문패에 새겨진 글자는 오래되어 자세히 들여다보지 않으면 읽을 수 없을 만큼 새까맣게 빛바래 있었지만 위압감만은 잃지 않고 있었다.

거리에 등불이 켜질 즈음, 도장의 문을 통해 많은 젊은 무사들이 몰려나왔다. 도장은 하루도 쉬는 날이 없는 듯했다. 목검까지 합해서 검을 세 자루나 옆구리에 차고 있는 사람도 있고, 날카로운 창을 걸머지고 나오는 자도 있었다. 전쟁이 일어나면 가장 먼저 전장에 나가 피를 흘릴 것이 분명한 무사들뿐이었다. 닥쳐올 폭풍우를 예고하듯 모두 비장하고 험악한 인상을 하고 있었다.

그런 여덟아홉 명의 무사가 젊은 선생이라고 불리는 자를 둘러싸고 와자지껄하게 지껄이고 있었다.

"젊은 선생님, 젊은 선생님."

"어제 그 집엔 가고 싶지 않은데요. 모두 그렇지 않아?"

"맞아. 그 집 기생들은 젊은 선생님에게 반해서 우리들은 안중에도 없더군."

"오늘은 젊은 선생님이 누군지도 모르고, 우리 얼굴도 모르는 집으로 가자."

가모加茂 강을 따라 등불이 많이 내걸린 거리였다. 오랜 난세의 흔적을 보여 주듯 공터에는 불탄 흔적과 잡초가 무성했다. 하지만 그런 공터도 땅값이 오르자 비록 작고 초라하지만 새로운 가옥이 생겨나더니 붉고 푸른 옥색의 발을 걸어 놓고 하얗게 분칠한 창녀가 호객 행위를 하거나, 아와阿波[17]에서 온 유녀遊女가 근래에 세상에 퍼지기 시작한 샤미센三味線[18]을 들고 우스꽝스러운 노래를 부르며 연주를 하고 있었다.

"도지, 갓을 사게. 갓을 사."

홍등가 근처에 다다르자 젊은 선생님이라고 불리는, 키가 크고 흑갈색의 둥근 문양이 들어간 옷을 입고 있는 요시오카 세이주로吉岡清十郎가 같이 온 무리들을 돌아보며 말했다.

"갓이라니, 삿갓 말입니까?"

"그래."

도장의 제자인 기온 도지祇園藤次가 말했다.

"삿갓 같은 건 쓰지 않아도 괜찮지 않습니까?"

"아니다. 요시오카 겐포의 장남이 이런 곳에 있다고 사람들이 힐끔거리는 건 싫다."

"하하하, 삿갓 없이는 홍등가를 다니지 못하겠다는 말씀이시군요. 그렇게 샌님 같은 말만 하시니, 그래서 혼자만 여자들에게 인기가 많은가 봅니다."

도지는 조롱인지 치켜세우는 건지 모를 말을 하고서 무리 중 한 명에게 명령했다.

---

17 지금의 도쿠시마 현德島縣.
18 줄이 세 개 있는 일본 고유 현악기.

"어서, 삿갓을 구해 오너라."

한 명이 등불 아래 술 취한 사람과 유곽을 어슬렁거리며 힐끔거리는 사람들을 헤치고 삿갓을 파는 집으로 달려가 그것을 사왔다.

"이렇게 쓰고 있으면 아무도 나인 줄 모를 테지."

세이주로는 삿갓으로 얼굴을 가리고 대담하게 걷기 시작했다. 도지가 뒤따라가며 말했다.

"꼭 한껏 멋을 낸 한량처럼 보이는군요. 젊은 선생님, 제법 풍류객 같습니다."

그러자 다른 자까지도 맞장구를 쳤다.

"저기, 기생들이 모두 발 사이로 내다보고 있습니다."

문하생들의 말은 괜한 겉치레가 아니었다. 서른 살 전후의 한창 나이 인 세이주로는 키가 컸고 허리에 찬 단검은 눈부실 정도로 아름다웠으 며, 실제로 명가의 아들로서 부끄럽지 않을 기품도 지니고 있었다.

"거기 가는 미남 나리!"

"새침 떠는 삿갓 쓴 나리!"

"잠깐 놀다 가세요."

"삿갓 속 얼굴 한번 보여 주세요."

처마 사이에 걸려 있는 옥색의 발과 붉은색 격자창 너머로 새장 속 의 새가 지저귀듯 여자들의 조잘거리는 소리가 여기저기서 들렸다.

세이주로는 짐짓 점잔을 뺐다. 제자인 도지의 꾐에 빠져서 유곽에 발을 들여놓은 것도 근래의 일이었다. 요시오카 겐포라는 유명인을 아버지로 둔 덕에 어릴 때부터 돈의 궁함이나 세상 물정을 모르고 철부지로 자란 그는 허영기가 다분했다. 문하생들의 부추김이나 기생들이 부르는 소리는 달콤한 독처럼 그의 마음을 취하게 했다.

한 술집에서 여자가 새된 목소리로 외쳤다.

"어머! 시조의 젊은 선생님 아니세요? 얼굴을 가려도 다 알겠네."

세이주로는 득의양양한 기분을 감추고 일부러 놀란 듯이 격자창 앞에서 발길을 멈추고 말했다.

"도지! 어떻게 저 여자는 내가 요시오카의 아들이란 걸 알고 있지?"

도지는 창 안쪽에서 웃고 있는 하얗게 분칠한 여자와 세이주로를 번갈아 보면서 대답했다.

"글쎄요?"

"다들, 참으로 발칙하구나."

"아니, 대체 무슨 일이람?"

패거리들이 일부러 웅성거렸다. 도지는 유흥의 분위기를 돋우기 위해 익살스런 손짓으로 기생을 가리키며 말했다.

"우리 젊은 선생님은 아직 어린애인 줄 알았더니 꽤 엉큼한 구석이 있으십니다. 아무래도 저 기생과 잘 아는 사이인 듯한데."

여자가 놀란 체하며 말했다.

"어머, 거짓말."

세이주로도 짐짓 정색을 하며 변명했다.

"무슨 소리인가? 나는 이 집에 온 일이 없네."

도지는 알고 있으면서도 사뭇 의심쩍다는 듯 물었다.

"그럼 저 기생은 삿갓으로 얼굴을 가리고 있는 사람이 시조의 젊은 선생님이라는 걸 어떻게 알았는지 참으로 괴이쩍군. 다들 이상하지 않은가?"

"참으로 괴이쩍습니다."

무리들은 신이 나서 떠들어 댔다. 여자는 하얗게 분칠한 얼굴을 창문에 대며 말했다.

"제자님들! 그 정도도 알지 못하고서야 어떻게 장사를 할 수 있겠어요?"

"오호, 큰소리를 치는구나. 그럼 어떻게 알았느냐?"

"그 흑갈색 겉옷은 시조 도장에 다니는 무사들의 선망의 대상이잖아요. 요시오카 염색이라고 해서 유행하고 있는 걸요."

"그렇지만 이분뿐 아니라 다들 요시오카 염색 옷을 입고 있지 않느냐?"

"그런데 저분은 문양이 세 개인걸요."

"아! 이런."

세이주로가 자신의 문양을 보고 있는 사이, 창밖으로 나온 하얀 손이 그의 소매를 붙잡았다.

"이런, 얼굴만 감추고 문양을 감추지 않았군."

도지가 세이주로에게 말했다.

"젊은 선생님, 이렇게 된 이상 들어가는 수밖에 달리 방법이 없을 듯

합니다."

"마음대로 하게. 그보다 그만 내 소매를 좀 놓아주시게."

세이주로가 당혹한 얼굴로 말했다.

"올라가신다고 하니 놓아 드려라."

"정말이세요?"

여자가 세이주로의 소매를 놓자 패거리들이 발을 걷어 올리더니 안으로 들어갔다. 이곳도 급조해서 만든 집이었다. 엉성한 방 안은 저속한 그림과 꽃으로 유치하게 치장되어 있었다. 그러나 세이주로와 도지를 제외한 다른 사람들은 그런 것에 전혀 신경을 쓰지 않았다.

"술을 가져오너라, 술을."

으스대던 무리들은 술이 나오자 다시 소리쳤다.

"안주를 가져오너라."

안주가 나오자 이번에는 유흥에 있어서는 도지와 어깨를 나란히 하는 우에다 료헤이植田良平가 소리쳤다.

"빨리 여자를 데려오너라."

그리고 그의 말투를 흉내 내며 모두가 소리쳤다.

"우에다 할아버지께서 기생을 데려오라 말씀하시니 어서 빨리 여자를 데려오너라!"

"하하하."

"와아하."

"괘씸하게 나보고 할아버지라니……."

료헤이는 술잔 너머로 젊은 사람들을 노려보며 말했다.

"내가 요시오카 문하 중에 연배가 높은 건 사실이지만 아직 귀밑털은 이렇게 검다."

"사이토 사네모리齊藤實盛[19]처럼 물을 들인 듯합니다."

"때와 장소를 분간하지 못하고 대체 어떤 놈이냐? 이리 나오너라. 내 벌주를 내리겠다!"

"가는 건 귀찮으니 던져 주십시오."

"자, 받거라."

술잔이 날아갔다.

"돌려 드리겠습니다."

다시 술잔이 날아왔다.

"누가 춤 좀 추어라!"

도지가 말하자 세이주로도 들떠서 맞장구쳤다.

"젊은 료헤이가 추어 보게."

"젊다는 말까지 들었는데 내 어찌 춤을 마다할 수 있으리."

잠깐 밖으로 나갔다 온 료헤이는 하녀의 붉은 앞치마를 머리 뒤로 묶은 다음 그 끝에 매화꽃을 꽂고 빗자루를 어깨에 메고 있었다.

"얼쑤, 모두 노래를 부르게."

모두 젓가락으로는 접시를, 부젓가락으로는 화로를 두드리며 장단

---

19 헤이안 시대 말기의 무사. 1183년 시노하라篠原 전투에서 아군이 패배 직전까지 몰리자 흰 머리를 까맣게 물들이고 최후까지 분전하다 죽음을 맞이했다.

을 맞췄다.

  섶나무 울타리, 섶나무 울타리

  섶나무 울타리 너머

  눈 나부끼는 소맷자락

  힐끗 보았네.

  여인의 소맷자락, 눈 나부끼는 소맷자락

  힐끗 보았네.

  와하는 함성과 함께 박수 소리가 잦아들자 바로 기생들이 나와 악기
를 연주하며 노래를 부르기 시작했다.

  어제 본 사람

  오늘 없고

  오늘 본 사람도

  내일 없네.

  내일을 알 수 없는 나이지만

  오늘 사람이 그립구나.

  한쪽에서는 커다란 그릇에 술을 부으며 옥신각신하고 있었다.

  "이 정도 술도 못 마신단 말인가?"

"사양하겠네."

"무사라는 자가……."

"그럼 내가 마시면 자네도 마실 텐가?"

"얼른 잔을 비우고 건네기나 하게."

말술이야말로 주도라고 생각하는 자들이 입가에 술을 철철 흘리면서 술 마시기 내기를 하고 있었다. 마침내 구토를 하는 자가 있는가 하면 술자리의 사람들을 힐끔힐끔 노려보면서 이쪽저쪽 두리번거리는 자도 있었다. 그때, 갑자기 무리 중 한 사람이 평소의 자만심이 발동하였는지 소리를 질렀다.

"교하치류京八流[20]의 우리 요시오카 선생님을 제외하고 천하에 검을 아는 자가 한 놈이라도 있는가? 있다면 내가 먼저 만나고 싶구나!"

그러자 세이주로 옆에서 술에 취해 딸꾹질만 하던 자가 웃기 시작했다.

"젊은 선생님이 있다고 속이 빤히 들여다보이는 아첨을 하는구나. 천하에 검도는 교하치류만 있는 게 아니다. 또 요시오카 문파가 제일인 것도 아니지. 가령 여기 교토만 해도 구로다니黑谷에는 에치젠越前의 정교사淨教寺 마을에서 온 도미타 세이겐富田勢源 일문이 있고, 기타노北野에는 오가사와라 겐신사이小笠原源信齊, 시라가와白河에는 제자를 두지 않는 이토 야고로 잇토사이伊藤彌五郎一刀齊가 있지 않는가."

---

20 헤이안 시대 말기에 기이치 호겐鬼一法眼이 교토의 구라마鞍馬 산에서 승려에게 전한 검법을 시조로 하는 전설상의 검술 유파.

"그게 뭐 어쨌단 말이냐?"

"그러니까 독선을 부리면 안 된다는 말이다."

"이놈이!"

거만을 피우던 사내가 금방이라도 칼을 뽑을 듯 무릎을 세우고 말했다.

"앞으로 나와라."

"이렇게 말이냐?"

"너는 요시오카 선생님의 문하에 있으면서 요시오카 겐포류를 업신여기는 게냐?"

"업신여기는 게 아니라 지금은 무로마치 사범이라든가 도장 사범이라고 하면 천하제일로 여기던 시절과는 다르다. 이 길에 뜻을 둔 무리들이 구름처럼 일어나서 교토는 물론이고 에도江戶, 히타치常陸, 에치젠, 긴키近畿, 주고쿠, 규슈大州의 끝까지 명인이 넘쳐 나는 시대가 되었다. 그런데 요시오카 겐포 선생님이 유명했다고 해서 지금의 젊은 선생님이나 그 제자들도 천하제일이라고 자만하는 것은 잘못이라고 말한 것뿐이다. 내 말이 틀렸느냐?"

"무사이면서 상대를 두려워하다니, 비겁한 자구나."

"두려워하는 것이 아니라 자만해서는 안 된다고 훈계하는 것이다."

"훈계? 네놈에게 다른 사람을 훈계할 힘이 있느냐!"

거만을 피우던 자가 상대방의 가슴팍을 힘껏 밀쳤다. 넘어졌던 사내가 벌떡 일어났다.

"날 밀쳤겄다."

"밀쳤다, 어쩔 테냐?"

선배인 도지와 료헤다가 당황해서 소리쳤다.

"이 무슨 짓들이냐!"

사람들이 두 사람을 뜯어말렸다.

"그만하게, 그만해."

"알아, 자네 마음은 다 알고 있네."

두 사람을 중재하면서 술을 권하자 한쪽은 점점 더 화를 냈고, 한쪽은 료헤이의 목에 매달려서 엉엉 울기 시작했다.

"난, 정말 요시오카 일문을 생각해서 직언을 한 겁니다. 저런 아첨하는 놈만 있다면 겐포 선생님의 명성도 머지않아 땅에 떨어지고 말 겁니다."

놀란 기생들은 벌써 어디론가 도망을 쳤고 북과 술병은 어지럽게 흩어져 있었다. 기생들이 없어진 것을 본 무리가 화를 내며 소리쳤다.

"이년들은 어디로 간 게야."

욕을 하며 기생들을 찾으러 다른 방을 휘젓고 다니는 자가 있는가 하면, 얼굴이 새파래져서 마루 끝에 양손을 짚고 있는 자의 등을 두드려 주는 자도 있었다.

세이주로는 취할 수가 없었다. 그 모습을 보고 있던 도지가 속삭였다.

"재미없으시죠?"

"저들은 이렇게 노는 것이 유쾌한가?"

"그런가 봅니다."

"참으로 어이가 없군."

"제가 동행할 테니 어디 다른 조용한 곳으로 옮기시는 게 어떠신지요?"

그 말을 기다렸다는 듯, 세이주로가 도지의 유혹에 맞장구를 쳤다.

"어제 그 집으로 가고 싶군."

"요모기^蓬 말입니까?"

"그렇다네."

"그곳은 훨씬 격이 있는 술집이지요. 처음부터 요모기에 가고 싶어 하신다는 것을 알고 있었지만, 저런 어중이떠중이들까지 따라오면 안될 것 같아서 일부러 싼 술집에 들른 겁니다."

"도지, 뒤는 료헤이에게 맡기고 우리는 살짝 빠져나가세."

"저는 뒷간에 가는 척하고 나중에 뒤따라가겠습니다."

"그럼 밖에서 기다리겠네."

세이주로는 모두를 남겨 두고 슬며시 자취를 감추었다.

양지와
음지

        행등은 좀처럼 못에 걸리지 않았다. 높이 쳐든 하얀 팔꿈치로 불빛과 검은 머리카락이 스치듯 일렁였다. 음력 이월 저녁의 포근한 바람 속에서 매화 향기가 느껴졌다.

"오코, 걸어 줄까?"

갑자기 뒤에서 누군가가 말했다.

"어머나, 젊은 선생님."

"잠깐만."

그녀의 곁으로 다가온 사람은 세이주로가 아닌 그의 제자 도지였다.

"자, 됐나?"

"고맙습니다."

도지는 '요모기 요※'라고 쓰여 있는 행등을 바라보더니 약간 비뚤어졌다며 다시 고쳐 걸었다. 집에서는 지독하게 게으르고 잔소리가 심한 자가 홍등가에 오면 의외로 자상하게 직접 창문을 열기도 하고 방석을 꺼내며 수선을 피우는 경우는 흔한 일이었다.

"역시 여긴 조용하군."

세이주로가 자리에 앉으면서 말했다.

"훨씬 조용해."

"문을 열까요?"

도지는 벌써 창을 열고 있었다.

좁은 툇마루에는 난간이 있었고 그 아래로 다카세가와^{高瀬川}의 여울물이 흐르고 있었다. 산조^{三條}의 조그만 다리에서 남쪽으로는 단천원^{端泉院}의 넓은 경내와 어둠에 잠긴 절과 갈대 들판이 펼쳐져 있었다. 또 아직도 세인의 머릿속에 또렷하게 남아 있는 '살생관백 도요토미 히데쓰구^{殺生関白 豊臣秀次}'[21]와 그의 죽은 처자식이 묻힌 악역총^{惡逆塚}도 바로 근처에 있었다.

"너무 조용해서 빨리 계집이라도 와야지, 원. 오늘 밤엔 다른 손님도 없는 것 같은데, 오코는 뭘 하는지 아직 차도 내오지 않는군."

가만히 앉아 있지 못하는 성질인지 도지는 차라도 재촉하려는 양 어슬렁어슬렁 안으로 통하는 좁은 복도로 나갔다. 그 순간, 방울 소리가 울리고 금박을 한 칠기 쟁반을 손에 든 소녀와 마주쳤다. 방울 소리는

---

21 도요토미 히데요시는 조카인 히데쓰구를 자신의 후계자로 삼았지만 그가 길을 지나가는 사람을 칼로 베어 죽이는 일을 즐겨 '살생관백殺生関白'이라는 악명까지 얻게 되자 모반의 혐의를 씌워 할복을 명했다. 하지만 히데요시가 히데쓰구를 죽인 이유에 대해선 여러 가지 설이 있다. 여기서 '관백関白'이란 천황을 보좌하여 정무를 총괄하던 중직을 말한다.

소녀의 소맷자락에서 울리고 있었다.

"어머나!"

"오, 아케미구나."

"차를 흘릴 뻔했어요."

"차 따윈 상관없다. 네가 좋아하는 세이주로 님이 와 계신데, 왜 빨리 오지 않느냐?"

"어머, 차를 흘렸네. 도지 님 때문이니 행주를 가져오세요."

"오코는?"

"화장해요."

"아니, 이제?"

"오늘은 낮부터 무척 바빴거든요!"

"낮에? 누가 왔었니?"

"누가 오든 상관없잖아요. 비켜 주세요!"

아케미는 방으로 들어가면서 세이주로에게 인사했다.

"어서 오세요."

세이주로는 모른 척 다른 곳을 보고 있다가 부끄러운 듯 말했다.

"아, 너로구나. 어젯밤에는……."

아케미는 선반 위에서 향합을 닮은 접시를 내리더니 끝이 도자기로 된 담뱃대를 얹어 세이주로에게 건넸다.

"선생님은 담배 안 피우세요?"

"담배는 요새 금지되어 있지 않느냐."

"그래도 모두들 숨어서 피우는데요."

"그럼, 한 대 피워 볼까."

"불붙여 드릴게요."

아케미는 파란 조개 모양의 작고 예쁜 합에서 담뱃잎을 집어 담뱃대에 담은 후에 담뱃대 끝을 세이주로에게 향했다.

"여기 있습니다."

아직 익숙하지 않은 솜씨였다.

"맵구나."

"호호호."

"도지는 어디로 갔느냐?"

"또 어머니 방이겠지요."

"도지는 아무래도 오코가 좋은가 보다. 그 녀석, 나 몰래 혼자 여길 들락거리는 게 분명해. 그렇지?"

"아이참, 선생님도. 호호호."

"뭐가 우스운 거냐? 네 어머니도 은근히 도지를 마음에 두고 있는 듯한데."

"전 그런 거 몰라요."

"분명 그럴 거야. 잘되지 않았느냐? 도지와 오코, 나와 너. 한 쌍의 연인들."

세이주로가 모른 체하며 아케미의 손에 자신의 손을 얹었다.

"싫어요."

아케미가 세이주로의 손을 떨쳐 내며 물러섰다. 그는 아케미가 자신
의 손을 뿌리치자 오히려 더 강하게 나갔다. 그는 일어서려는 아케미
의 작은 몸을 꽉 끌어안았다.

"어디에 가려고?"

"싫어요! 이거 놓으세요."

"여기에 있거라."

"술을, 술을 가지고 올게요."

"술 따윈 필요 없다."

"어머니께 꾸중 들어요."

"오코는 방에서 도지와 정답게 얘기를 나누고 있을 게다."

세이주로가 얼굴을 비벼 대자 아케미는 불에 덴 것처럼 뜨거워진 뺨
을 필사적으로 옆으로 돌리며 큰 소리로 외쳤다.

"어머니! 어머니!"

당황한 세이주로가 손을 놓자 아케미는 소매의 방울을 울리면서 안
쪽으로 뛰어갔다. 그녀가 쪼그려 앉아 울고 있는 곳 근처에서 웃음소
리가 들려왔다. 혼자 남겨진 세이주로는 착잡한 심정으로 자리에서
벌떡 일어섰다.

"쳇! 그만 가지."

혼자 중얼거리며 복도로 나와 걸어가는 그의 얼굴에 화가 잔뜩 묻어
있었다.

"아니, 기요淸 님."

오코가 그를 발견하고는 다급히 달려와 붙잡았다. 머리를 묶고 화장도 고친 듯했다. 그녀는 그를 붙잡아 놓고는 황급히 도지를 불렀다.

"자, 자."

세이주로를 간신히 본래의 자리로 끌고 와서 앉힌 오코는 가져온 술로 그의 기분을 맞춰 주었다. 그사이, 도지가 아케미를 끌고 왔다. 아케미는 침울한 표정으로 앉아 있는 세이주로를 보며 샐쭉 웃고는 고개를 아래로 숙였다.

"기요 님께 술을 따라 드려라."

"예."

아케미가 세이주로의 잔에 술병을 갖다 댔다.

"기요 님, 애가 이래요. 왜 이렇게 늘 철부지 같을까요?"

"그런 점에 마음이 더 끌리는 법이지."

도지도 옆에 자리를 잡고 앉았다.

"그래도 벌써 나이가 스물이에요."

"스물이라고? 몸집이 작아서 그런지 열다섯이나 열여섯 정도로밖에 보이지 않는데."

아케미는 작은 물고기처럼 발랄한 표정을 지어 보이며 말했다.

"도지 님, 정말요? 아이 좋아! 전 언제까지나 열다섯이고 싶어요. 열다섯 살 때 좋은 일이 있었으니까."

"어떤 일인데?"

"아무에게도 말할 수 없는 일이에요. 열다섯 살 때……."

아케미는 두 손을 가슴께로 가져가며 말했다.

"세키가하라 싸움이 있었던 해에 제가 어디에 있었는지 아세요?"

오코가 갑자기 얼굴을 찌푸리며 말했다.

"조잘조잘 시답잖은 얘긴 그만하고 샤미센三味線이나 가져오너라."

대답도 하지 않고 일어난 아케미가 샤미센을 가지고 왔다. 그녀는 두 손님을 즐겁게 해 주기보다 혼자만의 추억에 잠기기라도 하듯 노래를 불렀다.

　설령, 오늘 밤
　구름이 구름 저도
　눈물 가득히
　바라보는 달.

"도지 님, 이 노래 아세요?"

"음, 한 곡 더 해 보아라."

"밤새도록 연주하고 싶어요."

　칠흑 같은 어둠에도
　헤매지 않는 나는
　아아, 이다지도 그 님을
　헤매게 하는구나.

"과연, 이제야 정말 스무 살 같군."

그때까지 침울한 얼굴로 이마를 짚고 있던 세이주로도 기분이 좋아졌는지 별안간 잔을 들어 올리며 말했다.

"아케미, 한잔하자."

"네, 주세요."

아케미는 흔쾌히 잔을 받아 들고 비운 뒤에 다시 건넸다.

"여기요."

"아케미가 술이 세구나."

세이주로도 곧바로 잔을 비우고 다시 권했다.

"한 잔 더."

"고맙습니다."

아케미는 술을 거절하지 않았다. 잔이 작아 보여서 큰 잔에 술을 따라 주어도 끄덕하지 않았다. 겉모습만 보면 그녀는 영락없는 열다섯, 열여섯 소녀였다. 아직 사내의 입술이 닿아 본 적 없는 듯한 입술과 사슴처럼 수줍은 눈동자를 가진 그녀가 마신 술은 다 어디로 간 것일까.

"이 아이는 아무리 술을 마셔도 취하지 않으니, 샤미센이나 타게 하는 게 좋아요."

오코가 말했다.

"재미있군."

안달이 난 세이주로가 아케미에게 술을 더 권했다. 하지만 오히려 세이주로가 점점 술에 취하는 듯하자 도지가 만류했다.

"오늘 밤엔 너무 과음하시는 것 같습니다."

"괜찮아."

계속해서 술을 마시던 세이주로가 불쑥 말을 꺼냈다.

"도지, 난 오늘 밤 집에 가지 않을지도 몰라."

"예, 며칠이라도 묵고 가세요. 그렇지, 아케미?"

옆에서 오코가 그의 기분을 돋우었다. 도지는 눈짓으로 오코를 다른 방으로 불러내더니 일이 곤란하게 됐다고 은밀한 목소리로 속삭였다.

"저런 집념이라면 어떻게 하든지 아케미를 설득하지 않으면 안 되겠어. 본인보다는 어머니인 자네 생각이 가장 중요한데, 돈은 얼마나 들겠는가?"

도지와 오코는 진지하게 흥정을 했다.

"그럼?"

오코는 어둠 속에서 화장한 볼에 손을 대고 생각에 잠겼다.

"어떻게 해 봐."

도지는 무릎을 마주하고 속삭였다.

"손해 볼 건 없네. 요시오카 가문은 돈은 얼마든지 있네. 선대의 겐포 선생님이 오랫동안 무로마치 장군의 사범이었던 덕분에 제자들도 넘쳐 나지. 게다가 세이주로 님은 아직 미혼이니, 앞날을 생각해 봐도 절대로 나쁜 얘기는 아닐 걸세."

"저는 좋지만……."

"자네만 좋다면 문제될 일은 없지 않은가. 그럼, 오늘 밤에 두 사람을 맺어 주기로 하세."

불빛이 없는 방이었다. 도지는 스스럼없이 오코의 어깨에 손을 얹었다. 그러자 문이 닫혀 있는 옆방에서 쾅 하는 소리가 났다.

"다른 손님이 있는가 보군."

오코는 잠자코 고개를 끄덕였다. 그리고 도지의 귀에 촉촉한 입술을 갖다 댔다.

"나중에……."

두 사람은 아무 일도 없었다는 듯 방을 나왔다.

세이주로는 이미 취해서 드러누워 있었다. 도지도 방 한쪽에 드러누웠다. 잠이 쏟아졌지만 억지로 참으며 누군가 오기를 기다렸다. 그러나 어찌된 일인지 날이 새도록 집 안은 쥐 죽은 듯 조용했고 오코와 아케미의 방에서도 옷자락 스치는 소리조차 나지 않았다.

도지는 멍한 표정으로 아침 늦게 일어났다. 세이주로는 벌써 일어나 강을 향해 난 방에서 또 술을 마시고 있었다. 그 옆에 앉아 있는 오코와 아케미는 어제의 술기운이 싹 가신듯 아무렇지 않은 표정이었다.

"그럼, 꼭 데리고 가시는 거죠?"

세 사람은 무언가 약속을 하고 있었다. 시조의 강변에서 열리고 있는 오쿠니 가부키阿國歌舞伎 얘기를 하고 있는 듯했다.

"좋아, 가지. 술과 도시락을 준비하시게."

"그럼, 목욕물도 데워야겠네."

"아이, 좋아."

오늘 아침에는 아케미와 오코 모녀만 신이 난 듯했다. 이즈모出雲의 무녀인 오쿠니의 춤은 근래 장안의 화제를 불러 모으고 있었다. 그러자 장사꾼들이 그것을 흉내 내서 시조의 강변에 무대 몇 개와 좌석을 늘어놓고 여자 가부키라는 이름을 붙이고 저마다 오하라기大原木 춤, 넨부츠念佛 춤, 야코奴 춤과 같은 호사풍류를 경쟁하듯 열고 있었다. 사토지마 우곤佐藤島右近, 무라야마 사곤村山左近, 기타노 고타유北野小太夫, 이구지마 단코노가미幾島丹後守, 스기야마 도노모杉山主殿 등, 남자같이 예명을 지은 유녀들이 남장을 하고 귀족의 저택에 출입하는 풍경을 요즘 들어 종종 볼 수 있었다.

"준비는 아직인가?"

해는 벌써 정오를 지나고 있었다. 오코와 아케미가 여자 가부키를 보러 가기 위해 정성 들여 화장을 하는 동안, 몸이 노곤해진 세이주로는 별로 내키지 않는 기색이었다. 도지도 어젯밤 일이 아직까지 머리에 남아 있는지 별 감흥이 없는 듯했다.

"여자를 데리고 가시는 건 좋지만, 여자들이 밖에 나가기 전에 머리가 어떠니, 허리띠가 어떠니 할 때면 남자들은 조바심이 나지 않습니까?"

"가기 싫어졌다."

세이주로는 강을 바라보았다.

여자가 천을 햇빛에 말리고 있는 산조의 작은 다리 위로 말을 탄 사람이 지나가고 있었다. 세이주로는 도장에서의 수련을 생각했다. 목검의 소리나 창이 부딪치는 소리가 귀에 울렸다. 많은 제자들이 오늘 자신의 모습이 보이지 않는 것을 두고 뭐라 말하고 있을까. 동생인 덴시치로(伝七郎)는 또 혀를 차고 있을 게 틀림없었다.

"도지, 돌아갈까?"

"지금 와서 그런 말씀을 하시면……."

"그래도."

"오코와 아케미가 저렇게 좋아하는데 그런 말을 하면 화낼 겁니다. 빨리 준비하라고 재촉하고 오지요."

도지는 밖으로 나와서 거울과 옷들로 어수선한 방을 들여다보았다.

"아니? 어디 갔지?"

옆방에도 없었다. 햇살이 들지 않는 다른 방의 문을 무심코 열어 본 도지의 얼굴이 갑자기 굳어졌다. 이불솜의 눅눅한 냄새가 풍겨 왔다.

"누구냐?"

갑자기 성난 목소리를 듣게 되자 깜짝 놀란 도지는 자신도 모르게 한 발 뒤로 물러섰다. 그는 어두침침하고 습한 낡은 다다미 위를 바라보았다. 거칠고 난폭한 기질이 그대로 드러나는 옷차림을 한 스물두세 살의 낭인이 큰 칼의 날밑을 배 위에 올려놓은 채로 큰 대(大) 자로 드러누워 있었다. 그의 더러운 발바닥이 도지 쪽으로 향해 있었다.

"아, 이거 손님이 계셨군."

도지가 미안해하자 그 남자는 드러누운 채로 천장을 향해 소리를 질렀다.

"손님이 아니다."

그의 몸에서 술 냄새가 물큰하게 풍겨 왔다. 도지는 누군지 모르지만 건드리지 않는 것이 좋을 것 같아 돌아서면서 말했다.

"이거, 실례했소이다."

남자는 갑자기 벌떡 일어나더니 도지에게 말했다.

"이봐, 문은 닫고 가."

기가 죽은 도지는 그가 시키는 대로 문을 닫고 물러났다. 그때, 목욕탕 옆 작은 방에서 아케미의 머리를 만지고 있던 오코가 귀부인이라도 된 듯 한껏 치장하고 나오며 뒤에서 물었다.

"뭘 그리 화를 내고 계세요?"

마치 어린애를 꾸짖는 듯한 말투였다. 아케미가 뒤에서 물었다.

"마타하치 님은 안 가요?"

"어디에?"

"오쿠니 가부키에."

"쳇."

마타하치는 침이라도 뱉듯 입을 삐죽거리며 오코에게 말했다.

"남의 여편네 엉덩이를 졸졸 따라다니는 손님의 엉덩이를 따라가는 남편이 또 어디 있을까!"

외출하려고 화장하고 한껏 멋을 낸 들뜬 기분에 찬물을 끼얹은 것일까, 오코가 눈을 치뜨며 말했다.

"뭐라구요? 나와 도지 님의 어디가 수상해요?"

"누가 수상하다고 했나?"

"지금 그랬잖아요."

"……."

"남자가 되어서……."

오코는 아무 말도 못 하는 마타하치의 얼굴을 노려보았다.

"질투만 하고 있는 꼴이라니, 정말 지겨워!"

그러더니 신경질적으로 말했다.

"아케미, 미치광이는 상관 말고 가자."

마타하치는 손을 뻗어 오코의 옷자락을 잡았다.

"미치광이? 남편보고 미쳤다고?"

"그럼?"

오코가 그의 팔을 떨쳐 내며 소리쳤다.

"남편이면 남편답게 굴어요. 누가 먹여 살리는데."

"뭐라고?"

"고슈江州를 나와서부터 당신이 땡전 한 푼이라도 벌어 온 적이 있
어? 나와 아케미가 벌어서 지냈잖아. 매일 술만 마시고 빈둥거리는 주
제에 할 말이 있어?"

"그, 그래서 날품팔이라도 하겠다고 했잖아. 그런데 당신은 맛없는
건 못 먹는다, 궁색한 집은 싫다고 하더니, 결국에 자기가 좋아서 이
런 더러운 술장사나 하는 거 아냐. 당장 그만둬!"

미야모토 무사시 1_땅地의 장

"뭘?"

"술장사."

"그만두면? 내일부터 뭐로 먹고살려고?"

"내가 성벽 쌓는 돌을 짊어지고 날라도 두세 명 먹고사는 일쯤이야 문제없어."

"그렇게 돌을 지거나 벌목하는 게 소원이라면 당신이나 집 나가서 혼자 살며 막노동이든 뭐든 마음대로 하면 되잖아. 당신은 원래가 사쿠슈의 촌뜨기니까 그 편이 천성에 맞을 거야. 당신한테 억지로 이 집에 있어 달라고 빌지 않을 테니까, 언제든 좋을 대로 해."

마타하치의 눈에서 눈물이 뚝뚝 떨어졌다. 이제 와서 분해해도 너무 늦은 일이었다. 세키가하라의 패잔병 신세로 이부키 산의 외딴집에 숨어든 일이 한때는 목숨을 건진 행운과도 같았지만, 지나고 보니 적의 손아귀에 사로잡힌 신세와 똑같았다. 정정당당하게 적에게 붙잡힌 것과 변덕스런 과부의 정부가 되어 평생 음지에서 남자 구실도 못 하고 모욕을 당하며 살아가는 것 중 과연 어느 쪽이 행운이었을까? 마타하치는 마치 늙지 않는 약이라도 먹은 듯 언제나 젊음을 유지하면서, 주체할 수 없는 성욕과 화장용 분과 허영으로 가득 찬 천박하고 타락한 여자에게 사로잡힌 신세가 되어 버린 것이다.

"제기랄……."

마타하치는 몸을 떨었다.

"빌어먹을!"

그는 눈물을 글썽였다. 뼛속 깊이 울음이 솟구쳤다.

'왜, 나는 그때 고향으로 돌아가지 않았던가. 왜 오츠의 품으로 돌아가지 않았던가. 고향에는 어머니도 계시고 분가한 누님과 가와하라의 곤 숙부님 모두 내게 다정했는데. 오츠가 있는 칠보사의 종은 오늘도 울리고 있겠지. 아이다 강의 강물은 지금도 흐르고 있겠지. 강변에는 꽃도 피었을 테고 새들은 봄을 노래하고 있을 텐데.'

"바보, 바보!"

마타하치는 자신의 머리를 주먹으로 마구 때렸다.

"이 바보 같은 자식!"

오코와 아케미, 세이주로, 도지는 이제 막 줄줄이 집을 나서는 참이었다. 어젯밤부터 머물던 손님 두 명과 두 모녀가 떠들어 댔다.

"오, 문밖은 벌써 봄이로군."

"곧 삼월인걸요."

"삼월에는 에도의 도쿠가와 장군 가문이 상경한다고 하니 자네들도 장사가 잘되겠군."

"아니에요."

"왜? 간토關東의 무사들은 놀 줄 모르나?"

"너무 거칠어서."

"어머니, 저게 오쿠니 가부키 노랫소리죠? 종소리랑 피리 소리가 들려요."

"얘는 딴소리만 하고, 온통 연극에만 정신이 팔렸나 봐."

"……."

"자, 아케미는 세이주로 님의 삿갓을 들어 드리렴."

"하하하, 두 분이 참 잘 어울립니다."

"도지 님은 짓궂으셔."

아케미가 뒤를 돌아다보자 오코는 소매 아래에서 도지에게 잡혀 있던 손을 황급히 뺐다. 그들의 발소리와 목소리가 마타하치가 있는 방 옆을 지나가고 있었다. 바로 창 하나 사이였다. 마타하치의 무서운 눈이 창문을 통해 그들을 쫓고 있었다. 그의 얼굴은 질투심으로 활활 불타오르고 있었다.

"제길."

그는 어두운 방에 다시 털썩 주저앉았다.

"이게 무게 한심한 꼴이야."

그는 자신을 저주하고 있었다. 칠칠치 못하고 한심스러운 자신에 대한 분노를 삭이지 못했다.

"흥, 나가라고? 당당하게 걸어 나가 주마. 이런 집구석에서 이를 악물고 참고 살 이유가 어디 있을까 봐. 난 아직 스물두 살밖에 안 된 한창 젊은 나이라고."

별안간 쥐 죽은 듯 조용해진 빈 집에서 마타하치는 혼잣소리를 하고 있었다.

"맞아, 그렇게 하자!"

그는 안절부절못했다. 왜인지 자신도 알 수 없다. 머릿속이 혼란스러웠다. 이렇게 보낸 일이 년 동안 머리가 나빠졌다는 걸 자신도 인정하고 있었다. 다른 여자도 아닌 자신의 여자가 다른 남자의 자리에 가서 예전에 자신에게 하던 것처럼 교태를 부리고 있었다. 밤에는 잠을 자지 못했고 낮에도 불안해서 밖에 나갈 마음이 생기지 않았다. 그렇게 끙끙 앓으며 어두운 방에서 술만 마셨다.

'저렇게 늙은 여자에게!'

그는 화가 치밀어 올랐다. 눈앞의 추한 여자를 차 버리고 넓은 세상으로 나가 큰 꿈을 펼치고 싶었다. 비록 늦었지만 그것이 지금까지의 잘못된 행동을 바로잡는 일이란 것을 알고 있었다.

'정말로 그렇게 할 수 있을까?'

그러나 야릇한 밤의 유혹이 그의 발목을 잡았다. 대체 왜 그럴까. 그 여자는 마성과 같은 야릇하고 끈끈한 힘을 가지고 있었다. 여자가 나가라느니 골칫거리라느니 새된 목소리로 퍼붓던 말도 밤이 되면 그모든 것이 그저 못된 장난이었던 것처럼 달콤한 쾌락의 유혹으로 변해 버렸다. 마흔에 가까운 나이임에도 딸인 아케미 못지않게 빨갛게 칠한 오코의 입술, 그 입술 탓이었다.

그러나 막상 이 집을 나간다 해도 오코나 아케미의 눈에 띄는 데서 돌짐을 져 나를 용기가 마타하치에게는 없었다. 그런 생활이 오 년이나 계속되었으니 그의 몸이 게을러진 것도 당연한 일이었다. 비단옷을 입고 좋은 술과 나쁜 술의 맛을 가릴 줄 알게 된 마타하치는 이미 예전의 소박함과 강직함을 지닌 순박한 청년이 아니었다.

게다가 스무 살도 안 된 미숙한 시절부터 연상의 여인과 육체의 쾌락에 빠져 살아온 그가 어느 순간부터 청년다운 의기를 잃고 비굴하고 비뚤어진 외골수가 된 것도 어쩌면 당연한 일인지도 모른다. 하지만 마타하치는 오늘만은 어딘지 달랐다.

"어디, 나중에 후회나 하지 말라고."

마타하치는 자신을 채찍질하며 분연히 자리를 박차고 일어섰다.

"이제 이 집을 떠날 테다!"

그렇게 큰소리를 쳤지만 이 집에는 그를 말릴 사람이 아무도 없었다. 그는 잠시도 몸에서 떼어 놓지 않았던 커다란 칼을 들어 허리에 차고 혼자서 입술을 깨물었다.

"나도 남자다."

마타하치는 떳떳하게 문 앞의 발을 헤치고 나가도 됐지만 평상시 버릇대로 더러운 신발을 아무렇게나 신고 부엌문을 통해 급히 밖으로 나왔다. 그렇게 집 밖으로 나온 그는 산들산들 불어오는 초봄의 동풍 속에서 그저 눈만 껌벅거릴 뿐이었다.

"어디로 갈까?"

별안간 세상이 의지할 데 없는 막막한 바다처럼 여겨졌다. 그가 알고 있는 곳이라고는 고향인 미야모토 촌과 세키가하라 전투가 벌어졌던 곳과 그 근처밖에 없었다.

"맞다, 돈이 있어야지."

마타하치는 그제야 깨달은 듯 개처럼 부엌문을 지나서 집 안으로 되돌아갔다. 그는 오코의 방으로 들어가서 장롱과 서랍, 경대 등 손에 잡히는 대로 뒤졌지만 돈은 보이지 않았다. 오코는 돈에 대해선 빈틈이 없는 여자였다. 기가 꺾인 마타하치는 낙담하면서 어질러 놓은 옷가지 위에 주저앉아 버렸다. 붉은 비단옷과 옷감에서 오코의 향기가 아지랑이처럼 피어올랐다. 마타하치는 '지금쯤 오코가 강변의 가부키 무대 앞에 도지와 나란히 앉아 있겠구나' 하며 그녀의 자태와 하얀 피부를 눈앞에 떠올렸다.

"요부 같은 계집."

머리끝에서 발끝까지 사무치도록 분노와 후회가 밀려왔다. 그럴수록 더욱 절절히 떠오르는 사람은 고향에 버려 둔 약혼녀, 오츠였다. 마타하치는 그녀를 잊을 수 없었다. 아니, 흙냄새 나는 시골에서 자기를 기다리겠다고 하던 오츠의 지고지순한 고결함을 뒤늦게 깨달은 것을 그녀에게 두 손을 모아서 사과하고 싶을 만큼 날이 갈수록 그리워졌다. 그러나 지금은 오츠와의 인연도 끊어졌고 자신이 먼저 얼굴을 들고 나설 체면도 없다.

"모두가 그년 때문이다."

이제 와서 후회해도 아무 소용이 없었다. 오코에게 오츠가 고향에 있다는 사실을 정직하게 얘기한 것이 잘못이었다. 오코는 그 말을 들을 때는 요염한 웃음을 지으며 지극히 무관심한 체했다. 그러나 마음속으로는 깊은 질투심이 생겼는지 이윽고 그것을 구실로 말다툼을 걸어오더니 끝내 마타하치에게 절연 편지를 쓰도록 재촉했다. 그것도 모자라 오코는 자신이 쓴 편지를 함께 동봉해서 아무것도 모르고 있는 오츠에게 보냈던 것이다.

"아, 오츠가 어떻게 생각했을까?"

마타하치는 실성한 듯 중얼거렸다.

"지금쯤……."

후회하고 있는 그의 눈가에 오츠의 얼굴이 떠올랐다. 자신을 원망하는 듯한 오츠의 눈이 보였다.

'고향인 미야모토도 이젠 봄이 왔겠지. 그리운 그 강, 그 산들…….'

마타하치는 소리를 지르고 싶어졌다. 그곳에 있는 어머니와 친척들 모두 매우 다정했다. 흙까지도 따뜻한 온기로 가득했다.

"두 번 다시 고향 땅을 밟을 수 없게 됐어. 이렇게 된 건 모두 그년 때문이야."

마타하치는 오코의 옷가지들을 집어 들더니 닥치는 대로 찢어 버리고는 집 안 여기저기에 던져 버렸다. 그런데 언제 왔는지 문밖 입구에 찾아온 사람이 있었다.

"실례하겠습니다. 시조의 요시오카가의 심부름꾼인데, 젊은 선생님과 도지 님이 와 계시지 않는지요?"

"모르오!"

"아니, 와 계실 겁니다. 도장에 큰 사건이 나서요. 요시오카 가문의 명성과도 관계된 일이라……."

"시끄럽소."

"아니, 말씀만 전해 주십시오. 다지마의 미야모토 무사시라는 무사
수행자가 도장을 찾아왔는데 제자들 중에서 대적할 수 있는 자가 한
명도 없자, 젊은 선생님이 돌아오기를 기다린다며 꼼짝도 않고 있으
니 어서 빨리 돌아오시라고."

"뭐, 뭐라고! 미야모토?"

수치의
시대

　　　　　요시오카 가문에 오늘만큼 불명예스러운
날이 있었을까. 문하생들은 서동원의 니시노^西 거리에 시조 도장이 생
긴 이후, 이 명예로운 병법 가문에서 오늘과 같은 오욕을 당한 적은 없
었다며 침통하기 짝이 없는 얼굴을 하고 있었다. 여느 때 같으면 제각
기 저녁놀을 보며 흩어져 돌아갔을 시간이지만 그들 모두 암담한 표정
으로 도장에 남아 있었다. 한 무리는 도장 바닥에 꿇어 앉아 있었고, 또
한 무리는 방 안에 묵묵히 앉아 있었다. 문에서 기척이 날 때마다 그들
은 무거운 침묵을 깨며 일어섰다.

"돌아오셨나?"

"젊은 선생님이시냐?"

도장 입구의 기둥에 기대어 서 있던 사람이 실망한 듯 고개를 무겁
게 저었다.

"아니야."

그때마다 문하생들은 다시 늪처럼 깊은 침묵에 빠져들었다. 어떤 자는 혀를 찼고 어떤 자는 옆 사람이 들릴 만큼 탄식하며 어둠 속에서 초조한 눈빛을 번득이고 있었다.

"대체 어떻게 된 거야?"

"하필이면 오늘 따라……."

"아직도 젊은 선생님이 계신 곳을 찾지 못한 걸까?"

"사람들이 구석구석 찾아다니고 있으니까 금방 찾아서 모시고 올 거야."

"쳇."

안쪽 방에서 의원이 나오자 문하생들은 묵묵히 현관까지 배웅했다. 의원이 돌아가자 사람들은 다시 아무 말도 하지 않고 제자리로 돌아갔다.

"등불을 켜는 것도 잊고 있었군. 누가 등불 좀 켜지그래."

화가 난 듯 소리치는 자도 있었다. 자신들의 치욕과 무력함에 화를 내는 목소리였다. 누군가 도장 정면에 있는 하치만 대보살을 모신 감실에 올리는 등불을 켰다. 그러나 그 등불조차도 초상집에 걸어 놓은 등처럼 불길하고 위태롭게 흔들리고 있었다. 오래된 문하생들 중에는 지난 수십 년 동안 요시오카 일문이 너무 순탄한 길을 걸어온 것은 아닐까, 하고 반성하는 자도 있었다.

이 시조 도장의 시조인 선대 요시오카 겐포는 지금의 세이주로나 그의 동생 덴시치로와는 달리 분명 위대한 인물이었다. 본래 일개 염색 가게의 직공에 불과했던 그는 염색 풀로 염색 문양의 본을 붙이는 데에서 검법을 창안했다. 그 후에 장검에 능한 구라마鞍馬 승려에게 사사 받고 하치류八流의 검법을 연구한 끝에 드디어 자신만의 유파를 세웠다.

'요시오카류의 고다치小太刀'는 무로마치 시대의 장군인 아시카가足利 가문에서 차용하게 되었고 요시오카 겐포는 병법소에 출사하기까지 했었다.

"참으로 대단하셨지."

문하생들은 오늘 같은 일을 겪으면서 모두 죽은 겐포의 인성과 덕망을 추모했다. 겐포의 대를 이은 세이주로와 동생인 덴시치로는 아버지에게 직접 검술을 전수받았을 뿐만 아니라 적잖은 가산과 명성까지도 그대로 물려받았다.

"그게 화근이야."

문하생 중 한 명이 그렇게 말했다. 지금의 제자들도 세이주로의 덕을 따르는 것이 아니라 겐포의 덕망과 요시오카류의 명성을 따르는 것이었다. 요시오카에서 수련했다고 하면 세상이 알아주기 때문에 문하생들이 모여 들고 있는 것이다. 물론 아시카가 장군의 가문이 없어졌기 때문에 녹祿은 이미 세이주로의 대에서 없어진 상태였다. 유희를 즐기지 않았던 겐포의 대에서는 알지 못하는 사이에 재산이 쌓여 갔다. 거기에 광대한 저택이 있었고 제자의 수는 교토에서 둘째가라면

서러울 정도였으니 검에 살고 검에 죽던 당대를 풍미했다고 말할 수 있다.

그러나 요시오카류 사람들이 하얗고 거대한 벽에 둘러싸인 채로 으스대면서 자만과 향락에 빠져 있던 수년 동안, 담장 밖의 세상은 변하고 있었다. 시대의 변화는 그들에게 오늘 같은 암담한 치욕을 맛보게 하면서 자신들의 자만심을 깨닫게 했다. 그것도 미야모토 무사시라고 하는 들어본 적도 없는 시골 촌놈의 검을 통해서 말이다.

사건의 발단은 이러했다. 문지기의 이야기에 따르면, 한 시골 촌놈이 도장 앞으로 찾아왔는데 자신을 '사쿠슈의 요시노고 미야모토 촌의 낭인, 미야모토 무사시'라고 소개하더라고 했다. 마침 그 자리에 있던 무리가 흥미를 느껴 어떤 자인지 묻자 문지기가 말하길, 나이는 스물한두 살 정도에 키는 육 척에 가깝고, 캄캄한 데서 끌어낸 소처럼 멍청해 보이더라고 했다. 그리고 머리는 일 년 동안 빗어 본 적이 없는 듯이 붉게 오그라진 머리를 아무렇게나 동여맸고, 옷은 문양이 있는지 없는지, 검정색인지 갈색인지 분간도 못할 정도로 해지고 더러워서 냄새까지 난다고 덧붙이면서, 그래도 흔히 무사 수행 자루라고 부르는 노끈에 감물을 들인 봇짐을 등에 비스듬히 메고 있었는데, 보아하니 근래에 부쩍 많아진 무사 수행을 하고 다니는 자들 중에 하나인 듯하다고, 그래도 어딘지 멍청한 자인 것 같다고 말했다.

거기까지는 좋았다. 그 시골 촌놈이 부엌에서 한 끼 적선이나 청할 일이지, 광대한 대문을 바라보더니 다른 사람도 많은데 오직 요시오카 세이주로 선생과 대련을 하고 싶다고 청했다고 했다. 그 말을 전해 들은 문하생들이 실소를 금치 못했다.

쫓아 보내라는 자도 있었지만 개중에는 어디 유파이며 누구를 스승으로 모시고 수련했는지 물어보라는 자도 있었다. 그래서 문지기가 장난삼아 가서 물어보자 그 시골 촌놈의 대답이 참으로 걸작이었다.

"유년 시절, 아버지에게 짓테주츠十手術를 배웠고 그 이후에는 마을에 오는 병법자들에게 길을 물었습니다. 열일곱에 고향을 떠났고 그 후로 스물한 살이 되는 삼 년간은 사정이 있어 학문에만 전념했습니다. 그리고 지난 일 년 동안은 혼자 산에 틀어박혀서 나무와 산신령을 스승으로 모시고 공부했습니다. 그래서 제게는 아직 이렇다 할 스승도, 유파도 없습니다. 장래에는 기이치 호겐鬼一法眼의 검법을 헤아리고 교하치류京八流의 진수를 참작해서, 미흡한 몸이지만 일심으로 노력해서 요시오카류의 일파를 세우신 겐포 선생님처럼 저의 미야모토류宮本流를 완성하는 것이 바람입니다."

세상에 물들지 않은 듯 정직해 보였지만 어눌한 사투리로 그렇게 대답했다며 문지기가 그의 말투를 흉내 내자 모두들 또 한바탕 자지러지고 말았다.

천하제일인 시조 도장에 들어 온 것만으로도 정신이 아득해질 것인데, 자기 분수도 모르고 겐포 선생님과 같이 자신의 유파를 세우고 싶다는 말까지 하다니 그대로 두고 볼 수 없으니 혹시 시신을 거둘 사람은 있는가 물어보라며 조롱하듯 문지기에게 일렀다.

"만일의 경우, 제 시신은 도리베鳥邊 산에 버리시든지 가모 강에 쓰레기와 함께 흘려보내도 결코 원망하지 않겠습니다."

돌아온 문지기가 그의 말을 전하면서 모습과는 어울리지 않게 분명히 대답하더라고 말했다.

"들여보내라!"

무리 중 한 명이 그렇게 말한 것이 시작이었다.

도장에 들여서 절뚝발이로 만들어 쫓아 보낼 심산이었다. 그러나 첫 대련에서 절뚝발이는 도장 쪽에서 나오고 말았다. 목검에 팔이 부러졌던 것이다. 부러졌다기보다 떨어졌다고 하는 게 옳았다. 피부만 붙어 있고 손목이 축 늘어질 만큼의 중상이었다.

뒤를 이어 대련에 나선 자들도 대부분 똑같은 중상을 입든지 참패를 당하고 말았다. 목검을 가지고 한 시합이지만 마루가 피로 흥건했다. 순식간에 도장 안이 무서운 살기로 가득 찼다. 설사 요시오카 문하생들이 한 명도 남김없이 다 쓰러지더라도 이 무명의 시골 촌놈에게 승리감을 안겨 준 채 살려 보낼 수 없게 된 것이다.

"더 이상은 무익한 싸움이니 이후에는 세이주로 선생님이……."

무사시는 그렇게 말하더니 더 이상 자리에서 일어나지 않았다. 문하생들은 할 수 없이 그에게 방 하나를 내주며 기다리게 하고는 세이주로가 있는 곳으로 사람을 보냈다. 그리고 의원을 불러 안쪽에서 중상자들을 치료했다.

의원이 돌아가고 얼마 후, 불을 밝힌 안쪽 방에서 중상자들의 이름을 부르는 소리가 두세 번 들렸다. 도장에 있던 자가 뛰어가 보니 베개를 나란히 하고 누워 있던 여섯 명 중 두 명이 이미 죽어 있었다.

"죽었단 말인가?"

죽은 자의 머리맡에 둘러앉은 문하생들은 한결같이 어둡고 창백한 얼굴로 깊은 숨을 들이마셨다. 그때 대문에서 도장 안으로, 다시 도장에서 안쪽으로 분주한 발소리가 들려왔다. 도지와 함께 돌아온 세이주로였다. 두 사람 모두 물에서 뭍으로 올라온 생선처럼 창백한 얼굴을 하고 있었다.

"이 몰골들은…… 대체 어찌 된 일이냐?"

요시오카 가문에서 서무나 출납을 맡고 있는 도지는 도장 내에서 고참에 속했다. 그래서 그의 말투에는 장소를 불문하고 언제나 권위가 깃들어 있었다.

죽은 자들의 머리맡에서 눈물을 흘리던 문하생이 순간 분하다는 듯이 노려보면서 말했다.

"그 말은 오히려 당신들에게 묻고 싶소. 젊은 선생님을 꼬드겨서 밖으로 돌아다니기나 하고 부끄러운 줄 아시오!"

"뭐라고?"

"겐포 선생님께서 살아 계실 때에는 이런 날이 없었소!"

"가끔 기분 전환을 하러 가부키를 보러 가는 게 어찌 나쁜 일이더냐? 젊은 선생님도 계시는데 무례하게 말버릇은 또 그게 뭐냐?"

"여자 가부키는 전날 밤부터 묵어야만 갈 수 있는 게요? 저기 안쪽에 있는 겐포 선생님의 위패가 울고 계실 거외다!"

"이놈이, 보자 보자 하니까!"

두 사람을 달래서 별실로 떼어 놓느라 방 안이 잠시 소란스러워졌다. 그러자 바로 옆방의 어둠 속에서 신음 소리를 내던 자가 소리쳤다.

"시끄럽다! 다른 사람의 고통은 생각지도 않고……."

이불 속에서 바닥을 두들기며 소리치는 자도 있었다.

"그렇게 집안싸움만 하지 말고 젊은 선생님도 돌아왔으니 빨리 이 수모를 갚아 주시오. 저 안에서 기다리고 있는 낭인 녀석이 살아서 도장 문을 나서게 해서는 안 되오. 알겠소? 부탁하오."

죽을 정도는 아니었지만 무사시의 목검에 팔다리가 부서진 사람들이 흥분해서 외쳤다.

'맞다!'

모두들 부끄러운 마음이 들었다. 지금 세상에서 농農, 공工, 상商보다 상위 계급에 있는 사람들이 평소에 가장 중시하는 것은 '수치恥'였다. 수치를 당할 바에야 죽는 것이 더 낫다고 생각하는 것이 이 계급 사람들의 생각이었다. 당시의 권력자들은 전쟁에만 몰두했기 때문에 천하를 태평하게 다스릴 법도 없었고, 하물며 교토의 시정市政조차도 제대로 갖추어지지 않아서 조잡한 법령으로 임시변통하고 있을 뿐이었다.

무사들 사이에서는 수치를 대단히 중요하게 여기는 풍조가 강했기 때문에 백성들과 상인들도 저절로 그런 기질을 중요하게 여기게 되었고, 그런 풍조가 사회의 치안에까지 영향을 미치고 있었다. 불완전

한 법령이 일반 백성들 스스로의 힘으로 보충되고 있었던 것이다.

요시오카 일문의 사람들 역시 수치를 중시하는 그런 풍조에서 벗어나지 못하고 있었다. 한때의 낭패와 패배에서 벗어나자 곧 문하생들의 가슴속에 수치심이 맹렬하게 불타올랐다. 마치 스승의 수치라고 생각한 듯, 그들은 소아小我를 버리고 모두 도장에 모여서 세이주로를 둘러싸고 있었다. 하지만 세이주로의 얼굴에서는 투지를 전혀 찾아볼 수가 없었다. 어젯밤부터의 피곤이 지금에서야 눈가로 몰려들고 있었다.

"그 낭인은?"

세이주로는 가죽으로 된 어깨띠를 묶으며 물었다. 그는 문하생이 내민 두 자루의 목검 중 한 자루를 골라 오른손에 쥐었다.

"돌아오실 때까지 기다리겠다고 해서 저 방에서 기다리게 했습니다."

문하생 중 한 사람이 정원으로 향해 있는 서재 옆의 작은 방을 가리켰다. 세이주로의 마른 입술에서 한 마디 말이 흘러나왔다.

"불러오게."

그는 도장 마루보다 한 단 높은 사범의 자리에 목검을 짚고 앉으며 말했다. 인사를 받으려는 것이었다.

"옛!"

서너 명이 바로 신발을 신고 정원을 따라 서재 쪽으로 달려가려는 순간, 고참인 도지와 료헤이가 세이주로의 소매를 붙잡으며 소리쳤다.

"너무 서두르지 말고 잠깐 기다리시지요."

두 사람은 그들에게 다가가서 귀엣말로 속삭였다. 그들이 무슨 말을 하는지 조금 떨어져서 보고 있는 세이주로의 귀에는 들리지 않았다. 요시오카 가문의 사람들과 고참들을 중심으로 해서 몇 사람씩 무리를 이뤄 이마를 맞대고 무슨 말인가를 나누었다. 저마다 생각과 주장이 분분한 듯했다.

하지만 생각보다 빨리 논의가 마무리되었다. 요시오카 일가를 생각하고 세이주로의 실력을 잘 알고 있는 많은 사람들이 안에서 기다리고 있는 무명의 낭인을 불러내 무조건 그와 겨루게 한다는 건 득책이 아니라고 생각했다. 이미 몇 명의 사상자가 생긴 이상, 만일 세이주로까지 패한다면 그것은 요시오카 가문의 큰 불상사일 뿐 아니라 지극히 위험한 일이라는 것이 그들의 걱정이었다.

사람들은 세이주로의 동생 덴시치로가 있다면 그런 걱정이 없을 터였지만 공교롭게도 덴시치로마저 아침 일찍부터 보이질 않았다. 많은 사람들이 형보다는 동생 쪽이 선대 겐포의 자질을 다분히 타고났다고 보고 있었지만, 덴시치로는 책임이 없는 차남이었고 만사태평한 사람이었다. 오늘도 친구들과 이세伊勢에 간다면서 돌아올 날짜도 알리지 않고 나간 것이다.

"잠깐, 귀를 좀……."

도지는 마침내 세이주로 옆으로 가서 무엇인가를 속삭였다. 잠시 후, 세이주로의 얼굴은 참을 수 없는 모욕을 당한 것처럼 일그러졌다.

"속임수를?"

"쉿!"

도지는 손가락을 입술에 대면서 눈빛으로 세이주로를 제지했다.

"그런 비겁한 짓을 한다면 세이주로의 이름에 먹칠을 하는 것이네. 하찮은 시골 무사에게 겁을 먹고 무리를 지어 그를 친다면 세간에서 뭐라고 하겠나?"

"하지만……."

도지는 애써 의연한 체하는 세이주로의 말을 제지하며 설득했다.

"저희들에게 맡겨 주십시오. 저희들 손으로……."

"자네들은 내가 저 안에 있는 무사시라고 하는 자에게 패할 것이라고 생각하는가?"

"그럴 리는 없지만, 이긴다 한들 아무 명예도 없는 상대인지라 모두가 세이주로 님이 직접 손을 대는 것은 과분하다고 말하고 있습니다. 세상 평판에 관여될 정도의 일도 아닙니다. 어쨌든 그자를 살려서 돌려보내면 그는 요시오카 가문의 수치를 세상에 떠들고 다닐 것이 분명합니다."

두 사람이 대화를 하고 있는 사이, 도장을 가득 메우고 있던 사람들의 수가 반 이상이나 줄었다. 그들은 이미 정원과 방, 또 대문을 돌아 소리 없이 뒷문 쪽으로 숨어들며 어둠 속으로 사라졌다.

"더 이상 지체할 시간이 없습니다."

도지는 불을 훅 불어서 꺼 버린 후, 칼집에 달린 끈을 풀어서 소매에 감았다. 세이주로는 앉은 채로 그 모습을 바라보고 있었다. 마음 한구석에서 안도감이 들기도 했지만 결코 유쾌하지는 않았다. 그것은 자신의 실력을 경시하는 처사밖에 되지 않았던 것이다. 아버지가 돌아가신 후로 수련을 게을리했음을 떠올리는 그의 심정은 착잡하기만 했다.

그 많던 사람들이 어디에 숨었는지 도장 안에는 이제 세이주로밖에 남아 있지 않았다. 우물 바닥처럼 아무 소리도 들리지 않는, 어둠과 냉기만이 집 안을 가득 메우고 있었다. 하지만 무엇인가가 세이주로를 일어서게 만들었다. 그대로 가만히 앉아 있을 수만은 없었다. 창으로 내다보니 불빛이 보이는 곳은 무사시라는 자가 있는 방뿐이었다. 그 외에는 아무것도 보이지 않았다.

장지문 안의 등불이 이따금씩 고즈넉하게 깜박거렸다. 은은한 불빛이 흔들리는 하나의 방 외에 툇마루 아래, 복도, 그 옆의 서재까지 모든 것이 깊은 어둠으로 잠겨 있었다. 그리고 그 어둠 속에서 수많은 눈빛들이 방을 향해 슬금슬금 기어가고 있었다. 가만히 숨을 죽이고 칼을 품은 채로 등불이 비치는 방 안의 기척을 온몸으로 탐색하고 있었다.

'혹시?'

도지의 마음에 한 가닥 의구심이 들었다. 다른 문하생들도 의심스럽게 여기는 것은 마찬가지였다.

'미야모토 무사시라는 자는 비록 이름도 들어 보지 못한 자이지만 강한 실력을 지닌 자이다. 그런데 쥐 죽은 듯 이렇게 조용하다니 어찌

된 일인가. 병법을 조금이라도 배운 자라면 아무리 교묘하게 접근하더라도 이렇게 많은 사람들이 문밖에 숨어들면 눈치채지 못할 리가 없다. 당대를 병법자로서 살아가겠다는 자가 그런 마음가짐이라면 목숨이 한 달에 하나씩 생긴다 해도 모자랄 것이다.'

'잠이 든 것인가?'

'꽤 오랜 시간을 기다렸으니 지쳐서 졸고 있는 것은 아닐까.'

그러나 상대가 예상보다 영리한 자라면, 혹은 이쪽의 움직임을 먼저 알아차리고 만반의 준비를 해 놓고 일부러 등불의 심지를 자르지 않은 채 상대가 들어오기를 숨죽여 기다리고 있는지도 몰랐다.

'그런 듯하다. 아니, 그렇다.'

모두들 몸이 굳어 버렸다. 공격을 하기도 전에 이미 그들의 마음속에는 두려움과 망설임이 일고 있었다. 누가 먼저 선두에 나서지 않을까, 눈치를 보는 자도 있었다. 침을 꿀꺽 삼키는 소리도 들려왔다.

"미야모토 님."

방문 옆에서 도지가 임기응변으로 말을 걸었다.

"기다리게 해서 미안합니다. 잠깐 얼굴을 뵙고 싶습니다만."

방 안은 쥐 죽은 듯 조용했다. 도지는 그가 만반의 준비를 하고 있다고 생각하고 좌우의 사람들에게 조심하라는 눈짓을 보낸 뒤, 문을 발로 걷어찼다. 그리고 일시에 안으로 뛰어들려고 벼르고 있던 자들이 무의식적으로 뒤로 물러섰다. 문 한 짝이 문지방에서 두 자 정도 활짝 열렸다.

"쳐라!"

누군가 외쳤다. 사방의 창과 문을 통해 사람들이 일시에 함성을 지르며 들이닥쳤다.

"앗?"

"없다."

"없잖아."

흔들리는 등불 속에서 모두들 우왕좌왕하며 소리치기 시작했다. 방금 전, 문하생이 촛대를 가지고 왔을 때까지도 그가 정연히 깔고 앉아 있던 방석과 화로, 입도 대지 않은 차가 차갑게 식은 채 그대로 있었다.

"도망쳤다."

한 사람이 툇마루로 나가 정원에 있는 사람들에게 전했다. 어두운 정원과 마루 밑에서 일제히 몰려나온 사람들이 모두 발을 구르며 감시하던 자의 부주의를 나무랐다. 감시하라는 명을 받았던 문하생들은 입을 모아서 도망칠 리가 없다고 했다. 잠시 변소에 가는 모습은 보았지만 곧 방으로 돌아왔고 그 후로는 절대 밖으로 나가지 않았다며 의아해했다.

"그럼, 그자가 바람이라도 된단 말이야?"

다른 사람들이 비웃으며 말했다.

"앗! 여기다."

그때, 벽장 안을 살피던 자가 마룻바닥이 뜯기며 생긴 구멍을 가리켰다.

"등불을 붙인 후이니 아직 멀리 도망치지 못했을 것이다."

"쫓아가서 죽여라."

적이 약점을 보이고 도망가자 갑자기 용기를 얻은 듯 흥분한 그들이 일제히 밖으로 몰려 나갔다.

"여기다!"

곧바로 외치는 소리가 들려왔다. 정문 옆 담벽락의 그늘에서 그림자 하나가 튕기듯 길을 가로질러 반대편 샛길로 숨어드는 것을 누군가 발견하고 소리친 것이다.

그 그림자는 흡사 쫓기는 토끼처럼 재빨랐다. 막다른 곳에 있는 토담 옆을 제비처럼 스치며 빠져나갔다. 수많은 발소리들이 어지럽게 "여기다", "저기다" 하며 그 뒤를 쫓아갔다. 그리고 불에 탄 공야당空也堂과 본능사本能寺를 도로에 끼고 있는 어두침침한 마을에서 드디어 그를 붙잡은 듯했다.

"비겁한 놈!"

"부끄러운 줄도 모르는 놈."

"아까는 잘도 나댔겠다."

"자, 가자."

붙잡힌 사내는 쏟아지는 주먹질과 발길질에 포효하듯 비명을 내질렀다. 그와 동시에 사내의 멱살을 부여잡고 끌고 가려고 기를 쓰던 두세 명이 땅바닥 위로 나가떨어졌다.

"앗!"

"이놈이!"

그때, 누군가 소리쳤다.

"잠깐, 잠깐만!"

"다른 놈이다."

모두들 소리쳤다.

"앗, 정말이다."

"무사시가 아니다!"

다들 아연실색하여 넋이 빠져 있는데, 뒤늦게 달려온 도지가 물었다.

"붙잡았느냐?"

"잡기는 잡았는데……."

"아니, 이자는?"

"아시는 자입니까?"

"요모기의 술집에서 오늘 아침에 본 자인데."

"예?"

그들은 헝클어진 머리와 옷을 바로잡고 있는 마타하치를 머리에서 발끝까지 훑어보며 의아한 듯 수군거렸다.

"그 집 남편인가?"

"아니야. 거기 여주인이 말한 식객일 거야."

"수상한 놈이군. 어찌 대문에서 얼쩡거리며 안을 엿보고 있었느냐?"

도지가 발길을 돌리며 소리쳤다.

"저자를 상대하다가는 무사시를 놓치고 만다. 빨리 패를 나누어 그가 묵고 있을 만한 집부터 뒤져라."

"그렇지. 숙박하는 곳을 찾자."

마타하치는 묵묵히 본능사의 큰 개천 쪽으로 머리를 숙이고 있다가 분주하게 뛰어가는 발소리에 무슨 생각이 들었는지 지나가는 사람을 불러 세웠다.

"저기, 잠시만."

"뭐요?"

그가 발길을 멈추자 마타하치가 다가가서 물었다.

"오늘 도장에 온 무사시라고 하는 사내는 몇 살 정도였는지요?"

"나이를 어찌 알겠소."

"저와 동갑쯤 되지 않았는지요?"

"아마 그럴 거요."

"사쿠슈의 미야모토 촌이라고 했다던데, 고향은?"

"글쎄."

"무사시란 글로 하자면 '다케조武蔵'라고 쓰는 것이겠죠?"

"그런 것을 물어서 무엇하려고. 아는 사람이오?"

"아니, 그저."

"쓸데없이 이 근처에서 서성거리다간 또 지금 같은 봉변을 당할 거요."

그렇게 내뱉은 사내가 어둠 속으로 뛰어갔다.

마타하치는 어두운 개천을 따라서 터벅터벅 걷기 시작했다. 이따금

발길을 멈추고 별을 올려다보았다. 딱히 어디로 간다는 목적도 없는 모습이었다.

'역시, 그랬군. 무사시로 이름을 바꾸고 무사 수행을 하고 있는 모양이다. 지금은 많이 변했을 테지.'

양손을 허리끈 속에 찔러 넣고 발로 돌멩이를 걷어찼다. 마타하치는 그 돌멩이 하나하나에 친구의 얼굴을 그려 보았다.

'아무리 생각해도 지금은 무사시를 볼 낯도 없고 그럴 때도 아니야. 나도 자존심이 있지. 녀석이 날 업신여기기라도 하면 부아가 치밀어 오르고 말 거야. 그래도 요시오카 제자들에게 발각되면 살아남지 못할 테니, 알려 줘야 할 텐데. 어디에 있으려나?'

2권에 계속